조선후기 통신사 필담창화집 번역총서 22

# 朝鮮人對詩集 一

## 조선인대시집 일

조선후기 통신사 필담창화집 번역총서 22

# 朝鮮人對詩集 一

## 조선인대시집 일

구지현 역주

보고사

이 역서는 2008년도 정부재원(교육과학기술부 학술연구조성사업비)으로 한국연구재단의 지원을 받아 연구되었음(KRF-2008-322-A00073)

이 번역총서는 2012년도 연세대학교 정책연구비(2012-1-0332) 지원을 받아 편집되었음.

# 차례

# 일러두기

1. 통신사 필담창화집 번역총서는 제1차 사행(1607)부터 제12차 사행(1811)까지, 시대순으로 편집하였다.
2. 각권은 번역문, 원문, 영인자료(우철)의 순서로 편집하였다.
3. 300페이지 내외의 분량을 한 권으로 편집하였으며, 분량이 적은 필담창화집은 두 권을 합해서 편집하고, 방대한 분량의 필담창화집은 권을 나누어 편집하였다.
4. 번역문에서 일본 인명과 지명은 한국 한자음 그대로 표기하고, 처음 나오는 부분의 각주에 일본어 발음을 표기하였다. 그러나 번역자의 견해에 따라 본문에서 일본어 발음대로 표기를 한 경우도 있다.
5. 번역문에서 책명은 『 』, 작품명은 「 」로 표기하였다.
6. 원문은 표점 입력하였는데, 번역자의 의견에 따라 표기하는 것을 원칙으로 하였지만, 가능하면 한국고전번역원에서 정한 지침을 권장하였다. 이 경우에는 인명, 지명, 국명 같은 고유명사에 밑줄을 그어 독자들이 읽기 쉽게 하였다.
7. 각권은 1차 번역자의 이름으로 출판되었는데, 최종연구성과물에 책임연구원과 공동연구원의 이름이 반드시 들어가야 한다는 한국연구재단의 원칙에 따라 최종 교열책임자의 이름으로 출판되는 책도 있다.
8. 제1차 통신사부터 제12차 통신사에 이르기까지 필담 창화의 특성이 달라지므로, 각 시기 필담 창화의 특성을 밝힌 논문을 대표적인 필담 창화집 뒤에 편집하였다.

# 조선인대시집 일

# 朝鮮人對詩集 一

# 대를 이은 문사들의 교류, 『조선인대시집(朝鮮人對詩集)』

일본에 에도 막부가 성립된 이래 조선에서 온 사신과 가장 먼저 필담과 창화를 했던 인물은 단연 하야시 라잔[林羅山, 1583-1657]이다. 막부 최초의 유관(儒官)이자 어용학자(御用學者)였던 그는 1636년 병자통신사 때부터는 직접 외교문서를 관장하기 시작했고, 조선 사신과 직접 대면하여 필담과 창화를 나누었다. 다른 일본인들이 쓰시마의 중개를 통해서만 만날 수 있었던 점을 미루어보면 매우 특별한 경우라 할 수 있다. 하야시 라잔은 탐적사(探賊使)로 일본에 파견되었던 사명대사(四溟大師, 1544-1610)와의 만남을 시작으로, 사신이 파견될 때마다 필담과 창화시를 나누었고, 이 기록은 그의 문집에 실려 있다.

하야시 라잔은 1636년부터 그의 아들들을 대동하고 사신들을 만났고, 1655년에는 라잔이 은퇴하여 아들 하야시 가호[林鵝峰, 1618-1680]가, 하야시 가호가 죽은 후인 1682년부터는 라잔의 손자 하야시 호코[林鳳岡, 1645-1732]가 대를 이어 사신들을 접대하였다. 이들은 공자의 석전(釋奠)을 주재하였으므로 조선인이 이해하기 쉬운 "좨주(祭酒)"라는 호칭을 사용하였고, 하야시 호코가 유시마성당[湯島聖堂]을 세운 이

후에는 "대학두(大學頭)"라는 호칭을 혼용하였다. 유시마성당은 일종의 문묘면서 일본의 국학(國學) 역할을 하던 곳이었기 때문이었다. 이렇게 일본 유학이 발전하자 국학에서 공부하는 생도들이 늘어났고, 1711년부터는 대학두의 인솔 아래 다수의 유학자들이 조선에서 파견된 제술관, 서기 일행과 만나 시를 주고받았다.

도쿠가와 요시무네[德川吉宗, 1684-1751]가 1716년 에도막부의 제 8대 쇼군(將軍)에 즉위하였는데, 이를 축하하기 위해 1719년 조선에서 통신사를 파견하였다. 당시 정사는 홍치중(洪致中, 1667-1732), 부사는 황선(黃璿, 1682-1728), 종사관은 이명언(李明彦, 1674-?)이었다. 통신사 일행이 에도에 머물던 1719년 9월 29일, 하야시 호코는 아들 하야시 류코[林榴岡, 1681-1758], 하야시 다이쇼[林退省, ?-?] 형제를 데리고 통신사의 관소로 사용되었던 아사쿠사[淺草]의 혼간지[本願寺]를 방문하였다. 이때 명자(名刺)와 함께 시를 주었고 사신 일행도 이에 화답하였다. 이어서 이들 부자는 제술관 신유한(申維翰, 1681-1752), 정사 서기 강백(姜栢, 1690-1777), 부사 서기 성몽량(成夢良, 1718-1795), 종사관 서기 장응두(張應斗, 1670-1729)를 만나 시와 필담을 주고받았다. 여기에 황선의 자제군관이었던 정후교(鄭後僑, 1675-1755)도 함께 하였다.

하야시 호코의 문인들은 10월 3일, 10월 5일, 10월 7일 세 차례 방문하였다. 방문한 일본 문사는 葛廬 林又右衛門, 桃原 人見又兵衛, 鷺洲 人見七郎右衛門, 幾菴 和田傳藏, 鶴汀 桂山三帝扈衛門, 有隣 得力十之承, 卓窩 秋山半藏, 二水 津田武右衛門, 池菴 佐佐木万次郎, 東溪 飯田左仲, 龍嵒 小出義兵衛, 峴岳 小見山中兵衛, 天水 雨森三哲,, 翠陰 太田治太夫, 竹窩 天津源之承, 柳塢 川副兵扈衛門, 桑園

松田新藏, 金巒 眞木弥市, 桂軒 小見山次郎右衛門, 雪溪 井上仁扈衛門, 東里 星野小平太, 素行 吉田淸次郎, 貴溪 村上舍人, 黃陵 岡井彦太郎, 芝山 岡井金治, 廣澤 細井次郎太夫, 援之 岡島援之이다. 이들은 막부나 번(藩)에 소속된 유학자들로, 당시 일본의 유학계를 대표하는 인물이라 할 수 있다.

『조선인대시집(朝鮮人對詩集)』은 흥성해가는 일본 유학계의 단면을 볼 수 있는 귀중한 자료이다. 현재 일본공문서관에 소장된 2권 2책의 필사본으로, 본래 아사쿠사문고에 소장되었다가 이관된 것이다. 따라서 이 책은 하야시 집안의 당사자들과 문인들이 주고받은 본래 초고를 정서한 것으로서, 대대로 하야시 집안의 문고에 소장되어왔었다는 사실을 알 수 있다.

1권에는 통신사 일행과 나눈 시와 편지가, 하야시 호코, 하야시 류코, 하야시 다이쇼의 순으로 정리되어 있고, 말미에는 "韓客筆語"라는 제하에 세 사람이 조선인과 나눈 필담이 시간 순서대로 함께 실려 있다. 2권에는 일본 문사들이 제술관 이하 조선 문사들과 나눈 시와 편지가 일본 문인별로 정리되어 있고, 역시 말미에 간단한 필담이 실려 있다.

하야시 호코는 아버지 가호와 함께 조선의 사신을 접대했었고 아들 류코 역시 후대 조선 사신을 접대하였다. 중간에 신유한이 "鷄峰"에 대해 묻고 시어에도 등장시키는데, 1682년 뛰어난 시재로 조선 문사들을 놀라게 했던 가호의 아들이자 호코의 형인 하야시 바이도[林梅洞]를 가리킨다. 또 성몽량은 1682년 제술관이었던 성완(成琬, 1639-?)이 자신의 숙부라고 밝히기도 한다. 통신사가 거듭되면서 대를 이어 만나는 양국의 문사가 등장하였던 것이다. 국학의 생도 역시 마찬가지여서, 이들은 이후 번이나 막부의 유관으로 활동하면서 1748년과 1764년에 걸쳐 통신사를 접대하기도 하였다.

『조선인대시집』은 조선과 일본 양국의 문사가 대를 이어 교류를 하는 모습을 보여주는 자료이다. 양국의 문사들은 각 국을 대표하는 만큼 매우 공손하고 우호적인 태도를 견지하였다. 직접 대면했던 만큼 민간 자료에 보이는 상대국에 대한 환상이나 멸시의 모습은 찾아볼 수 없다. 일본의 유학자들이 갈고 닦은 한시 실력을 조선인에게 보이고 "문(文)"을 함께 하는 동지로서의 결속을 다진다. 가장 외교적인 언사로 충만한 필담창화집이라 평가할 수 있다.

# 조선인대시집 일

대학두(大學頭)[1] 신독(信篤) 직민(直民) 정우(整宇) 봉강(鳳岡)[2]
칠삼랑(七三郎) 신충(信忠) 사희(士僖) 용동(龍洞) 익재(翼齋) 쾌당(快堂)[3]
백조(百助) 신지(信智) 우옥(禹玉) 퇴성(退省)[4]

향보(享保) 4년 기해(1719) 9월 29일 대학두(大學頭) 임신독(林信篤)·경

1 대학두(大學頭) : 다이가쿠노카미. 에도시대 창평횡(昌平黌)의 관장이다. 1681년 임봉강[林鳳岡, 하야시 호코]이 임명된 이래 임가(林家)에서 세습하였다. 창평횡은 1630년 세워진 임나산[林羅山, 하야시 라잔]의 사숙(私塾)에서 기원하였다. 1690년 막부로부터 탕도[湯島, 유시마]의 땅을 하사받아 공자묘를 건축하고, 강습당과 숙사를 세워 학생들을 가르치고 석전(釋奠)을 지냈다.

2 신독(信篤) 직민(直民) 정우(整宇) 봉강(鳳岡) : 임봉강[林鳳岡, 하야시 호코, 1645-1732]을 가리킨다. 임나산(林羅山)의 손자로, 최초의 대학두(大學頭)가 되었고, 막부의 외교문서를 관장하였다. 신독(信篤)은 그의 이름이고 직민(直民)은 자, 봉강(鳳岡)과 정우(整宇)는 그의 호이다.

3 칠삼랑(七三郎)……쾌당(快堂) : 임유강[林榴岡, 하야시 류코, 1681-1758]을 가리킨다. 임봉강(林鳳岡)의 아들로 1728년 대학두(大學頭)가 된다. 신충(信忠)은 그의 이름이고, 사희(士僖)는 자, 용동(龍洞), 익재(翼齋), 쾌당(快堂)은 호, 칠삼랑(七三郎)은 그의 통칭(通稱)이다.

4 백조(百助)……퇴성(退省) : 임확헌[林確軒, 하야시 가쿠켄, ?-?]을 가리킨다. 임봉강(林鳳岡)의 아들로, 제삼임가(第三林家)의 시조이다. 신지(信智)는 이름, 우옥(禹玉)은 자, 퇴성(退省)은 호, 백조(百助)는 통칭(通稱)이다.

연강관(經筵講官) 임신충(林信充)·경연강관 임신지(林信智)는 천초본원사(淺草本願寺)[5]에 가서 세 사신[6]과 애기를 나누고 신 학사(申學士)[7]·강 진사(姜進士)[8]·장 진사(張進士)[9]와 수창을 하였다.

명함을 들임.

제 성은 임(林), 이름은 신독(信篤), 자는 직민(直民)입니다. 정우(整宇)라 칭하고 또 호가 봉강(鳳岡)입니다. 나산(羅山) 임도춘(林道春)[10]의 손자이자 홍문원 학사 향양헌(向陽軒) 춘재(春齋)[11]의 아들입니다.

상헌묘(常憲廟)[12]께서 도를 숭상하고 배우기를 좋아하셔 재위해 계

5 천초본원사(淺草本願寺) : 현재 도쿄 다이토구(台東區)에 있는 절로, 정식명칭은 정토진종동본원사파본산동본원사(淨土眞宗東本願寺派本山東本願寺)이다. 1651년 신전(神田)에 세워졌고 그 후 교토의 동본원사(東本願寺)의 별원이 되었다. 1657년 대화재에 소실된 후 천초[淺草, 아사쿠사]로 옮겨졌다. 통신사행이 에도에 머물 때 숙소로 이용되었다.

6 세 사신 : 정사 홍치중(洪致中, 1667-1732), 부사 황선(黃璿, 1682-1728), 종사관 이명언(李明彦, 1674-?)을 가리킨다.

7 신 학사(申學士) : 신유한(申維翰, 1681~?)을 가리킨다. 본관은 영해(寧海). 자는 주백(周伯), 호는 청천(靑泉). 1719년 제술관으로 일본에 다녀왔다. 사행록『해유록(海游錄)』을 남겼다.

8 강 진사(姜進士) : 강백(姜栢, 1690-1777)을 가리킨다. 본관은 진주. 자는 자청(子靑), 호는 우곡(愚谷). 1719년 진사의 신분으로 정사 서기로 선발되어 통신사행에 참여하였다.

9 장 진사(張進士) : 장응두(張應斗, ?-?)를 가리킨다. 1719년 종사관 서기로 통신사행에 참여하였다.

10 임도춘(林道春) : 임나산(林羅山)을 가리킨다. 도춘(道春)은 그의 승명(僧名)이다.

11 향양헌(向陽軒) 춘재(春齋) : 임아봉[林鵞鳳, 하야시 가호, 1618-1680]을 가리킨다. 임나산(林羅山)의 셋째 아들로, 임가(林家)를 세습했다. 향일헌(向日軒), 춘재(春齋)는 그의 호이다.

실 때 모두 옛 법을 따르셨기에 홍문원 학사에 배수하셨습니다. 그 후 영광스러운 선택을 받아 여러 사람들 가운데 등용되어 조산대부(朝散大夫)에 서임되었고, 국자좨주에 임명되어 성묘(聖廟)의 제사를 관장하였습니다. 그리고 기숙사와 학당을 배우러 오시는 것을 맞이하여 날마다 옆에서 뫼시고 논변하고 강의한 것이 30년입니다. 문소묘(文昭廟)[13] 역시 못난 재주의 저를 버리지 않으셔서 돌보아주심이 적지 않았습니다. 그러나 몸이 늙고 지쳤기 때문에 은혜로운 명을 입어서 외무를 맡지 않은 채 오직 시강(侍講)으로 부르시기만 하셨습니다. 임술년(1682) 가을 세 사신[14]이 내빙해서 강호성(江戶城)에 오르셨을 때 정우(整宇)라 칭하던 자가 저입니다. 신묘년(1711) 가을 세 사신[15]을 뵈었습니다. 여전히 남은 생을 보전하여 새로운 군주를 섬기며 시강을 한 지 몇 년 되었습니다. 특별히 은혜로운 예우를 입어 오늘 기이하게 만났으니 하늘이 좋은 인연을 빌려주셨나 봅니다! 다행이고 다행입니다.

제 성은 임(林), 이름은 신충(信充), 자는 사희(士僖), 호는 용동(龍洞)

12 상헌묘(常憲廟) : 막부의 제 5대 장군(將軍) 덕천강길[德川綱吉, 도쿠가와 쓰나요시, 1646-1709]을 가리킨다. 그의 무덤이 관영사(寬永寺) 상헌원영묘(常憲院靈廟)이기 때문에 상헌묘라 한 것이다.

13 문소묘(文昭廟) : 막부의 제 6대 장군 덕천가선[德川家宣, 도쿠가와 이에노부, 1662-1712]을 가리킨다. 그의 무덤은 增上寺 文昭院靈廟이다.

14 임술년(1682) 가을 세 사신 : 1682년 통신사로 파견된 정사 윤지완(尹趾完, 1653-1718), 부사 이언강(李彦綱, 1648-1716), 종사관 박경후(朴慶後, 1644-?)를 가리킨다.

15 신묘년(1711) 가을 세 사신 : 1711년 통신사로 파견된 정사 조태억(趙泰億, 1675-1728), 임수간(任守幹, 1665-1721), 이방언(李邦彦, 1675-?)을 가리킨다.

입니다. 다른 호는 익재(翼齋), 또 쾌당(快堂)이라고도 칭합니다. 국자좨주 신독(信篤)의 맏아들입니다. 상헌묘의 치세 시절, 조상의 음덕으로 일찍 학과(學科)를 하사받았고 몸이 관직의 반열에 올라 자주 강습과 토론의 일을 맡았습니다. 문소묘 역시 은혜로이 돌보아 주셔서 경연에서 시강을 한 일이 자주 있었습니다. 새 군주께서 즉위하시자 일이 있으실 때면 불러 대하셨으며 번갈아 강경을 하였습니다. 신묘년 내빙의 위의를 뵙고 객관에서 창수하였습니다.

제 성은 임(林), 이름은 신지(信智), 자는 우옥(禹玉), 호는 퇴성(退省), 국자좨주 신독(信篤)의 둘째 아들입니다. 정묘년 생입니다. 상헌묘의 조정에서 조상의 음덕으로 몸이 관반의 지위에 올라 은혜로운 돌봄을 매우 입었습니다. 문소묘의 조정에서는 외람되이 명을 받들어 경연에서 시강을 하였습니다. 새 군주가 즉위하실 때 일이 있으면 불러 말씀하셨고 번갈아 강경을 하였습니다. 신묘년 내빙의 위의를 뵈었고 객관에서 창수하였습니다.

명함을 들임.

임 좨주 봉강 선생께[林祭酒鳳岡先生座下]

제 성은 신(申), 이름은 유한(維翰), 자는 주백(周伯), 호는 청천(靑泉), 올해 39세입니다. 집안은 대대로 영남인입니다. 젊어서 시서를 배웠으나 원표(袁豹)의 반을 읽지[16] 못했습니다. 장성해서는 서울에서 노닐었습니다. 지금 왕(숙종)이 재위하신 을유년(1705) 가을 시(詩)를 지어 진사 2등으로 급제하였고 계사년(1713) 부(賦)를 지어 장원급제하였습니다. 비서관(秘書館) 정자(正字)를 제수 받아 나라의 서적을 교정하고 감수하는 일을 관장하였습니다. 지금은 벼슬이 본관 저작(著作)에 이르렀고 직태상시(直太常寺)를 겸하여 종묘사직의 제사를 받들고 있습니다. 이제 하늘이 두 나라에 복을 내리고 덕음(德音)이 부응하여 사자가 명을 받들고 바다를 건넜습니다. 저 역시 은혜로운 전례를 욕보이며 붓을 싣고 따라왔습니다. 귀국 경계에 들어와 산천초목과 구름과 달, 아름다운 경치를 얻으니 신선의 고장이 아닌 곳이 없었습니다. 사람의 마음과 뼛속을 서늘하게 만들어서 바람을 타고 세상을 버리고 싶은 생각이 들었습니다. 도성 아래 이르러서 또 어르신의 돌봄을 받들어 풍채를 뵙게 되니, 긴 눈썹과 아름다운 얼굴은 이미 산악의 정기가 모여 있었습니다. 제가 동화(東華 : 조선)에 있을 적에 십년 동안 훌륭한 이름을 외며 잠 못 이루었는데 소원에 보상을 받게 되었습니다. 말씀을 나누며 높은 산을 우러러보듯 하니 기뻐서 펄쩍 뛰지 않을 수 없습니다. 비록 억새풀로 옥 나무에 기대지 못할 것이나[17] 사슴이 울고 금슬(琴瑟)을 연주할 때[18] 다행이 빈관(賓館)의 말석에 있어 마땅히

---

16 원표(袁豹)의 반을 읽지 : 은중문(殷仲文)이 글을 잘 지어 사람들이 대단하게 여겼다. 사령운(謝靈運)이 "만약 은중문이 원표의 반을 읽었다면 문재가 반고보다 못하지 않을 것이다."라고 하였다. 글을 많이 지어도 읽은 책이 적은 것을 가리킨다.

17 갈대풀로……것이나 : 비천한 인물이 뛰어난 인물과 함께 있는 것을 비유하는 말이다. "위명제가 황후의 아우 모증과 하후현을 함께 앉히니 당시 사람들이 '갈대풀이 옥 나무에 기대었다'라고 하였다.[魏明帝使后弟毛曾與夏侯玄共坐, 時人謂蒹葭倚玉樹。]."

18 사슴이 울고 금슬(琴瑟)을 연주할 때 : 『시경(詩經)』의 「녹명(鹿鳴)」 3장에 "사슴이 소

평온하게 어른을 접하여 기리고 사모하는 마음을 펴려 하오니, 성명을 부끄러워하지 않고 먼저 못난 정성을 드립니다.

익재·퇴성 형제께[翼齋退省棣華案下]

제 성은 신, 이름은 유한, 자는 주백, 호는 청천입니다. 관직은 지금 비서관 저작랑 겸 직태상시입니다. 외람되게 공직의 선발을 탐내 사신의 일을 보좌하게 되었습니다. 해륙 만 리 배와 수레가 별 탈 없이 도성의 문에 들어섰습니다. 성곽과 집들을 보니 위의와 기물이 풍부하여 이미 다행이었습니다. 이번 여행은 마치 요지(瑤池)와 현포(玄圃)[19]에 있는 듯하였는데 생각지도 않게 여러분들이 선생을 모시고 와서 나란히 내려주시고 비루하게 여기지 않고 낮은 곳에 와주셨습니다. 비록 언어가 통하지 않아 뜻을 소통하기 어렵지만 사람의 정신을 상쾌하고 툭 트이게 하여 입으로 감사함을 읊게 하니 봉래섬 안개와 구름 가운데 안기생과 선문자를 접해 한가히 노닌들 어찌 이 모임에 비하겠습니까? 마땅히 한 번 정해서 조용히 습상(濕桑)의 즐거움[20]을 펴야 할 것입니다. 먼저 글을 써서 비루한 예를 대신 폅니다.

리 내며 울고, 들에서 풀을 뜯네. 내게 아름다운 손님이 있어 금슬을 연주하네.[呦呦鹿鳴, 食野之苓。我有嘉賓, 鼓瑟鼓琴。]"라고 하였다.

19 요지(瑤池)와 현포(玄圃) : 신선이 사는 곳을 가리킨다. 요지(瑤池)는 서왕모가 있는 곳이고, 현포(玄圃)는 곤륜산 정상에 있다는 신선이 사는 곳이다.

20 습상(濕桑)의 즐거움 : 습상(濕桑)은 『시경(詩經)』의 「습상(濕桑)」을 가리킨다. 군자를 만난 즐거움을 노래한 시편이다.

저는 폐방에서 성취허[21]·동곽[22] 선생들을 통해 일본에 정우 선생이 있는데 문장과 경술이 온 나라에서 으뜸이라고 들었습니다만 어른을 가까이 모시지 못한 것이 한스러워 소원을 풀 수 있도록 우러러 청하였습니다. 이제 훌륭하신 위의를 외람되이 뫼시고 함부로 화려한 명함을 받드니 얼마나 다행인지요? 기쁘고 위로됨을 어찌 말하겠습니까? 게다가 사(謝) 씨 집안의 봉모(鳳毛)[23]는 실로 평범한 새가 아니요, 남전(藍田)에서 옥이 난다더니 진정 헛된 말이 아닙니다.[24] 기특하고 감탄스럽습니다. 제 성은 강(姜), 이름은 백(栢), 자는 자청(子靑), 자호는 경목자(耕牧子), 또다른 호는 추수(秋水)입니다. 25세 진사시에 합격했습니다. 올해 30세인데 정사 기실로 왔습니다. 천계(天啓) 갑자년(1624) 부사로 귀국에 사행을 왔던 용계(龍溪)라는 호를 썼던 사람[25]이 제 증조부이십니다.

---

21 성취허 : 1682년 제술관으로 일본에 갔던 성완(成琬, 1639-?)을 가리킨다. 취허(翠虛)는 그의 호이다.

22 동곽 : 1711년 제술관으로 일본에 갔던 이현(李礥, 1654-?)을 가리킨다. 동곽(東郭)은 그의 호이다.

23 사(謝) 씨 집안의 봉모(鳳毛) : 진(晉)의 사안(謝安)이 아들과 조카들에게 "어찌하여 사람들은 자기 자제가 출중하기를 바라는가?[子弟亦何豫人事, 而正欲使其佳。]"라고 묻자, 조카 사현(謝玄)이 "비유하자면 마치 지란(芝蘭)과 옥수(玉樹)가 자기 집 뜰에 자라기를 바라는 것과 같습니다.[譬如芝蘭玉樹, 欲使其生於庭階耳。]"라 하였다 한다. 봉모(鳳毛)는 자손이 그의 부조(父祖)와 같이 훌륭한 재능을 지녔음을 비유한 말로, 여기에서는 임가(林家)의 인물들이 뛰어남을 비유해서 표현한 것이다.

24 남전(藍田)에서……아닙니다. : 남전(藍田)은 옥의 생산지로 유명한데, 오(吳)의 손권(孫權)이 제갈근(諸葛瑾)의 아들 제갈각(諸葛恪)을 보고서 "남전에서 옥이 나온다더니, 정말 빈말이 아니다.[藍田生玉 眞不虛也。]"라고 하였다고 한다.

25 용계(龍溪)라는 호를 썼던 사람 : 1624년 회답겸쇄환사(回答兼刷還使)로 일본에 파견되었던 강홍중(姜弘重, 1577-1642)을 가리킨다.

제 성은 성(成), 이름은 몽량(夢良), 자는 여필(汝弼), 자호는 장소헌(長嘯軒)입니다. 계축년(1673)에 태어나 임오년(1705)에 진사가 되었습니다. 임술년(1782) 통신사 때 제술관 취허공[26]이 바로 제 백부십니다. 백부께서 항상 말씀하시기를 정우 공께 가장 두텁게 알아줌을 받았다고 하셨습니다. 그때 창화한 시집이 아직도 상자 안에 남아있어서 제가 귀로 실컷 듣고 가슴에 새긴 지 오래되었습니다. 지금 다행히 용문에 올라 빛나는 모습을 바라보니 신령스러운 광채가 우뚝하고 옥체가 평강하니 기쁘고 다행스럽기가 어떠하겠습니까? 다만 죽림에서 노닐던 흔적이 이미 지나간 일이 되어 슬픈 마음을 이기지 못할 뿐입니다.

제 성은 장(張), 이름은 응두(應斗), 자는 필문(弼文), 자호는 국계거사(菊溪居士), 또 단구산인(丹丘散人)이라고도 합니다. 계사년(1713) 봄 시로 진사에 합격하였습니다. 올해 50세입니다. 종사관 기실로 왔습니다. 훌륭한 위의를 뵙고 아울러 뛰어난 자손을 보니 집사께서 하신 '오늘 기이하게 만났으니 하늘이 좋은 인연을 빌려주셨다'는 말씀은 진실로 실제의 말입니다. 기쁘고 다행한 마음이 어찌 끝을 다하겠습니까?

26 취허공 : 1682년 제술관 성완을 가리킨다.

## 조선 정사 북곡 홍공[27]께 드리다
### 奉寄朝鮮正使北谷洪公

좨주 임신독(林信篤)

예 땅에서 전별주, 수레에 기름칠, 위나라에서 이르니[28] 禰飮脂車自衛臻
남은 인생 세 번 봐도 내빙 위의 새롭구나 殘生三見聘儀新
그대의 붉은 부절 잡은 홀과 나란하니 知君頳節執圭幷
내 흰 머리 부끄러워 자주 거울 내던지네 愧我白頭抛鏡頻
재자들 펼친 반열 원개(元凱)[29]의 차례이고 才子敍班元凱次
풍류로 떨친 명예 완하(阮何)[30]와 동류로다 風流馳譽阮何倫
문헌이 이처럼 크길 어찌 도모하랴? 豈圖文獻如斯大
대대로 어진 인물 빠지지 않는 것을 世世賢良不乏人

27 홍공 : 홍치중(洪致中, 1667-1732)으로, 자는 사능(士能), 호는 북곡(北谷)이다. 우의정·좌의정·영의정 등을 역임하였다. 민정중(閔鼎重)의 문인이다. 1719년 통신사행 때 정사(正使)로 일본에 다녀왔고, 『해사일기(海槎日記)』를 남겼다.

28 예 땅에서……이르니 : 『시경(詩經)』의 「천수(泉水)」에 "자 땅에 나가 유숙하고, 예 땅에서 전별주를 마시도다.[出宿于泲 飮餞于禰]"라고 하였고, "수레에 기름칠하고 수레 돌려 돌아간다면 단번에 위나라에 이르련만 도리에 해롭지 않을까?[載脂載舝, 還車言邁。遄臻于衛, 不瑕有害？]"라고 하였다.

29 원개(元凱) : 팔원팔개(八元八凱)의 약칭이다. 옛날 고신씨(高辛氏)의 여덟 재자인 백분(伯奮)·중감(仲堪)·숙헌(叔獻)·계중(季仲)·백호(伯虎)·중웅(仲熊)·숙표(叔豹)·계리(季貍)를 팔원이라 하고, 순(舜)이 이들로 하여금 인·의·예·지·신을 펴게 하였다 하였고, 고양씨(高陽氏) 여덟 재자인 창서(蒼舒)·퇴고(隤敳)·도인(檮戭)·대림(大臨)·방강(尨降)·정견(庭堅)·중용(仲容)·숙달(叔達)을 팔개라 하며, 이들에게는 토지의 신을 주장케 했다고 한다.

30 완하(阮何) : 완도(阮韜)와 하언(何偃)의 병칭으로, 송나라 효제(孝帝)가 시중(侍中) 4인을 고르면서 풍모로 왕욱(王彧)과 사장(謝庄)으로 1쌍, 완도와 하언으로 1쌍을 삼았다고 한다.

## 조선 부사 노정 황공[31]께 부치다
### 奉寄朝鮮副使鷺汀黃公

좨주 임신독(林信篤)

| | |
|---|---|
| 목란주에 계수나무 노 저어 신선 고장 들어오니 | 蘭舟桂楫入仙州 |
| 기린의 뿔 준마 발굽이 난새 봉새 짝하였네 | 麟角驥蹄鸞鳳儔 |
| 찌는 듯한 바다 구름 자라 언덕 솟았는데 | 海氣蒸雲鰲嶺聳 |
| 조수 소리 비를 띠고 압록강에 흐르겠지 | 潮聲帶雨鴨江流 |
| 훌륭한 재주로 춘추관에 | 良才膺選春秋館 |
| 고향 생각 풍월루를 향해서 달리겠지 | 歸思馳望風月樓 |
| 전 세대 남긴 유훈 큰 전통을 전했으니 | 前世遺謀傳大統 |
| 그대는 상나라를, 난 주나라 노래하리 | 君歌商頌我歌周 |

## 조선 종사관 운산 이공[32]께 부치다
### 奉寄朝鮮從事官雲山李公

좨주 임신독(林信篤)

| | |
|---|---|
| 만 이랑 안개와 구름 물길 아득한데 | 萬頃烟雲水渺茫 |
| 바람이 끈 비단 닻줄 은하수 지났도다 | 風牽錦纜度天潢 |
| 기이한 악와[33] 종자 신마가 솟구치고 | 渥洼奇種神駒躍 |

31 황공 : 황선(黃璿, 1682-1728)으로, 자는 성재(聖在), 호는 노정(鷺汀)이다. 형조참판·대사간·경상감사 등을 역임했다. 1719년 9차 통신사행 때 부사(副使)로 일본에 다녀왔다.

32 이공 : 이명언(李明彦, 1674-?)으로, 자는 계통(季通), 호는 태호(太湖)이다. 의주부윤·대사헌 등을 역임하였다. 1719년 9차 통신사행 때 종사관(從事官)으로 일본에 다녀왔다.

33 악와(渥洼) : 중국 감숙성(甘肅省)에서 발원하는 강 이름이다. 이곳에서 신마(神馬)가

희귀한 단혈[34]에는 오색 봉황 나는구나　丹穴希色彩鳳翔
환로에선 한 쌍의 송옥처럼[35] 호위했고　宦路趍衛雙宋玉
문원에선 백 명의 구양수를 길러냈네　文園累養百歐陽
남아의 장한 절개 응당 이와 같아야　男兒壯節應如此
사방으로 사신 가는 일 제대로 감당하리　專對眞堪使四方

## 조선국 정사 통정대부 북곡 홍공께 드려서 잠깐 보시기를 청하다
### 奉寄朝鮮國正使通政大夫北谷洪公左右伏乞電覽

경연강관 임신충(林信充)

도성에 선비가 있다는 걸 먼저 아니　先知都下士無虛
영웅과 준재가 수레에 함께 했네　英俊雄才同一輿
옥 의장과 높은 깃발 바다 밖에 떠나와서　玉仗飄旌遊海外
비단 옷 패옥 끌며 계단을 걸었네　錦衣曳佩步階除
현왕(玄王)[36]의 다스림에 기업 연 지 오래이고　玄王桓撥開基久
백마의 위엄 넘쳐 내린 복이 넉넉하네[37]　白馬淫威降福餘

---

나와 한무제에게 바치니 한무제가 「천마가(天馬歌)」를 지었다.

34 단혈(丹穴) : 『산해경(山海經)』 「남산경(南山經)」에 나오는 산 이름으로 금과 옥이 널려 있고 오색의 무늬를 가진 봉황새가 산다고 한다.

35 한 쌍의 송옥이요 : 두보(杜甫)의 「추일형남송석수설명부사만고별기설상서송(秋日荊南送石首薛明府辭滿告別奉寄薛尙書頌)」에 "시신은 한 쌍의 송옥이요, 전략은 두 명의 사마양저네[侍臣雙宋玉, 戰策兩穰苴]"라는 구절이 나온다. 송옥은 전국시대 말 초나라 시인으로 초양왕의 문학시신(文學侍臣)으로 있었다.

36 현왕(玄王) : 은(殷)의 시조이자 탕왕(湯王)의 아버지인 설(契)을 가리킨다.

37 백마의……넉넉하네. : 『시경(詩經)』의 「유객(有客)」을 점화한 시구이다. 이 시는 주나

「사모」와 「황황자화」[38] 노래가 끝난 후　四牡皇華歌罷後
잔치에 잔을 들고 손께 처음 창화하네　盛筵擧盞唱賓初

## 조선국 부사 통훈대부 노정 황공께 드리고 잠시 봐주시길 청하다
### 奉寄朝鮮國副使通訓大夫鷺汀黃左右伏乞電覽

경연강관 임신충(林信充)

길고 짧은 역참 지나 길을 잃지 않았고　長堠短亭路不迷
얼굴에 새벽 바람, 달은 높이 떴다 졌네　曉風吹面月高低
자루 속 율무[39]는 진귀한 맛 지녔고　橐中薏苡貯珍味
천상의 기린은 날랜 발굽 달리네　天上麒麟飛駿蹄
한림학사 은혜 입어 금련거[40]로 전송하고　內翰承恩送金炬
태을성의 정령이 청려를 잡아줬네[41]　乙精分影把青藜

---

라가 은을 망하게 한 후 미자(微子)를 송(宋)에 봉했으나 신하로 접하지 않고 손님으로 접대했음을 노래한 것으로, 은나라의 색이 백색(白色)이므로 백마로 표현하였다.

38 「사모」와 「황황자화」 : 두 편 모두 『시경(詩經)』 소아(小雅)의 편명으로, 「사모(四牡)」는 왕명을 받든 사신을 위로하기 위해 지어진 시이고, 「황황자화(皇皇者華)」는 사신을 보낼 때 불러 주던 노래이다.

39 율무 : 한(漢)의 마원(馬援)이 교지(交趾)에서 돌아올 적에 율무라는 약초를 가져왔는데, 간신들이 이것을 고운 구슬 문채 나는 무소뿔[明珠文犀]을 뇌물로 받아 왔다고 모함한 일이 있다.

40 금련거(金蓮炬) : 당(唐)의 영호도(令狐綯)가 대궐에서 임금을 대하다가 밤이 깊어 돌아갈 때, 천자가 황금 장식을 한 연꽃 모양의 등촉(燈燭)과 승여(乘輿)를 주어 보내자, 학사원(學士院)의 관리들이 멀리서 바라보고는 천자의 행차인 줄로 알았다는 고사가 전한다.

41 태을성의……잡아줬네 : 한(漢)의 유향(劉向)이 천록각(天祿閣)에서 서책을 교정하던 어느 날 밤에 한 노인이 명아주 지팡이를 짚고 그곳에 들어와 그 지팡이에 불을 붙여

상서로운 온갖 기운 머금은 누대에서 樓頭含蓄百祥氣
고향의 집처럼 평안함을 알겠구나 知得方鄕家室齊

## 조선국 종사관 통훈대부 운산 이공께 드리고 잠깐 보기를 청하다
**奉寄朝鮮國從事官通訓大夫雲山李公左右伏乞電覽**

경연강관 임신충(林信充)

고향땅 서쪽으로 먼 길 아득하니 故園西望路悠悠
뭍에서는 수레 가마, 물에서는 배를 탔네 陸則車轎水則舟
옥절은 바람 띠고 깃발은 요동치고 玉節含風旌氣動
자미성 자리 범해 검성이 뜨는구나 紫微侵座劒星浮
교린에 신의 있어 백년 약속 지켜왔고 隣交有信百年約
바다 끝에 자연스레 만리 물결 흘렀구나 海角無爲萬里流
오색의 구름 종이 무슨 일을 말하랴 五色雲箋說何事
봉산은 상서로움 태평루와 나누었네 鳳山分瑞太平樓

## 시 한 수를 조선국 정사 홍공에게 드리다
**鄙詩一章奉朝鮮國正使洪公館下**

경연강관 임신지(林信智)

이름은 중대의 직임 올랐고[42] 名字中臺職

밝혀 주었는데, 그 노인이 태을성이었다고 한다.

문장은 상국의 뛰어난 재주 文章上國才
권한을 맡은 풍모 우뚝하신데 執衡風卓爾
부절 안고 가는 길은 아득하구나 擁節道悠哉
용의 기운 나오는 그림 깃발과 龍氣畵旗出
장식 일산 따라오는 기러기 행렬 雁行羽盖來
푸른 구름 발해를 능가하였고 青雲凌渤澥
밝은 해에 봉래를 물어보았네 白日問蓬萊
성읍마다 사신의 별 지나가시고 城邑使星度
험한 산엔 신선의 달 떠올랐다네 關山仙月開
태평 세월 사는 사람 곡조 있으니 太平人有曲
사모(四牡) 노래 저절로 감도는구나 四牡自徐徊

## 시 한 수를 조선국 부사 황공에게 드리다

### 鄙詩一章奉朝鮮國副使黃公館下

경연강관 임신지(林信智)

한나라 궁전에 선비들 모여 漢殿諸儒會
주나라 태사가 관장하였네 周家太史官
어진 명성 해외까지 이어져 있고 賢聲聯海外
명 받아 조정에 나란히 섰네 寵命並朝端
석목진은 맑은 이내 합하여 있고 析木晴煙合

42 이름은……올랐고 : 중대(中臺)는 상서성(尙書省)을 가리킴. 홍치중이 참판의 벼슬에 있기 때문에 이른 말이다.

부상 나무 어둑한 빛 서늘하구나 扶桑冥色寒
뗏목 타니 하늘은 넓디넓었고 乘槎天漠漠
말을 타니 가는 길은 멀디멀었네 攬轡路漫漫
만 리 길에 머리가 셀 터이지만 萬里頭應白
백 년 먹은 마음은 이미 붉어라 百年心已丹
들은 적이 있으니 「담로(湛露)」[43] 부르며 嘗聞歌湛露
길한 일에 기쁨을 함께 다 하리 嘉事盡交歡

## 시 한 수를 조선국 종사관 이공께 드리다

### 鄙詩一章奉朝鮮國從事李公館下

경연강관 임신지(林信智)

경연에서 성인의 학문 열었고 經筵開聖學
사국(史局)에서 문호를 취하였구나 史局取文雄
관리로서 허둥댈 곳이 없었고 冠劍無遑處
배와 수레 타는 길 다 잘 통하였네 舟車有會通
나그네 길 천지가 다를지라도 客程天地異
벼슬 자취 고금이 똑같았다네 宦蹟古今同
국경을 떠나온 종사관께선 出境此從事
제천(濟天)[44]에 공을 더욱 세우셨다네 濟川更就功

43 「담로(湛露)」 : 『시경(詩經)』의 편명으로 천자가 제후에게 잔치를 베풀 때 부른 노래이다.

44 제천(濟天) : 제왕을 보좌함을 비유한 말이다. 『서경(書經)』 「열명상(說命上)」에 "만약 쇠라면 너를 써 숫돌을 삼으며 큰 내라면 너를 써 배와 노를 삼으리[若金, 用汝作

화산의 가을 나무 멀기만 한데 華山秋樹遠
울도(鬱嶋)[45]의 석양은 비어있구나 鬱嶋夕陽空
연회에 음악을 연주할 테니 宴樂聊應奏
해동의 풍모를 와서 보리라 來觀海東風

## 삼가 조선 부사 황공께 부치다
### 謹寄朝鮮副使黃公

정우(整宇)

앞서 만난 다음에, 얼마 전 다시 봉황 같은 위의를 뵈오니 기쁨을 이길 수 없었습니다. 술과 음식을 주셔서 먹으며 크게 웃으니 제 속된 마음이 단번에 깨끗해졌습니다. 깊은 은혜에 어찌 감사를 그치겠습니까? 그래서 볼품없는 율시를 지어 제 마음을 표현합니다. 바라옵건대 이 뜻을 홍·이 두 군자께 전달되면 매우 다행이겠습니다.

태미(太微)[46]의 신선 손님 자미성[47]의 정예라서 太微仙客紫微精
큰 기량과 큰 재주가 해내에서 빼어났네 偉器宏才海內英
천상의 두우성은 패검을 차더니 天上斗牛衫佩劒

---

礪；若濟巨川，用汝作舟楫。]"라는 구절이 나온다.

45 울도(鬱島) : 『산해경(山海經)』에 나오는 울주산(鬱洲山)을 가리킨다. 옮겨다니는 신선의 산이라 한다.

46 태미(太微) : 천체의 항성을 크게 태미원(太微垣), 자미원(紫微垣), 천시원(天市垣)의 삼원(三垣)으로 나누는데 그 중 하나이다. 전하여 임금이 있는 곳 혹은 조정을 가리킨다.

47 자미성 : 당나라 때 중서성(中書省)을 자미성(紫微省)이라 하였다.

인간 세상 풍경에 문채 깃발 보냈네　人間風日送文旌
동서의 갈매기가 진나라 제나라 모임 주관하니　東西鷗主晉齊會
남북의 말이 초나라 월나라 정 통했네　南北馬通楚越情
멋지게 마셨으니 함께 즐긴 자리 어찌 잊으랴?　淸飮豈忘同燕几
맛있는 술 아홉 번 따르고 국 한 잔 마셨어라　九酙美酒一盃羹

조선국 부사 노정 황공께서 국경을 나선 웅재로(雄才)로서 사자를 맡게 되었으니 명예를 널리 퍼뜨려 왕명을 욕되게 하지 않을 사람이라고 말할 수 있습니다. 이제 우리나라에 체재하는 동안 응대가 매우 친절하였고, 어제 훌륭한 모습을 가까이 뵈었을 때도 준비가 정성스러웠으니, 감사할 바를 모를 정도로 매우 감복하였습니다. 교린의 맹약은 변하지 않으니 황하가 맑아지는 것은 천 년에 한 번 이루어지기를 바랄 수 있을 것이며, 세상의 변화가 끝이 없으나 만년토록 함께 만세를 부르고 싶습니다. 율시 한 편을 지어 좌우에 부치니 잠깐 보시기를 엎드려 바랍니다.[朝鮮國副使鷺汀黃公, 以出境之雄才, 當輶軒之使者, 可謂延譽美而不辱命者也。今般來臨我國, 留滯之際, 應對深切。昨亦近接芝眉, 治具丁寧, 不知所謝, 感佩有餘, 隣交不渝, 河淸幸遂於千年, 世化無涯, 山呼願同於萬歲。聊裁一律, 奉寄左右, 伏乞電矚。]

### 쾌당
### 快堂

찰랑찰랑 패옥들이 스스로 주선하여　珊珊雜佩自周旋

한나라 부절 오니 깃발이 선명하네 漢節持來毛羽鮮
천만 리 여정에서 아홉 번 통역 거치나 千萬里程重九譯
두세 번 만난 다음 십년지기보다 낫네 兩三會後勝十年
비단 편지 하늘 너머 기러기가 전하고 雁傳素帛碧雲外
봉황이 백일 가에 고운 편지 부치네 鳳寄華箋白日邊
다른 나라 이국 손님 만날 줄 알았으랴? 詎識異鄕逢異客
하느님이 나에게 좋은 인연 빌려줬네 天公爲我假良緣

## 삼가 노정 황 공께 부쳐 두 차례 만남에 감사하다
**謹寄鷺汀黃公告兩會之謝**

퇴성(退省)

의젓한 저 큰 나라의 손님 儼彼大邦客
붉은 인끈 구름과 노을 어리네 朱紱映雲霞
고운 기운 끊임없이 번쩍거리고 氣彩煌不已
맑은 바람 하늘 한 쪽에서 불어오네 淸風天一涯
천 이랑 언덕이 얼마나 먼가? 千頃陂何遠
이것이 내가 서서 감탄한 까닭 此吾立稱嗟
자리에는 금동이 술이 있고 座上金樽酒
한낮 해는 더디게 저무는구나 遲遲白日斜
영롱한 옥 나무 빛깔에 玲瓏玉樹色
갈대풀이 의지하기 부끄럽구나 愧見倚蒹葭

## 국자 좨주 임공 각하께 쓰다
### 奉書國子祭酒林公閣下

통신부사 황선(黃璿)

생각하건대, 서리 내린 아침 기거가 편안하고 며칠 전 아름다운 방문을 두 번 맞이하여 우뚝하신 모범을 편안히 접하였으니 실로 동쪽으로 온 후 제일 위대한 만남이었습니다. 감사하고 다행스러움이 함께 깊습니다. 정중하신 문장이 또 먼지 쌓인 제 책상에 떨어져 두세 번 읊조렸더니, 고색창연하여 연·허 집안[48]의 말투가 크게 있었습니다. 장미의 이슬로 손을 닦고 읽을 수 없음[49]이 한스럽습니다. 즉시 화운시를 써 우러러 후의에 감사함이 마땅하나 나라의 일이 미처 끝나지 않아 시를 지어 읊조리기에는 편안치 못한 바가 있습니다. 나중에 못난 시를 지을 텐데 뫼시는 사람이 장독 뚜껑 덮는 데 쓰도록 하시기에 마땅할 것입니다. 뜰에 자라는 옥 나무 같은 두 자제분 역시 주신 글월이 있습니다. 돌보아주신 마음이 감동스럽습니다만 우선 제대로 감사드리지 못하니 이 뜻을 아래로 살펴주시면 매우 다행이겠습니다. 살펴주시기를 우러러 바랍니다. 이만 줄입니다.

48 연·허 집안 : 당현종(唐玄宗) 때 명신인 연국공(燕國公) 장열(張說)과 허국공(許國公) 소정(蘇頲)을 가리키는 말로, 둘 다 문장으로 이름을 떨쳤다.

49 장미……없음 : 유종원(柳宗元)이 한유(韓愈)가 보내온 시를 읽으려면 우선 장미꽃 향수로 손을 씻고 나서 펴보았다고 한다.

## 부사 황공 각하에게 답장하다
復副使黃公閣下

정우(整宇)

어제 옥 같은 편지를 받들고 관소에 도착해 훈도(薰陶)를 받아 펼쳐 읽고 나서 어찌할 바를 몰랐습니다. 겨울옷을 준비하는 시기[50]가 지나고 화로를 낀 모임이 이르렀는데, 기거가 편하시다니 매우 다행입니다. 앞서 만난 후 모습을 접하지 못하니 천박하고 속된 기운이 생겨나려고 하여 청동전 같아 만 번 적중할 말[51]이 듣고 싶을 따름입니다. 근래 학사·진사가 붓을 휘둘러 문장이 빨리 이루어지는 것을 보았습니다. 잘하는 사람은 붓을 고르지 않으니 우군(右軍 : 왕희지) 역시 제자가 되어야 할 것 같습니다. 통신 정사·종사관 두 공께서 예기치 않은 병이 있어 약을 쓰지 말라는 알림을 기다리고 있습니다.[52] 전에 올린 볼품없는 시에 옥 같은 보답이 있기를 가뭄에 비 기다리듯 하고 있습니다. 그리고 드리기로 약속한 새 그림 3폭에 세 공께서 한 마디씩 써주시면 문방의 진귀한 도구가 될 뿐 아니라 교린우호의 영원한 아름다움으로 남겨질 것입니다. 풍경이 쓸쓸해지니 강엄(江淹)의 고국

---

50 겨울옷을 준비하는 시기 : 9월을 가리킨다. 『시경』의 「칠월(七月)」에 "7월에 대화심성이 서쪽으로 내려가면 9월에 옷을 만들어주네[七月流花, 九月授衣。]"라는 구절이 나온다.

51 청동전 같아 만 번 적중할 말 : 뛰어난 문장을 가리킨다. 당(唐)의 장작(張鷟)이 문장에 뛰어나서 여덟 번 모두 갑과(甲科)로 합격하였으므로, 당시 원외랑(員外郎) 원반천(員半千)이 "장작의 문사는 마치 청동전 같아서 만 번을 뽑아도 만 번을 다 적중한다.[鷟文辭猶青銅錢, 萬選萬中。]"라고 하였다.

52 예기치……있습니다. : 병이 낫기를 기다린다는 뜻이다. 『주역(周易)』의 「구오효(九五爻)」에 "예기치 않던 병이다. 약을 쓰지 말라. 기쁨이 있으리라.[无妄之疾, 勿藥有喜。]" 라고 하였다.

을 그리는 생각이[53] 생겨납니다. 살펴 주시기 바라며 이만 줄입니다.

## 정사 북곡 홍 공이 본국으로 돌아감을 전송하다

**奉送正使北谷洪公歸本國**

정우(整宇)

| | |
|---|---|
| 공의 재주 깊고 넓은 큰 집과 같은데 | 公才似厦屋渠渠 |
| 나는 겨우 네 벽에 쑥대지붕 걸린 집 | 我是蓬衡四壁居 |
| 태산과 은하수가 닳고 마를 때까지 | 泰岳天河申礪帶 |
| 진땅 구름 농서 나무 대장기 세우시리 | 秦雲隴樹建于旟 |
| 원로(鴛鷺)의 반열이라 신하로서 훌륭하고 | 鷺鵷班位爲宦好 |
| 용호(龍虎)로 이름 올라 옛일 보기 넉넉하네 | 龍虎榜名稽古餘 |
| 비단 소매 날리며 고국으로 돌아간 날 | 錦袂風輕歸國日 |
| 영예가 영원하길 밤낮으로 축복하네 | 祝期夙夜永終譽 |

## 부사 노정 황공이 본국에 돌아감을 전송하다

**奉送別副使鷺汀黃公歸本國**

정우(整宇)

| | |
|---|---|
| 사명에 옥백이 적음 먼저 알았으니 | 使命先知玉帛微 |

53 강엄(江淹)의……생각이 : 이별을 슬퍼함을 가리킨다. 강엄(江淹, 444-505)은 중국 남조(南朝)시대의 문인으로, 「한부(恨賦)」와 「별부(別賦)」 2편의 부(賦)가 유명하다.

훌륭한 명성 높고 덕업 역시 드날렸네　　英聲茂實共飛騰
명칭은 오래토록 청총마로 기억되고　　名稱久記青驄馬
의기는 금빛 발톱 매처럼 높이 오르리　　意氣遠揚金爪鷹
유창처럼 유하 갈 때 천 리가 가까웠고[54]　　劉敞趨河千里近
한유처럼 첫째로 뽑혀 오색구름에 올랐네　　韓公擢甲五雲升
동쪽으로 오실 때는 관란술[55]이 있으리니　　東遊必有觀瀾術
부상에선 할 수 없어 한스럽다 하지 마오　　休道扶桑恨未能

## 종사관 운산 이 공이 본국에 돌아감을 전송하다
### 奉送從事雲山李公歸本國

정우(整宇)

명을 받은 나랏일 길 마음은 관대하니　　銜命公程心事寬
타향에서 나그네 추운 자리 싫어하랴　　他鄉何厭客氈寒
삼천세계[56] 물의 고장 멀기만 하고　　三千世界水天遠

54 유창처럼……가까웠고 : 유창(劉敞)은 송나라 때 문신이다. 거란에 사신으로 갔을 때, 거란인이 험한 지세를 과시하고 산천을 익히지 못하도록 일부러 길을 돌아서 안내하자, 유창이 "송정(松亭)에서 유하(柳河)까지 가는데 곧바로 가면 가까워서 며칠 안 되어 중경(中京)에 도착할 텐데 어찌 그쪽으로 가지 않고 이쪽으로 가는가?"라고 물어서 거란인들이 부끄러워하며 사실을 실토했다고 한다. 『歐陽文忠公文集 卷35 集賢院學士劉公墓誌銘』

55 관란술(觀瀾術) : 『맹자(孟子)』 「진심상(盡心上)」에 "물을 관찰하는데 방법이 있으니 반드시 그 여울목을 보아야한다[觀水有術, 必觀其瀾。]"라고 하였다.

56 삼천세계(三千世界) : 불교에서 온 우주(宇宙)를 삼천 세계(三千世界)라 칭하는데, 일천(一千) 세계는 소천(小千)이요, 소천의 천배(千倍)가 중천(中千)이요, 중천의 천배가 대천(大千)이다.

백이산하[57] 벼랑길은 험난하구나　　百二山河棧道難
왕실 서고 남은 책은 백호가 거두었고　　秘府有書收白虎
시재는 짝이 없어 금빛 난새 시중드네　　詩才無敵侍金鸞
강남은 10월에 매화가 빨리 피니　　江南十月梅花早
바람 먼저 평안하다 소식을 전하네　　風信先傳消息安

## 정사 북곡 홍 공을 송별하다
### 奉送別正使北谷洪公

쾌당(快堂)

고향 땅을 할 수 없이 날 밝자 이별하고　　故園無奈別新明
명 받들어 이 시절에 무릉에 들어왔네　　奉命玆辰入武陵
내 재주 둔마처럼 더딘 것이 부끄럽고　　愧我微才遲類駑
그대 호기 붕새처럼 빠른 것이 기쁘네　　喜君豪氣疾如鵬
관 고치고 응대하니 덕의가 성대하고　　正冠應對德儀盛
부절 멈춰 머무르니 성가가 올라가네　　駐節留連聲價增
평양에는 뛰어난 경치 많다 들었으니　　平壤曾聞多勝景
어찌하면 함께 올라 노닐며 감상하랴　　何當遊賞共同登

57 백이산하(百二山河) : 진(秦)나라 땅이 매우 험하여 진나라 군사 2만으로 100만 인을 당해내기에 충분하다고 한 데서 온 말로, 전하여 요새의 험고함을 의미한다.

## 부사 노정 황 공을 송별하다
### 奉送別副使鷺汀黃公

쾌당(快堂)

| | |
|---|---|
| 이국 손님 만나서 일산 문득 기울이니 | 異客相逢盖便傾 |
| 문재와 예술로 정밀하게 선발했네 | 文才術藝擇而精 |
| 바다 떠난 은어[58]에게 비단 도포 내렸고 | 銀魚離海錦袍賜 |
| 금마문[59]에 글을 써서 황방에 이름 올랐네 | 金馬題門黃榜名 |
| 구름 안개 바라보니 소식 부치기 어렵겠고 | 目送雲烟難寄信 |
| 강물을 헤아리니 어찌 정을 짐작하랴? | 思量江水豈斟情 |
| 적선은 귀양 아닌 인간 세상 내려와 | 謫仙非謫降人世 |
| 붓 아래 날리는 꽃 종이 위에 생겨나네 | 筆下飛花紙上生 |

## 종사관 운산 이 공을 송별하다
### 奉送別從事官雲山李公

쾌당(快堂)

| | |
|---|---|
| 올 때 산이 무겁더니 떠날 때는 가볍고[60] | 來時山重去時輕 |

58 은어(銀魚) : 당(唐) 나라 때 5품 이상의 관원은 은으로 만든 어부(魚符)를 패용(佩用)했다.

59 금마문 : 한나라 때 궐문의 이름으로, 학사들이 조명을 기다리던 곳으로 말 동상이 서있었기 때문에 생긴 말이다. 인신하여 한림학사를 가리킨다.

60 올 때……가볍고 : 두보(杜甫)가 엄무(嚴武)를 위해 지은 시 가운데 "공이 오시자 설산이 무거워졌고, 공이 가시자 설산이 가벼워졌네.[公來雪山重, 公去雪山輕。]"라는 구절이 나온다.

국서 전한 장한 유람 바다 영주 올랐네　　傳命壯遊登海瀛
옥 나무 계단 앞에 맑은 모습 드러내고　　玉樹階前現淸影
금 난초 장부에는 고운 이름 기록했네　　金蘭簿上記佳名
길한 기운 품은 구름 잠깐사이 옮겨가고　　雲含瑞氣須臾變
햇빛은 붉은 마음 작은 정성 비추네　　日照丹心方寸誠
태탕한 이웃나라 궁궐까지 이어지니　　台蕩接隣天尺五
어제 그르고 오늘 옳아 여정을 계산하네[61]　　昨非今是計行程

## 북곡 홍 공이 조선국에 돌아감을 전송하다
### 奉送北谷洪公歸朝鮮國

퇴성(退省)

사신 부절 서리 속에 행색이 새로우니　　使節霜寒行色新
강호에서 시월에 주륜(朱輪)[62]을 전송하네　　江關十月送朱輪
화잠[63]은 떠나서 동조(東曹) 새벽 모실 테고　　華簪去侍東曹曉
옥패[64]는 돌아가서 상원(上苑)의 봄 맞겠지　　玉佩歸逢上苑春
이 사이 우호 다져 성주를 칭송하고　　此際善隣稱聖主

61 어제……옳아 : 도잠(陶潛)의 「귀거래사(歸去來辭)」에 “실로 길을 헤맸으나 아직 멀리 가진 않았으니, 지금이 옳고 어제가 글렀음을 깨달았노라.[實迷途其未遠, 覺今是而昨非。]”라고 하였다.

62 주륜(朱輪) : 바퀴에 붉은 칠을 한 수레로 한나라 때 존귀한 사람들이 타던 것이다.

63 화잠(華簪) : 화려한 비녀로, 높은 벼슬아치가 꽂던 것으로, 인신하여 높은 관직을 비유한다.

64 옥패(玉佩) : 옥으로 된 차는 장식물로, 높은 신분의 벼슬아치가 사용하는 장신구이다.

| | |
|---|---|
| 올해의 나라 살펴 현신을 기록하리 | 當年觀國識賢臣 |
| 대장기가 바다 밖까지 다하지 않았으니 | 一麾未盡大瀛外 |
| 풍운이 후진을 바라는 것과 같네 | 猶自風雲望後塵 |

## 노정 황 공이 조선국에 돌아감을 전송하며
### 奉送鷺汀黃公歸朝鮮國

퇴성(退省)

| | |
|---|---|
| 아득한 봉래산 만 리 깊이 왔으니 | 縹渺蓬壺萬里深 |
| 사신 깃발 왕래할 때 한 해 저무네 | 旌旄來往歲陰陰 |
| 건곤은 곧바로 조정 돌아가는 얼굴 가리키고 | 乾坤直指還朝色 |
| 일월은 오히려 나라에 보답하는 마음 품었네 | 日月猶懷報國心 |
| 긴 밤 기러기 푸른 바다 사직하고 | 遙夜冥鴻辭碧海 |
| 오랜 시간 상서로운 봉황 구슬 숲에 있었네 | 長時瑞鳳在瓊林 |
| 성대한 이름 쓰인 기둥은 천 년 전할 업적이고 | 盛名題柱千秋業 |
| 네 필 말 맑은 바람 흠모하는 분 따르네 | 駟馬淸風屬所欽 |

## 운산 이 공이 조선국에 돌아감을 전송하다
### 奉送雲山李公歸朝鮮國

퇴성(退省)

| | |
|---|---|
| 사신 수레 서쪽으로 한양 향해 떠나건만 | 輶軒西去漢陽關 |
| 하늘 끝 긴 바람에 올라갈 수 없구나 | 天末長風不可攀 |

옥 피리 든 시신은 푸른 궁문 올라가고 瑤管侍臣靑瑣上
은 인장 찬 사자는 흰 구름 속 가는구나 銀章使者白雲間
높은 성 별 움직이자 검을 처음 잃었고[65] 高城星動劍初失
큰 바다 달이 밝자 구슬 일찍 돌아왔네[66] 大海月明珠早還
백 리 다스릴 재주로 명 욕되게 안 했으니 百里才名無辱命
궁궐 섬돌 조정 반열 다시 선 걸 보겠구나 螭頭重見列朝班

## 삼가 대학두 봉강의 운에 차운하다
### 謹次大學頭鳳岡韻

정사 홍치중(洪致中)

세 조정을 맑게 하여 복록이 이르렀고 宿淑三朝福祿臻
시학까지 겸해서 늙을수록 새롭네 況兼詩學老愈新
하분의 교수[67]가 명성이 높아서 河汾敎授聲名重

65 별……잃었고 : 진(晉) 나라 무제(武帝) 때 두우(斗牛) 사이에 자기(紫氣)가 있자 장화(張華)의 부탁으로 뇌환(雷煥)이 그 검을 발굴해 낸 뒤 용천검은 장화에게 보내고 태아검은 자기가 차고 다녔다. 그 뒤에 장화가 죽고 나서 용천검의 소재가 알려지지 않았고, 태아검 역시 뇌환이 죽고 나서 그 아들이 차고 다니다가 연평진(延平津)을 지날 때 칼이 물속으로 뛰어 들어 갔는데, 잠수부를 시켜 찾아보게 한 결과 칼은 보이지 않고 두 마리 용이 사라지는 것만을 보았다고 한다.

66 구슬……돌아왔네 : 합포(合浦)에 구슬이 많이 나는데, 수령(守令)들이 탐욕스러운 탓에 구슬이 차츰 교지(交趾)로 옮아가더니, 맹상(孟嘗)이 합포태수가 되어 선정(善政)을 베풀자 떠났던 구슬이 다시 돌아왔다 한다.

67 하분의 교수 : 수(隋)나라 왕통(王通)을 가리킨다. 유년 시절부터 학문에 힘썼고 장안에 가서 「태평십이책(太平十二策)을 올렸으나 자신이 쓰이지 않을 것을 알고는 물러나 하분(河汾)에 살면서 생도들을 가르치며 생활했는데 배우는 이가 천여 명에 이르렀다.

막부에서 나랏일로 자주 불러 대우했네 帷幄論思接遇頻
위씨의 경전 하나[68] 기탁한 줄 알겠고 韋氏一經知有托
서경의 두 아들[69]도 무리에서 뛰어나네 徐卿二子亦超倫
남쪽으로 멀리 온 것 한스럽지 않으니 間關不恨南來遠
너그러운 어르신 안 것이 기쁘도다 喜識休休長者人

## 국자좨주 정우 임공께 서문과 함께 부치다
### 奉寄國子祭酒整宇林公幷小序

부사 황선(黃璿)

제가 동국(東國 : 조선)에 있을 때 일본 문헌 가운데 오직 임가(林家)만이 사람이 모여드는 대가라서 대대로 벼슬을 하며 임금의 문서를 맡아왔다고 익숙하게 들었습니다. 조정의 훌륭한 인재라는 명성이 멀리까지 퍼져서, 학수고대하면서 말하기를 밤낮으로 바랐습니다. 외람되게 함부로 부사에 임명되어 바다의 나라에 사신으로 오게 되었습니다. 관소에 머물던 날 태학 좨주인 정우 임공 및 두 아들 익재, 퇴성이 하루 종일 방문하였고 시를 부쳐 정성스러운 뜻을 전하였습니다. 옥

68 위 씨의 경전 하나 : 한나라 위맹(韋孟)·위현(韋賢)·위현성(韋玄成)이 대대로 경학(經學)에 밝아서 현달하므로, 사람들이 "자손들에게 황금 한 바구니를 물려주는 것보다 경 하나를 가르치는 것이 낫다."고 하였다.

69 서경의 두 아들 : 두보(杜甫)의 시 「서경이자가(徐卿二子歌)」에 "그대는 못 보았나 서경의 두 아들 뛰어나게 잘난 것을. 길한 꿈에 감응하여 연이어 태어났다네. 공자와 석가가 친히 안아다 주었다니, 두 아이는 모두가 천상의 기린아일세[君不見徐卿二子生絶奇, 感應吉夢相追隨, 孔子釋氏親抱送, 竝是天上麒麟兒。]"라고 하였다.

잔의 먼지를 떨게 하여 겹겹이 포갰으나 싫증이 나지 않으니 비로소 전날 들었던 말이 모두 거짓이 아니었음을 믿게 되었습니다. 이어서 옛날 을미년(1655)에 나산 임공이 문단의 우이를 주관하고 있을 때 마침 우리 동쪽의 사신이 오는 일을 만나 시를 창수하였는데 두 자제 춘재·함삼(函三)[70]과 함께 했었던 것을 떠올렸습니다. 지금까지 남은 향기가 접역(鰈域)[71]에 흘러 전하여 매번 일광산(日光山) 화운시 시편의 '만리풍운' 구절[72]을 외울 때마다 나도 모르게 무릎을 치며 감탄하였습니다. 이때 공의 나이가 75세였습니다. 지금 정우공은 나산의 손자이자 춘재의 아들입니다. 연세를 따져보면 나산보다 1세 많습니다. 뜰 아래 한 쌍의 난초가 있어 흡사 옛날 나산이 옆자리에 아들들을 데리고 앉아있던 모습 같으니 어찌 옛날과 지금이 공교롭게도 딱 맞아떨어지는지요? 공께서 또 임술년 이래 몇 십 년 간 모두 세 번 사신을 응접하여 시 짓는 모임이 단란하였다고 하였습니다. 만약 장고씨(掌故氏)[73]로 하여금 『예원전(藝苑傳)』을 짓게 한다면 분명 공의 집안보다 숭상할 것이 없을 것입니다. 제가 더욱 충분히 깨달은 것이 있습니다.

70 함삼(函三) : 임독경재[林讀耕齋, 하야시 독코사이, 1624-1661]를 가리킨다. 함삼(函三)은 그의 별호이다. 임나산(林羅山)의 넷째 아들로 1646년 막부의 유관이 되었고, 별도의 가문을 세웠다.

71 접역(鰈域) : 조선을 가리킨다. 가자미가 많이 산출된다고 생긴 이름이다.

72 '만리풍운' 구절 : 임춘재(林春齋)가 지은 "屋轎回頭山色青, 官船解纜涉滄溟。公齡算得南宮將, 萬里風雲映使星。"을 가리킨다. 1655년 종사관으로 파견되었던 남용익(南龍翼, 1628-1692)의 화운시와 임춘재(林春齋)의 원시가 『부상록(扶桑錄)』에 실려 있다.

73 장고씨(掌故氏) : 장고는 한나라 때 태상시에 속한 벼슬로, 예악과 제도 등의 전고를 맡아보았다.

이번 겹겹 바다를 건너 3천여 리를 오면서 파도의 장대함과 고래·거북의 장난질을 보았습니다. 또 대판(大阪)의 번화하고 풍성함, 부사산(富士山)의 험준하고 우뚝함을 보았습니다. 이제 또 임공을 뵈니 사림의 종장으로서 삼대 조정의 어른이 되십니다. 전해 받은 의발이 바로 그 청전(青氈)[74]이라 위용이 준수하고 기량이 뛰어납니다. 연세가 이순을 지났으나 시력과 청력이 노쇠하지 않았고 아름다운 얼굴과 학같이 흰 머리는 유유자적하는 고인의 풍모가 있습니다. 한 번 접하자 늙은 스승이자 큰 덕임을 알 수 있었습니다. 시문은 전아(典雅)하고 침중(沈重)하여 매우 작가의 솜씨가 있습니다. 익재와 퇴성 역시 아름다운 청상(青箱)[75]을 계승하여 훌륭한 명성을 궁궐까지 드날리고 젊은 나이에 시문이 아름다워 왕락(王駱)[76]의 뒤를 따르고 있습니다. 조정의 선비들이 모두 공의 문하에서 배출되어, 어제 수십 명의 무리가 왔습니다. 막부의 사객(詞客)들과 종일 문예를 겨루니, 모두 성대하고 아름다워 사람으로 하여금 놀라서 바라보게 하고 가슴이 툭 트이게 하였으니, 위대하고도 성대합니다. 이는 실로 동쪽 길로 온 장한 유람이니, 훗날 고국으로 돌아가 기이한 놀이를 손꼽아 헤아리면 반드시 공을 첫머리

74 청전(青氈) : 선대로부터 내려오는 귀한 유물을 비유한 말이다. 진나라 왕헌지가 누워 있는 방에 도둑이 들어 모든 물건을 가져가려 하자, "푸른 모포는 우리 집에 대대로 내려오는 물건이니 그것만은 놓고 가라."고 하였다고 한다.

75 청상(青箱) : 집안에 대대로 전해지는 학문을 가리킨다. 송(宋) 나라 때 왕준지(王准之)의 집은 대대로 강좌(江左)의 옛 일을 잘 알아서 이를 기록하여 푸른 상자에 넣어 두었으므로, 세상 사람들이 이를 일러 '왕씨(王氏)의 청상학(青箱學)'이라고 하였다.

76 왕락(王駱) : 당나라 초당사걸 중 두 명인 왕발(王勃, 650-676)과 낙빈왕(駱賓王, 640-684)을 가리킨다.

에 꼽을 것입니다. 『시경』에 이르기를, "군자가 만년토록 당신의 큰 복을 누리리라"[77]라고 하였으니 만일 술과 안주를 차린 작은 자리를 얻게 된다면 공을 위해 간절히 읊고 싶습니다. 멀리 와서 나랏일 때문에 마음이 어지러운지라 화운할 겨를이 없었습니다. 이제 일을 마치고 돌아가느라 수레를 기름칠하니, 질항아리나 두들기는 누추함을 헤아리지 않고 감히 맑게 울리는 패옥 같은 시문에 화운합니다. 제화시 절구 1수로 호대[78]를 대신하오니, 웃음이 터져 밥알을 품고 장독 뚜껑 덮는 데 쓰시더라도 사양하지 않겠습니다. 떠남에 앞서 슬프고 섭섭하여 한갓 만리교(萬里橋)[79] 생각이 있을 뿐입니다.

## 화운하다
### 和韻

나산의 명성 문벌 청주[80]에서 으뜸이라　　羅山名閥冠蜻洲

---

77 군자가……누리리라 : 『시경(詩經)』「기취(旣醉)」의 "이미 술에 취하고 이미 덕에 배부르니 군자는 만년토록 큰 복을 누리리라[旣醉以酒, 旣飽以德。君子萬年, 介爾景福。]"에서 따온 구절이다.

78 호대(縞帶) : 춘추 시대 오나라 계찰(季札)이 정나라에 사신으로 가서 자산(子產)을 만나고는 오랜 친구처럼 금방 친밀해졌다. 계찰이 자산에게 흰 명주로 만든 띠[호대]를 선물로 주자 자산이 모시로 만든 옷으로 답례했다고 한다.

79 만리교(萬里橋) : 사천(四川) 성도(成都)의 남쪽에 있는 다리 이름으로, 촉의 사신 비위(費禕)가 오나라로 떠날 때 이 다리에서 "만 리 길이 여기에서부터 시작되는구나."라고 하여 붙여졌다고 한다.

80 청주(蜻洲) : 일본을 가리킨다. 잠자리 모양으로 생겼다하여 붙여진 이름이다.

연허[81] 같은 재주는 세상에 짝이 없네 燕許奇才世莫儔
의 가르쳐 뜰에는 모두 어진 선비이고 教義階庭皆吉士
성심 다해 문하에는 다 훌륭한 무리일세 推誠門館盡淸流
노인성은 하늘 남쪽 끝에서 빛나고 老人星耀天南極
백설가는 제수(濟水)가 누대에 높구나 白雪歌高濟上樓
제일 기쁘네, 영묘한 광채 우뚝하여 最喜靈光巍然在
바다끝에 관월사[82]를 세 번이나 본 것이 海頭三見月槎周

## 일본국 학사 봉강 임공이 준 운에 화운하여 부치다
### 奉和日本國大學士鳳岡林公惠贈之韻仍寄詞案

종사관 이명언(李明彦)

오랫동안 화려한 명성을 우러르며 식형(識荊)[83]을 간절히 원하였더니, 지난날 빈관에 귀인의 수레가 자주 왕림하였습니다. 놀랍고 기쁜 끝에 곧바로 신 거꾸로 신고 나서야 마땅하였겠으나 마침 몸이 병에 걸려서 마침내 좋은 만남에 부응하지 못하였습니다. 병든 마음이 슬

81 연허 : 당현종 때 명신인 연국공(燕國公) 장열(張說)과 허국공(許國公) 소정(蘇頲)을 가리키는 말로, 두 사람 모두 문장이 뛰어났기 때문에 '연허대수필(燕許大手筆)'로 불렸다.

82 관월사(貫月槎) : 여기에서는 장군의 습직을 축하하러 온 사신을 가리킨다. 요임금이 등극한지 30년이 되었을 때 뗏목이 서해에 떠 있었는데, 뗏목 위에 광채가 있어 밤에는 환하고 낮에는 꺼지곤 하면서 항상 사해를 두루 떠돌아다니며 12년마다 일주하여 관월사라 하였다.

83 식형(識荊) : 이백(李白)의 「여한형주서(與韓荊州書)」에 "생전에 만호후에 봉해질 필요는 없고 오직 한번 한 형주를 만나는 것이 소원입니다[生不用封萬戶侯, 但願一識韓荊州。]"라고 하였다.

프고 서러워 애타는 마음 그치지 않았는데, 화려한 시편이 홀연 떨어지니 삼가 한 번 얼굴 뵌 듯하였습니다. 두세 번 읊으며 즐기니 깊은 병이 싹 나을 것만 같습니다. 이에 화운하여 우러러 맑은 눈을 더럽힙니다. 제화시 절구 1수 역시 사양하지 못하고 누추함을 잊고 당돌하게 드리니 한 번 웃어나 주십시오.

| | |
|---|---|
| 한 가닥 길 아득히 혼돈에 접했는데 | 一路迢迢接混茫 |
| 사신의 배 팔월에 은하수를 건넜네 | 星槎八月泛銀潢 |
| 바다 산에 원교[84] 어찌 볼 것을 생각하랴? | 豈惟海岳看圓嶠 |
| 오나라 현인 중에 중상[85] 있음 알게 됐네 | 慣識吳賢有仲翔 |
| 섬돌의 지초 난초 가업을 계승하고 | 映砌芝蘭傳世業 |
| 문 가득 도리(桃李)는 봄볕을 향하네 | 滿門桃李向春陽 |
| 빈번히 왕림한 가마 헛되게 하였으니 | 虛教軒蓋頻煩枉 |
| 몸져누워 오랫동안 약처방 일삼았네 | 伏枕長時事藥方 |

## 임용동의 운에 차운하다
### 奉次林龍洞韻

정사

| | |
|---|---|
| 부사산 하늘 뚫고 바다는 허공 닿고 | 富嶽凌霄海接虛 |

84 원교(圓嶠) : 전설상의 선산으로 은자와 신선이 사는 곳을 가리킨다.

85 중상(仲翔) : 우번(虞翻, 164-233)의 자로, 우번은 삼국시대의 저명한 경학가이자 철학가이다. 오나라의 중신이었다.

| | |
|---|---|
| 그대에게 모인 기운 솟구쳐 오르네 | 惟君鐘得氣扶輿 |
| 사씨 집안 옥나무에 새싹을 보아서 | 謝家玉樹看新苗 |
| 당 조정이 귀한 관직 특별히 제수했네 | 唐殿氷銜荷特除 |
| 예모는 온화하여 공경할 만 하였고 | 禮貌雍容眞可敬 |
| 글 솜씨 민첩하니 여사로 한 것이네 | 詞章敏速卽其餘 |
| 서로 만날 때마나 시편을 주었으니 | 相逢輒有詩篇贈 |
| 초면에도 후의를 깊이 알게 되었네 | 厚意深知識面初 |

## 임 강관 쾌당이 보내온 시에 차운하다
### 奉和林講官快堂寄示韻

부사

| | |
|---|---|
| 뭉게뭉게 바람먼지 눈앞이 혼미할 때 | 蓬勃風埃眼欲迷 |
| 홀연 만난 훌륭한 손 다하기 어렵구나 | 忽逢佳客盡難低 |
| 봉황 나는 단혈에서 진귀한 빛 보았고 | 鳳生丹穴瞻珍彩 |
| 준마 달린 청운에 옥 발굽을 내달리네 | 驥步靑雲散玉蹄 |
| 경연 자리 한가할 때 부지런히 시초[86]하니 | 講幄閑時勤視草 |
| 덕성이 허공에서 명아주 불 밝혀주네 | 德星臨虛護扶藜 |
| 경서 한 권 이로부터 가업이 되리니 | 一經自是箕裘業 |
| 대대로 집안 명성 부사산과 나란하리 | 奕世家聲富嶽齊 |

86 시초(視草) : 임금의 글을 대신 짓는 것을 가리킨다.

## 화운하여 쾌당 임 강관에게 보내다
### 和呈快堂林講官詞案

종사관

| | |
|---|---|
| 이웃나라 사신 와서 하염없이 세월 지나 | 拭玉隣邦日月悠 |
| 명성에 오랫동안 이응 배[87]에 읍하였네 | 聲名久挹李膺舟 |
| 집안에 전한 유학 순후하고 질박하여 | 家傳儒術多淳素 |
| 대대로 문장 맡아 경박함을 배척했네 | 世掌詞頭斥躁浮 |
| 경연의 토론에서 학사로 추앙 받고 | 講殿討論推學士 |
| 빈객과 수창에서 시재를 드러냈네 | 賓筵酬唱見詩流 |
| 한스럽게 조용한 얘기 자리 저버려 | 涔涔恨負從容話 |
| 머리 들고 공연히 백설루[88]를 바라보네 | 矯首徒然望雪樓 |

## 임 퇴성의 운에 차운하다
### 奉次林退省韻

정사

| | |
|---|---|
| 좨주는 세 조정 섬긴 원로요 | 祭酒三朝老 |
| 강관은 한 시대 재주일세 | 講官一代才 |

---

87 이응 배 : 후한(後漢)의 곽태(郭太)가 이응(李膺)을 처음으로 만났을 때 이응이 그를 대단히 기특하게 여겨 서로 친구가 되었는데, 뒤에 곽태가 고향으로 돌아올 때 수천 명의 선비들이 배웅을 나왔으나, 오직 이응하고만 함께 배를 타고 건너갔다고 한다.

88 백설루(白雪樓) : 영주(郢州)에 있었다고 하는 누각이다. 송나라 심괄(沈括)의 『몽계필담(夢溪筆談)』에 "세상에서 노래 잘 하는 사람을 모두 영인이라고 한다. 영주에 지금까지 백설루가 있다.[世稱善歌者皆曰郢人, 郢州至今有白雪樓。]"라고 하였다.

| | |
|---|---|
| 집안의 명성이 이와 같은데 | 家聲有如此 |
| 문장 솜씨 역시나 기특하도다 | 詞翰亦奇哉 |
| 경연에서 임금의 옆을 따르고 | 經幄隨君側 |
| 빈연에서 우리를 살펴주었네 | 賓筵候我來 |
| 상산의 백발노인[89] 만나 기쁘고 | 喜逢商嶺皓 |
| 색동옷 노래자[90]를 함께 대했네 | 兼對彩衣萊 |
| 몽매한 선비 위해 예 분별하고 | 禮爲澒儒別 |
| 통역을 의지해 마음 열었네 | 懷憑象譯開 |
| 주옥같은 시문에 모과 답하니 | 瓊琚當木李 |
| 붓 잡은 채 자꾸만 망설이노라 | 把筆屢低徊 |

## 임 강관 퇴성이 보낸 시에 화운하다

### 奉和林講官退省寄示韻

부사

| | |
|---|---|
| 젊은 나이 옥 같은 자질 지녔고 | 妙年如玉質 |
| 대대로 나라 문장 담당하였네 | 奕世掌綸官 |

89 상산의 백발노인 : 상산(商山)에 은거한 동원공(東園公)·하황공(夏黃公)·녹리선생(甪里先生)·기리계(綺里季) 네 사람을 가리킨다. 한고조(漢高祖)가 태자를 폐하려 할 때 여후(呂后)가 장량(張良)의 말을 듣고 네 사람을 불러와 태자를 보좌하게 하였는데, 고조가 그들이 태자를 모시고 있는 것을 보고 "우익이 이미 형성되었다."라고 하며 마음을 바꿨다 한다.

90 노래자(老萊子) : 춘추시대 초나라 효자로, 어머니를 기쁘게 하기 위해 70세에도 색동옷을 입고 어리광을 부렸다고 한다.

옛 것을 좋아해 시서가 풍부하고　　耽古詩書富
집안을 계승해 절조가 단정하네　　承家節操端
청운은 걸음 따라 펼쳐지고　　青雲隨步闊
백설 가득 누각은 고요하네　　白雪滿樓寥
양국의 교린에 우의가 돈독하여　　兩國憐交篤
외딴 배 해로에 줄지어 닿는구나　　孤槎海路漫
만난 자리 술잔을 함께 들었고　　逢場同擧白
편한 대화 몇 번이나 마음 풀었나　　穩話幾披丹
며칠 후 수레가 떠나게 되면　　不日征車動
즐거워 할 길 다시 없겠지　　無緣更一歡

## 퇴성 임 강관에게 화운하여 드리다
### 和呈退省林講官詞案

종사관

땅에는 삼신산 빼어난 경치　　地有三山勝
사람은 한 시대의 뛰어난 인물　　人爲一代雄
높은 재주 응대하는 말 훌륭하고　　才高辭令妙
박식하여 고금에 통달하였네　　識博古今通
군신간이 친밀하게 맺어져 있고　　托契君臣密
부자가 똑같이 은혜 입었네　　承恩父子同
대대로 집안에는 옛 가업 전해　　世家傳舊業
경연 자리 새로운 공 본받는다네　　經幄效新功

요사이 귀인께서 들르셨으나 頃荷高軒過
손님 자리 끝내 비게 만들었다네 終教客座空
여전히 장수질[91]에 걸려 있어서 尙纒漳水疾
이렇게 맑은 풍모 읍할 수 밖에 徒此挹清風

## 운을 따라 지어 봉강에게 부치며 감사하다
### 步韻寄謝鳳岡詞案

부사

맑은 모습 부사산 정기임을 알겠으니 清標認是富山精
난초 차고 가벼이 국화송이 줍는구나 蘭佩翛然掇菊英
덕은 중해 사림에서 영수가 되었고 德重士林爲領袖
명망 높아 문단에 깃발이 엄연하네 望高騷壘儼旗旌
학문은 백 세대 전승할 가업이요 青箱百世傳家業
센 머리는 세 조정에 보국하는 마음이네 黃髮三朝報國情
하늘 끝에 오랫동안 길손 노릇 자조하니 自笑天涯長作客
물의 고장 가을 다해 순챗국[92]을 저버렸네 水鄕秋盡負蓴羹

91 장수질(漳水疾) : 삼국 시대 위(魏)의 유정(劉楨)이 조비(曹丕)와 친하였는데, 조비에게 빨리 찾아오라 청하면서 보낸 시에 "내가 고질병에 심하게 걸려서, 맑은 장수(漳水)가에 몸져누워 있네.[余嬰沈痼疾, 竄身清漳濱。]"라고 한 구절이 있다.

92 순챗국 : 진(晉)의 장한(張翰)이 가을바람이 불어오는 것을 보고는 고향인 오(吳)땅의 순챗국[蓴羹]과 농어회[鱸膾]가 생각나서 벼슬을 그만두고 바로 돌아갔다고 한다.

## 임 쾌당이 보인 시에 차운하다
### 奉次林快堂荐示之作

부사

| | |
|---|---|
| 나랏일에 달려와서 어느 날에 돌아가나? | 王事驅馳曷月旋 |
| 꿈 돌아온 양곡[93]에 새벽노을 곱구나 | 夢回暘谷曉霞鮮 |
| 나그네 창 잎은 지고 수심은 바다 같고 | 旅窓木落愁如海 |
| 고국은 하늘 멀리 1년 걸릴 여정이네 | 故國天長路似年 |
| 맑은 모습 자리에 와주신 것 기뻤고 | 已喜淸標來席上 |
| 화려한 시 술잔 앞에 떨어져 더 경탄했네 | 更驚華什墮樽前 |
| 두 나라 우호는 원래 틈이 없었고 | 兩邦交意元無間 |
| 떠돌다 만난 것도 인연이 있어서네 | 萍水相逢亦有緣 |

출발할 때가 되어 바쁘고 분주해서 화운시와 이별하는 말을 쓸 수가 없으니 널리 이해해 주시기 바랍니다.

## 봉강의 이별시에 차운하다
### 奉次鳳岡贐行韻

정사

| | |
|---|---|
| 푸른 바다 만 리 지나 시내 도랑 살펴보며 | 滄溟萬里視溝渠 |
| 나랏일로 달리느라 잠깐 쉬지 못하였네 | 王事驅馳不暫居 |
| 한강의 겨울 매화 이별의 꿈 이끄는데 | 漢渚寒梅牽別夢 |

93 양곡(暘谷) : 전설상에 나오는 해가 돋는 곳.

부사산 눈 돌아가는 깃발에 어리네　　士峯晴雪映歸旟
우연한 만남에도 정이 더욱 깊었으니　　水萍相遇情仍厚
기러기와 제비처럼 나뉘는 한 넉넉하네　　鴻燕分飛恨有餘
소매 속의 옥 같은 시 호대에 해당하니　　袖裡瓊章當縞帶
그대 위해 가져가서 명예를 전파하리　　爲君將去播芳譽

## 정우 임공의 이별시에 화운하다
**奉和整宇林公贈別韻**

부사

문헌은 해외에서 징험해야 할 것이니　　文獻須從海外徵
봉강 집안 대대로 높은 지위 올랐구나　　鳳岡家世摠騫騰
기이한 모습 발라 선학인가 의심하고　　奇標矯矯疑仙鶴
빼어난 날개 펴니 빠른 매와 같구나　　逸翰翩翩似決鷹
길손 함께 흔연히 금술잔에 취했으나　　客榻欣同金斝醉
이별 근심 둥근 달 뜨자마자 생기네　　離愁正値玉輪升
고국으로 돌아가면 자랑할 만 할 것이니　　歸來故國眞堪詑
만 리 떠나 귀한 구경 나 홀로 했다네　　萬里瑰觀我獨能

## 태학사 봉강 임공께 감사하다
## 奉謝大學士鳳岡林公案下

종사관

고통스럽게 몸져 누워있으니 수만 가지 상념은 모두 재가 되었으나 덕을 지닌 분을 그리워하는 마음만은 항시 마음을 지니고 있었습니다. 그저께 홀연 덕성이 왕림했다는 소식을 들었습니다. 훌륭한 시가 교대로 이르니, 여룡의 구슬 세 알이 찬란하게 자리에 빛나는 것 같았습니다. 벌떡 일어나 한 번 읽었더니 모르는 사이 두통이 나았습니다. 영접하는 의례를 잃었기에 대신 감사의 뜻을 펴고자 사람을 시켜 살피게 하였더니 가마가 이미 돌아가 버린 지라 민첩하지 못함을 자책하였습니다. 지금까지 아쉽고 섭섭합니다. 비가 온 후 따뜻한 날씨가 마치 봄 같습니다. 엎드려 귀하의 기거가 편안하길 바랍니다. 제가 수륙을 돌아다니면서 흔들리고 넘어져 병이 난 지 지금까지 20일이 되었습니다. 한 가지 맛도 제대로 느끼지 못하니 제 마음이 매우 울적합니다. 그러나 오직 사신의 일이 끝나 곧바로 수레를 돌릴 날이 다가온다는 것이 다행일 뿐입니다. 저는 조선에 있고 공은 일본에 있어 산과 바다가 가로막고 있고 길이 아득합니다. 땅의 거리가 수천 리일 뿐만이 아닙니다만 오히려 명성을 듣고 시를 본 적이 있어 사람됨을 사모한 지 오래되었습니다. 이번 사행에서 먼 바다를 건너 부상(扶桑)의 끝까지 오는 것을 장쾌하게 여긴 것이 아니라, 다만 아름다운 모습을 한 번 뵙고 맑은 말씀을 온화하게 받들어 해외에서의 일대 장관으로 삼으려 하였던 것입니다. 불행히 지금 병이 들어 세 번 왕림하셨으나 한 번도 뵙지 못했습니다. 진실로 이른바 천하의 일이 마음대로 되지 않는다는 것이겠지요. 외람되게 비루하게 여기지 않아주셔서 누차 주옥 같은 글을 받았습니다. 한쪽에서 노래를 부르면 즉시 화답을 하는 것이 예의입니다만 제가 성률에 익숙하지 않음을 돌아보고 더욱이 사신의 임무를 받든 체모를 생각하면 문자로 소일하는 데 마음을 써서는 안 되었습니다. 그러므로 공연히 성대한 뜻을 저버리고 즉시 감사하지 못했습니다. 지금은 공적인 일이 이미 끝나 감히 끝내 내버려둘 수가 없습니다. 삼가 근체시 3수를 화운하여 우러러 맑은 눈을 더럽히고 아울러 두 어진 자제분께도 보냅니다만 식견 있는 분을 웃게 만들 것은 당연할 것입니다. 이어서 보내주신 이별의 편지는 병 때문에 고통스럽고 정신없이 바빠 미처 화답을 드리지 못합니다. 혹시라도 헤아려 용서하실 수 있으신지요? 이제 출발하면 말씀을 받들 길이 없습니다. 슬프고 서운한 마음은 바다처럼 깊습니다. 미처 다 갖추지 못하니 밝게 살펴주시기를 엎드려 바라옵니다.

두 학사는 한결같이 평안한지요? 화답시도 보내지 못하면서 또 감사한다는 말을 빠뜨립니다. 비록 병이 들고 바빠서 그렇다 하나 마음이 매우 편치 못합니다. 이 마음을 굽어 헤아려주시기를 바랍니다.

## 용동이 떠날 때 준 시에 차운하다
### 奉次龍洞贈行韻

정사

그대의 시편이 만금보다 나으니　　得子佳篇勝百朋
꽃다운 나이에 붓의 기세 솟구치네　　芳年筆勢正憑陵

단혈에서 나온 재주 새끼 봉황 보았고　奇才生穴看雛鳳
바람 이는 높은 날개 붕새임을 알겠네　高翮培風認大鵬
반가운 분 여관에 왕림한 것 기뻤는데　旅館偏欣淸眄枉
저녁 구름에 이별 시름 더해진 걸 알겠네　暮雲還覺別愁增
참성 상성 이제부터 동서로 멀어지면　參商自此東西濶
내일 아침 왕명 받든 길 서둘러 오르겠지　明日王程叱馭登

## 퇴성의 이별시에 차운하다
### 奉次退省贈別韻

정사

닭이 우는 부상에 새벽 풍경 새로운데　鷄唱扶桑曙色新
삼한 길손 돌아가는 수레를 움직이네　三韓客子動歸輪
강성의 나뭇잎은 성긴 비에 울어대고　江城木葉鳴疎雨
역로의 매화는 소춘[94] 소식 전하네　驛路梅花報小春
예로부터 서쪽 이웃 사절을 통하니　從古西隣通使節
바로 지금 남쪽 나라 글 짓는 신하 많네　卽今南國盛詞臣
산하로 가로막힌 이별 후를 감당하랴　可堪別後山河隔
머리 돌리니 역정에는 안개로 뿌옇구나　回首長亭但霧塵

94 소춘(小春) : 음력 10월을 가리킨다. 봄처럼 따뜻해서 붙여진 말이다.

## 다시 조선국 부사 노정 황공 각하께
### 奉復朝鮮國副使鷺汀黃公閣下

정우(整宇)

구슬 같은 글월과 옥 같은 화운시를 귀로에 오르는 날, 동지와 첨지가 제 초가집으로 명을 받고 전달하여 주었습니다. 기뻐하며 펼쳐서 손을 씻고 읽었습니다. 공께서 동쪽으로 오셔서 저와의 우호가 가장 깊었습니다. 기개가 넘치고 재주가 풍부하여 문장을 짓는 것이 준마와 튼튼한 수레가 널찍한 도로를 달리는 것 같으니 그 신속함은 미칠 수가 없고, 굽이치는 여울과 성난 파도가 큰 강에 있는 듯하니 넉넉하여 제어할 수가 없습니다. 제 스스로 본 것이 이와 같았고 벗보다 더 즐거웠습니다. 비록 볼 것 없는 저일지라도 역시 외람되게 허여해 주셨습니다. 해외의 나라와 수교하여 두 차례 연회에 참예하였으니 역시 다행이 아니겠습니까? 삼대 이래로 글을 하는 선비는 재주와 기상이 없으면 글을 짓기 부족한데, 공께서는 아울러 겸하신 분이시더군요! 오직 한스러운 것은 만남이 늦어 함께 한 것이 적었던 것입니다. 만약 같은 지역에서 뜻을 같이하는 사이였다면 공께 질정을 받을 수 있을 것입니다. 저는 나이가 많고 기운이 부족합니다. 재주 역시 졸렬합니다. 요행히 가업을 이어 조정의 훌륭한 문장을 관장하고 있으나 아침저녁으로 부끄럽습니다. 그러나 두 아들을 위해 어진 벗을 많이 사귀기를 사적으로 바랄 뿐입니다. 공께서 제 조부와 아비, 숙부를 언급하시고 또 두 아들을 축복해 주셨습니다. 칭찬하여 추켜세워 주심이 실상보다 더 하니 감사함을 어찌 그만둘 수 있겠습니까? 그리고 약속하신 화답시와 그림에 세 사신께서 큰 붓을 드셨고 찬을 써 주셨습니다. 천금의 가치가 있는 듯 애지중지하니 구정(九鼎)이 가볍게 여겨집니다. 대대로 전하여 길이 우호의 보물로 삼겠습니다. 이 뜻을 두 공께 전해주시기 바랍니다. 글에 하고 싶은 말을 다 하지 못하니 엎드려 살펴주시기를 바랍니다. 이만 줄입니다.

## 조선국 종사관 운산 이 공 합하께 답장을 드리다
### 奉復朝鮮國從事官雲山李公閤下

정우(整宇)

화려한 서한을 받잡고 세 번 읽으며 손에서 놓지 못했습니다. 국서를 봉정한 후 병 때문에 누우셨다 들었습니다. 그래서 훌륭한 모습을 뵙지 못하여 망연자실하였습니다. 그러나 주옥같은 시문을 전해주셔서 화운시와 찬을 얻게 되었으니 행운 중에서도 큰 행운입니다. 묘한 어구가 귀와 눈을 씻어주었습니다. 예로부터 문장은 보잘 것 없는 기예로 여겼습니다. 그러나 어찌 쉽게 할 수 있는 것이겠습니까? 잘하기 쉬워서 혹시라도 쉬운 것으로 보았다면 한창려(韓昌黎)가 취하지 않았을 것입니다. 그리고 하기 쉽지 않은 것은 어째서이겠습니까? 한 마디로 다 할 수 없습니다. 학식이 부족하면 근본을 두텁게 할 수 없으니, 학식을 겸하지 못하면 문장이 갖추어지겠습니까? 혹은 잘못하여 쉬워지기도 하고 혹은 잘못하여 어려워지기도 하고, 혹은 잘못하여 얕아지고 혹은 잘못하여 어두워지고 혹은 잘못하여 상식을 벗어나고 혹은 잘못하여 연약해지고 혹은 잘못하여 쇠약해집니다. 그러므로 쉽지 않다고 하는 것입니다. 지금 공의 시어와 문구를 보니 쉽지도 어렵지도

얕지도 어둡지도 상식에서 벗어나지도 연약하지도 쇠약하지도 않으니 한창려와 같은 경지에 오른 사람일 것입니다. 오직 한스러운 것은 얼굴을 대하여 한 마디 말을 통하지 못한 것입니다. 시기가 서리와 이슬이 차가우니 때에 따라 보양하시고 나랏일을 게을리 하지 마십시오. 다하지 못한 심사만 더욱 늘어나니, 동서 천 리 목을 빼고 하늘 끝을 바라볼 뿐입니다. 두 아들 역시 같은 생각입니다. 많이 쓰지 못하니 다 살펴주시기를 바랍니다. 이만 줄입니다.

## 절구 한 수를 청천 학사께 드리다
## 絶句一首奉寄青泉學士

좨주 임신독(林信篤)

| | |
|---|---|
| 고운 명성 고인 향기 따라 물으니 | 佳名追問古人芳 |
| 만 리 길 사신이 하늘 한 켠 왔구나 | 萬里使臣天一方 |
| 시 짓는 재주 높은 국교[95]의 후신이라 | 詞賦才高國僑後 |
| 부상에 뜬 바다 해를 다니며 보았으리 | 行看海日出扶桑 |

95 국교(國僑) : 진(晉)나라 사람 상유한(桑維翰)의 자이다. 성인 상(桑)이 상(喪)과 동음이라는 것이 불길하다 하여 과거시험에 떨어지자 「일출부상부(日出扶桑賦)」를 지어 상(桑)에 관한 자신의 뜻을 드러냈다. 쇠벼루를 마련해 이 벼루가 닳도록 합격하지 못한다면 다른 방도를 찾겠다고 하고 공부에 매진해 결국 과거에 합격하였다.

## 봉강 선생이 보낸 시에 화운하다
### 奉和鳳岡先生見贈

제술관 신유한(申維翰)

삼신산 신선들이 가을 풀 향기 뜯고 三山仙侶摘秋芳
소매 속 금단은 늙음 쫓는 약이라네 袖裏金丹卻老方
천재일우 모임이라 너도 나도 말하니 共道河清千載會
태평시절 머리 흰 노인 시상[96]에 누워 있네 太平華髮臥柴桑
난초 향기 캐는 낙을 새로이 알았고 新知一樂采蘭芳
가을 빛 푸른 산이 사방으로 보이네 秋色青山對四方
백설가 소리 높게 읊을 필요 없으니 不必高歌吟白雪
「황황자화」[97] 공상(空桑)[98]에서 금슬로 연주하네 皇華琴瑟奏空桑

## 절구 한 수를 강 진사에게 부치다
### 絶句一首寄姜進士

정우(整宇)

기이한 만남 기약하지 않아도 한 듯 하니 奇遇無期如有期
이 마음은 옛날부터 아는 사이 같구나 此心恰似舊相知
긴 바람에 붓을 던진[99] 대장부의 마음은 長風投筆丈夫志

---

96 시상(柴桑) : 도잠(陶潛)이 만년에 은거한 마을 이름이다.

97 황황자화(皇皇者華) : 『시경(詩經)』의 편명으로, 임금이 사신을 보낼 때 부르게 한 노래이다.

98 공상(空桑) : 전설 중에 나오는 산 이름으로, 좋은 나무가 나서 금슬을 만들기 좋다고 한다.

잔치 자리 말 없을 때 기미가 있는 법　　機在賓筵不語時

## 공경히 봉강 선생의 운에 차운하다
### 敬次鳳岡先生韻

서기 강백(姜栢)

취허[100]의 그날에는 종자기가 있었으니　　翠虛當日有鐘期
좨주의 높은 명성 이국에도 들렸네　　祭酒高名異國知
흰 머리와 동안에 속세 사람 놀라니　　鶴髮童顔驚俗眼
귤 가운데 바둑 두던 때[101]와 정말 같구나　　橘中眞似對碁時

선생께서 나이가 많으나 필력이 강건하니 축하할 만합니다. 여행 상자에 보관하였다가 신묘년(1711) 사행 왔던 여러 분들께 자랑해야겠습니다.

---

99 붓을 던진 : 반초(班超)가 집이 가난하여 오랫동안 글 쓰는 품팔이로 생활을 영위하다가, 한번은 붓을 던지면서 탄식하여 말하기를 "대장부(大丈夫)가 별다른 지략(志略)이 없으면 의당 이역(異域)에 나가 공(功)을 세워서 봉후(封侯)라도 취해야지, 어찌 오래도록 필연(筆硯) 사이에 종사할 수 있겠는가." 하고, 그 후 마침내 서역(西域) 정벌에 큰 공을 세우고 정원후(定遠侯)에 봉해졌다고 한다.

100 취허 : 1682년 제술관으로 파견되었던 성완(成琬)의 호이다.

101 귤 가운데 바둑 두던 때 : 한 파공 사람이 뜰에 있는 귤나무에서 큰 귤을 따서 쪼개보니, 그 속에 노인 둘이 바둑을 두고 있었다고 한다.

## 봉강 선생의 운에 거듭 차운하다
### 疊次鳳岡先生韻

경목자(耕牧子)

유술 문장 젊어서 스스로 기약했고　儒術文章少自期
일흔 살 오랜 덕을 나라사람 알아주네　耆年宿德國人知
교문은 둘러 싸여 조복 입고 경서 든 날[102]　圜橋袍笏横經日
선생이 경연 나가 강경하던 때라네　認是先生進講時

## 성 진사에게 부치다
### 寄成進士

정우(整宇)

대대로 처지 잊고 정신으로 사귀니　世世神交欲忘形
흰 머리 쇠잔한 노인 많은 나이 부끄럽네　白頭殘叟恥尨齡
풍류와 명예는 온 가문이 훌륭하고　風流時譽一門美
옥 나무 그늘 짙어 사안(謝安)의 뜰[103] 가리키네　玉樹陰高指謝庭

102 교문……든 날 : 후한(後漢) 때 명제(明帝)가 즉위하여 직접 태학(太學)에 나아가 경서(經書)를 가지고 논란을 벌였는데, 태학의 교문(橋門)에 둘러서서 구경하는 사람이 수없이 많았다고 한다.

103 사안(謝安)의 뜰 : 사안(謝安)의 집안에 뛰어난 자제들이 많았으므로, 우수한 자제들이 많은 집안을 가리키는 말로 쓰이게 되었다.

## 삼가 정우 선생이 보낸 시에 화운하다
### 謹和整宇先生投示韻

서기 성몽량(成夢良)

| | |
|---|---|
| 감사의 뜻 필설로 표현하기 어려우니 | 感意難將筆舌形 |
| 죽림의 남은 자취 몇 년이나 지났는가? | 竹林遺跡幾回齡 |
| 우뚝한 노전[104]은 여전히 무양한데 | 巋然魯殿猶無恙 |
| 옥구슬이 온 뜰 가득 비춰 더욱 기쁘네 | 更喜琳琅照一庭 |

"임낭(琳琅)"이 어떤 데는 "규장(珪璋)"[105]으로 되어 있다.

## 정우 선생께 거듭 차운하다
### 疊次呈上整宇先生

소헌(嘯軒)

| | |
|---|---|
| 옥 같은 맑은 표상 학처럼 여윈 모습 | 玉立淸標鶴瘦形 |
| 기운 받을 필요 없이 절로 수명 연장되네 | 不須湌氣自延齡 |
| 세 조정의 오랜 덕에 흰 머리 노인 추숭하고 | 三朝宿德推黃髮 |
| 남극성 별빛이 문과 뜰을 비추네 | 南極星光照戶庭 |

104 노전(魯殿) : 영광전(靈光殿)의 이칭이다. 한 나라 경제(景帝)의 아들 공왕(恭王)이 세운 궁전으로, 춘추 시대 노나라 땅이던 산동성(山東省) 곡부현(曲阜縣)에 있었다. 옛 자취가 다 사라진 가운데 홀로 남아 우러르는 대상을 비유하는 경우에 쓰이는 말이다.

105 규장(珪璋) : 조빙이나 제사 때 지니는 옥으로 만든 예기를 가리킨다.

## 절구 한 수를 장 진사에게 부치다
絶句一首寄張進士

정우(整宇)

| | |
|---|---|
| 호기가 남다른데 재주 역시 그와 같고 | 豪氣拔群才亦均 |
| 가슴 속 깨끗하여 풍진을 벗어났네 | 胸襟灑落出風塵 |
| 천지와 물과 구름 밖으로 도가 통해 | 道通天地水雲外 |
| 어룡이 뛰는 듯이 붓에 신령 깃들었네 | 魚躍龍騰筆有神 |

## 공경히 봉강 선생이 준 운에 차운하다
敬次鳳岡先生投示韻

서기 장응두(張應斗)

| | |
|---|---|
| 만난 자리 기쁜 것은 양쪽 마음 똑같으니 | 逢場頓喜兩情均 |
| 세속을 벗어난 원추새를 만남에랴 | 況接鵷鶵逈出塵 |
| 언어에 역관의 혀 필요가 없으니 | 言語不須憑譯舌 |
| 그림 같은 시가 있고 신령한 붓 있어서네 | 有詩如畫筆如神 |

## 율시 한 수로 학사 및 세 진사께 감사드리다
一律謝學士及三進士

정우(整宇)

| | |
|---|---|
| 문물과 풍류가 훌륭하시니 | 文物風流美 |
| 신선 세계 사람인 듯 황홀하였네 | 恍疑仙境人 |

계림의 새벽에 관산 달 뜨고 鷄林曉關月
큰 바다 저녁 구름 이어져 있네 鯨海暮雲隣
고향 동산 어디인 모르겠으니 故苑不知處
물결 맡겨 나루를 묻기 어렵네 信潮難問津
군자가 마실 술이 내게 없으니 我無君子酒
아름다운 손님 어찌 즐겁게 하랴 何以樂嘉賓

## 삼가 화운하여 드리다
### 謹和呈

소헌(嘯軒)

봉래의 섬으로 땅이 들어가 地入蓬萊島
학 탄 신선 즐겁게 바라보았네 欣瞻鶴上人
삼십년 겪었던 지나간 일들 卅年過往事
두 나라 교린을 잘 해 왔었네 兩國善交隣
부상 나무 뜬 달은 예전과 같고 月古扶桑樹
하늘은 석목진에 이어진다네 天連析木津
풀에 덮인 계봉[106] 무덤 애처롭지만 鷄峯悲宿草
아우 보니 원빈[107] 본 듯 기뻐한다네 王季悅元賓

106 계봉(鷄峯) : 임춘종(林春宗)의 호로, 1682년 통신사 때 14세의 나이로 조선 문사를 접견했다.

107 원빈(元賓) : 당나라 문인 이관(李觀)의 자이다. 문장을 잘 지어 당시 한유(韓愈)와 이름을 나란히 하였는데, 29세의 젊은 나이로 죽었다. 한유의 편지 중에 이관의 지인을 만나니 마치 이관을 보는 듯 하다고 한 내용이 있는데, 죽고 없는 벗의 지인을 만나 벗에

## 삼가 화운하다
### 和呈

동무에서 이름난 선비 논하면　東武論名士
남극성은 당연히 노인 비추리　南星應老人
경전을 전하니 위씨의 학문　傳經韋氏學
단술을 내리니 초왕 옆자리[108]　賜醴楚王鄰
부 지으니 포구에 옥 생겨나고[109]　賦就珠生浦
노래 기니 나루에 달 가득하네　歌長月滿津
「백운요」[110]에 한 번 화답할 만하기에　白雲堪一和
현포[111]에서 손님을 만류한다네　玄圃正留賓

안개 노을 바다 밖에 깔려 있는데　煙霞海外席
의관 차린 해 돋는 곳 사는 사람들　衣帶日邊人
선초[112]는 나라에 울리기 좋고　禪草宜鳴國

---

대한 그리움이 더한다는 함축된 의미가 있다.

108 초왕 옆자리 : 전한(前漢) 때 초원왕(楚元王)이 목생(穆生), 백생(白生), 신공(申公) 등을 예우하였다. 목생이 술을 좋아하지 않았으므로 원왕은 술자리를 베풀 때마다 늘 목생을 위하여 단술을 설치하였다.

109 옥 생겨나고 : 후한 때 맹상(孟嘗)이 합포 태수(合浦太守)로 나갔는데, 앞서 그 고을에서 생산되던 진주(眞珠)를 탐욕스러운 전 태수들이 마구 캐내서 진주가 모두 다른 고을로 옮겨가 버렸는데, 맹상이 선정을 베풀고 폐단을 바로잡자 옮겨갔던 진주가 다시 돌아왔다고 한다.

110 백운요(白雲謠) : 주목왕(周穆王)이 곤륜산(崑崙山)에 이르러 선녀인 서왕모와 요지(瑤池) 가에서 잔치를 벌일 적에 서왕모가 주 목왕의 장수를 비는 뜻으로 불렀다는 노래이다.

111 현포(玄圃) : 곤륜산 꼭대기에 있다는 신선의 거처이다.

| | |
|---|---|
| 문장은 이웃 나라 더욱 비추리 | 詞華更照鄰 |
| 세 임금 조정에서 옥당 다녔고 | 三朝通玉署 |
| 팔갑에는 요진으로 올라갔다네 | 八甲上瑤津 |
| 사안의 뜰 난초 나무 안에 살면서 | 謝庭蘭樹裡 |
| 한 쌍 봉황 의젓하게 찾아왔다네 | 雙鳳儼來賓 |

| | |
|---|---|
| 읍하고서 아름다운 얘기 나누니 | 高揖仍芳話 |
| 희끗한 눈썹은 뛰어난 인물 | 厖眉卽俊人 |
| 보아오니 신선에게 신선굴 있고 | 見來仙有窟 |
| 덕으로 사귀어 이웃 만드네 | 交以德爲隣 |
| 삼신산 약초를 캐러가느라 | 藥采三山草 |
| 뗏목이 팔월에 나루 통했네 | 槎通八月津 |
| 술통의 술 다 했다고 근심치 마오 | 不愁樽醑竭 |
| 손님 이미 공근[113]에 취하였다오 | 公瑾已酣賓 |

112 선초(禪草) : 사마상여(司馬相如)가 지은 「봉선문(封禪文)」을 가리킨다. 한무제가 사마상여의 병이 위독하다는 말을 듣고 그의 글을 얻어오게 하였으나, 사자가 도착했을 때는 이미 죽어 있었다. 그가 남긴 「봉선문」을 가져와 그에 따라 태산에서 봉선을 지냈다고 한다.

113 공근(公瑾) : 오나라 정보(程普)가 주유에 대해 "주공근과 사귀다 보면 마치 술을 마신 것처럼 나도 모르게 절로 취한다.[與周公瑾交, 若飮醇醪, 不覺自醉。]"라고 하였다. 공근은 주유의 자이다.

## 다시 첩운하여 봉강 선생에게 드리다
### 再疊前韻奉鳳岡先生詞案下

국계(菊溪)

영광되게 뽑힌 몸은 성균관을 관장하고　身膺榮選掌成均
요직의 청운 올라 후진을 감싸 안네　要路青雲擁後塵
가업 이어 경사가 먼 후대로 이어지고　業繼箕裘綿慶遠
모범 익힌 붓 잡으면 신묘함을 전하네　筆摸詞範妙傳神

## 태학사 정우 임공이 준 운에 차운하다
### 奉次大學士整宇林公惠贈韻

국계(菊溪)

대대로 높은 벼슬 하는 가문에　奕世簪纓族
고아한 모습의 우뚝한 사람　高標卓犖人
서재는 원래부터 뛰어난 풍경　書樓元勝境
신선굴이 아름다운 이웃이라네　仙窟卽芳鄰
뗏목 탄 손 스스로 다행스러워　自幸乘槎客
바위 몰던[114] 먼 나루를 찾아왔다네　遙尋駕石津
공에게 진중한 뜻이 많으니　多公珍重意
예모는 손님을 맞기 좋겠네　禮貌好迎賓

114 바위 몰던 : 『삼제약기(三齊略記)』라는 책에 "진시황(秦始皇)이 돌다리를 놓아 바다를 건너가서 해가 뜨는 곳을 살펴보려 하였다. 그러자 신인(神人)이 바위를 몰아 바다로 내려가게 하였는데, 속도가 느리면 문득 채찍질을 가하였으므로, 바위마다 모두 피를 흘린 흔적을 지니게 되었다."라는 내용이 나온다.

무성의 아름답고 고운 풍경에　　武城佳麗境
우뚝하게 뛰어난 노성한 사람　　魁梧老成人
지위와 명망은 소사업[115]이요　　地望蘇司業
집안의 명성은 가유린[116]일세　　家聲賈幼隣
시단에서 경계를 다 넘나들고　　詞場能踐域
신선 바다 나루를 절로 알았네　　仙海自知津
한 상에서 흔쾌히 일산 기울인　　一榻欣傾盖
주인과 손님 사이 정성스럽네　　殷勤主與賓

## 조선국 제술관 저작랑 청천 신 공에게 부치다
### 奉寄朝鮮國製述官著作青泉申公

경연강관 임신충(林信充)

장대한 뜻은 멀리 요로진을 찾으니　　壯志遙尋要路津
문장과 시구가 모두 다 청신하네　　文章詩句共清新
뛰어난 재목, 호탕한 기운 일시에 발휘하니　　英材豪氣一時發
도성에 그대 같은 사람 몇이나 있으랴　　都下如君有幾人

115 소사업 : 당나라 때 소원명(蘇源明)을 가리킨다. 두보(杜甫)가 「희간정광문겸정소사업(戲簡鄭廣文兼呈蘇司業)」에서 정건(鄭虔)의 곤궁한 처지를 읊으며, "소사업(蘇司業)에 기대어 때때로 술값 구하네.[賴有蘇司業, 時時乞酒錢。]"라고 하였다.

116 가유린 : 가지(賈至, ?-772)를 가리킨다. 당나라 때 시인이다. 그의 아버지 가증(賈曾)이 현종의 수명책문(受命冊文)을 지었고 나중에 가지가 현종의 전위책문(傳位冊文)을 지었는데, 현종이 "두 조정의 성전이 그대 부자 손에서 나왔으니 훌륭함을 이었다 할 만하다"라고 찬탄하였다. 유린(幼隣)은 가지의 자이다.

## 조선국 제술관 청천 신공께 부치다
### 奉寄朝鮮國製述官著作青泉申公

쾌당(快堂)

그대를 마주해 좋은 인연 닦으니 對君修得好因緣
나 역시 그대처럼 신유년에 태어났네 我亦並生辛酉年
낙중의 동갑회와 흡사하니 恰似洛中同甲會
이별 후 다 그려서 그림으로 전해야지 別來須使盡圖傳

그대의 나이 올해 39세이고 나 역시 동갑이니 실로 기이한 우연입니다. 그래서 문로공(文潞公)의 낙중병오동갑회(洛中丙午同甲會) 일[117]을 차용하였습니다.

청천 "동갑임을 보이니 기쁘고 다행스럽습니다. 날짜를 감히 여쭙겠습니다."
쾌당 "신유년 7월 3일 태어났습니다."
청천 "저는 4월 15일 태어났답니다."

117 문로공의 낙중병오동갑회 일 : 문로공은 문언박(文彦博, 1006-1097)으로, 정백온(程伯溫), 사마백강(司馬伯康), 석군종(席君從)과 동갑회를 만들었다. 그의 시에 "네 사람 합해 312세, 더욱이 모두 병오생이네[四人三百十二歲, 況是同生丙午年。]"라고 하였다.

## 익재가 준 시에 창수하다
**奉詶翼齋見贈**

청천(青泉)

나그네 뗏목 타고 은하수 나루 건너　有客乘槎涉絳津
신선 누대 구슬 나무 달빛 속에 새롭구나　仙臺珠樹月中新
「백설가」 천년 음향 멀리서 들었으니　遙聞白雪千年響
황정에서 글 읽던 사람[118]이라 말하리　自道黃庭侍讀人

동갑이라 주신 말씀은 한가할 때를 살펴 다시 하겠습니다. 나머지 마음을 털어놓는 글월은 훗날 드리도록 하겠습니다.

## 조선국 진사 강 공께 부치다
**奉寄朝鮮國進士姜公**

쾌당(快堂)

연적이 안 마르니 붓을 어찌 멈추랴?　硯滴無乾筆豈窮
거위를 희롱하듯 고니와 노니는 듯 필세 서로 같구나　戲鵞游鵠勢相同
서예 솜씨 어떤지는 알 수가 없어도　不知字法能多少
한 서체가 삼품[119]을 겸하여 있구나　一體兼存三品中

118 황정에서 글 읽던 사람 : 옥황상제의 백옥루 앞에 황정이라는 뜰이 있고 여기에서 신선들이 도교 경전인 『황정경(黃庭經)』을 읽는데, 이백이 글자를 잘 못 읽어 인간세상으로 귀양왔다고 한다.

119 삼품 : 당나라 때 장회관(張懷瓘)의 『서단(書斷)』에서 역대를 서예가를 삼품으로 나

## 쾌당의 운에 화운하다
### 奉和快堂韻

경목자(耕牧子)

| | |
|---|---|
| 은하수 같은 문장 절로 무궁하고 | 文如河漢自無窮 |
| 큰 솜씨 미산[120]과 높이 같구나 | 大手眉山有阿同 |
| 두 세대 경전 공부 태평성세 은택이라 | 兩世專經昭代渥 |
| 금화전[121] 봄날 강연 자리에 있구나 | 金華春日講筵中 |

## 조선국 진사 성 공에게 부치다
### 奉寄朝鮮國進士成公

쾌당(快堂)

| | |
|---|---|
| 안근유골[122] 필법은 보통에서 벗어났고 | 顔筋柳骨出凡群 |
| 풍채를 만나보니 평소 듣던 것과 같네 | 得見丰姿協素聞 |
| 불러서 시단의 상장으로 삼으니 | 喚做風騷壇上將 |
| 붓 하나로 일어서 천군 쓸어버리겠네 | 一毫奮起拂天軍 |

누었는데, 신품(神品), 묘품(妙品), 능품(能品)의 세 가지를 가리킨다.

120 미산(眉山) : 소식(蘇軾)을 가리킨다. 그가 미산 출신이기 때문에 생겨난 칭호이다.

121 금화전(金華殿) : 한나라 미앙궁(未央宮)에 있던 전의 이름이다.

122 안근유골(顔筋柳骨) : 당(唐)의 안진경(顔眞卿)과 유공권(柳公權)의 필법이 마치 힘줄과 뼈처럼 웅건했던 것을 표현한 말이다.

## 쾌당이 보여준 운에 화운하다
### 奉和快堂見贈韻

소헌(嘯軒)

청년의 재주 격조 무리에서 빼어나니 青年才格逈超群
대대로 가문 명성 해외까지 들렸네 奕世家聲海外聞
자경과 난정[123] 같은 형과 아우 만나고 子敬蘭亭兄及弟
맑은 모습 우장군[124]께 절까지 하였다네 淸塵况拜右將軍

## 조선국 진사 장 공께 부치며
### 奉寄朝鮮國進士張公

쾌당(快堂)

객관에서 역관 통해 말 전할 일 논하랴? 何論客館譯言傳
절구 한 수 정을 담고 한 폭 글을 전하였네 一絶通情一幅箋
취한 중에 천지에서 초성(草聖)을 만났으니 醉裡乾坤逢草聖
인간 세상 장전(張顚)[125]만 있는 것이 아니었네 人間不獨有張顚

123 자경과 난정 : 왕희지(王羲之)의 두 아들 왕헌지(王獻之)와 왕휘지(王徽之)를 가리킨다.

124 우장군 : 진(晉)의 서예가 왕희지를 가리킨다.

125 장전(張顚) : 당(唐)의 명필(名筆) 장욱(張旭, ?-?)을 가리킨다. 술을 좋아하여 대취(大醉)한 상태에서 미친 듯 돌아다니다가 모발(毛髮)에 먹을 묻혀 휘갈겨 썼으므로 세상에서 '장전(張顚)'이라고 불렀다. 초서를 잘 해 초성(草聖)이라 일컬어진다. 『新唐書 卷20 張旭傳』

## 쾌당이 주신 운에 차운하다
奉次快堂惠贈韻

국계(菊溪)

| | |
|---|---|
| 아름다운 글월을 번갈아 전하니 | 翩翩詞翰遞相傳 |
| 반짝이는 여의주가 채색 종이 가득하네 | 璀璨驪珠滿彩箋 |
| 마주 앉아 밤새도록 얘기해도 괜찮으니 | 聯榻不妨終夕話 |
| 지는 해 소나무 머리에 걸리라지 | 任他斜日檮松顚 |

## 조선국 학사 청천 신 군께 부치다
奉寄潮鮮國學士青泉申君

경연강관 임신지(林信智)

| | |
|---|---|
| 서쪽에서 옥절 올 때 구름 같이 말 탔는데 | 玉節西來騎似雲 |
| 그대의 「백설가」 어지러이 흩어졌네 | 聞君白雪散紛紛 |
| 그 때 이미 영주로 가는 길 알았으니 | 當年已識瀛洲路 |
| 기이한 만 리 여행 생각이 남다르네 | 萬里奇遊思不群 |

## 퇴성이 보인 시에 창수하다
奉詶退省見贈

청천(青泉)

| | |
|---|---|
| 그대 보니 옷차림에 청운이 가득하니 | 看君衣帶滿青雲 |
| 고아한 자태가 속세 먼지 사양하네 | 自是高姿謝俗紛 |

들으니, 봉래산 달 밝은 밤에는　　報道蓬山明月夜
붉은 난새 수레 매고 학이 무리 이룬다고　　紫鸞爲駕鶴爲群

## 조선국 진사 추수 강 군께 부치다
**奉寄朝鮮國進士秋水姜君**

퇴성(退省)

비단 돛 동쪽으로 향한 구름 긴 바다에　　錦帆東指海雲長
가벼운 낚시줄로 옥황(玉璜)[126]을 낚으려네　　欲把輕竿釣玉璜
강과 산의 가을 후 풍경 물어 어쩌랴　　那問河山秋後色
그대 집안 문자에 바람 서리 서렸는 걸　　君家文字挾風霜

## 퇴성이 보여준 운을 받들어 화운하다
**奉和退省見贈韻**

경목자(耕牧子)

단산의 상서로운 봉황의 깃이 길고　　丹山瑞鳳羽毛長
문채 나는 구슬 사이 고운 옥이 섞여 있네　　文彩瓊琚間瑤璜

126 옥황(玉璜) : 강태공(姜太公)이 반계에서 낚시질을 할 때 주 문왕(周文王)이 찾아가서 절을 하자, 태공이 말하기를 "내가 옥황을 낚아 얻었는데, 거기에 '희씨가 천명을 받거든 여씨가 보좌하리니, 지금 창이 와서 데려가는 데에 덕이 부합하리라.[望釣得玉璜, 剡曰: "姬受命, 呂佐檢, 德合於今昌來提。"]'라고 새겨져 있었다."라고 하였다고 한다. 옥황은 강태공이 주문왕을 보좌함을 비유하는 말로 쓰인다.

신선세계 이 몸이 가까운 걸 깨달으니　始覺蓬壺身幸近
묘고야[127] 선녀 모습 얼음 서리 같구나　藐姑仙子貌氷霜

## 조선국 진사 소헌 성 군에게 부치다
### 奉寄朝鮮國進士嘯軒成君

퇴성(退省)

금마문[128]에서 사책[129]해도 노쇠하지 않았으니　金門射策不龍鐘
사신 수레 따라서 다시 만 리 갔음에랴　况復星軺萬里從
호관[130]에서 이름 난 재주를 물으랴만　虎觀才名堪可問
자리에서 우연히 짝 된 것 먼저 기뻐라　席間先喜遇成對

127 묘고야(藐姑射) : 신화에 나오는 산 이름. 『莊子·逍遙游』에 "묘고야 산에 신인이 사는데, 피부가 얼음과 눈 같고 처자와 같이 아름답다."라고 하였다.

128 금마문(金馬門) : 한나라 때 학사가 조서를 기다리던 곳으로, 한림원 혹은 한림학사를 가리키는 말로 쓰인다.

129 사책(射策) : 한나라 때 선비를 뽑던 방법 가운데 하나이다. 일을 탐구하여 설명을 드리는 것으로 말이 이치와 기준에 맞는 것이 활이 과녁을 맞추는 것과 같아서 생긴 말로, 조서에 응하여 정책을 진술하는 대책(對策)과는 변별된다.

130 호관(虎觀) : 백호관(白虎觀)의 약칭으로, 한나라 때 궁중에서 경학을 강론하던 장소이다. 후에 궁궐에서 강학하는 장소를 두루 가리키게 되었다.

## 퇴성께서 보내주신 운을 받들어 차운하다
### 奉次退省見惠韻

소헌(嘯軒)

| | |
|---|---|
| 우뚝한 인재는 맑은 기운 모인 것 | 卓犖英材淑氣鍾 |
| 큰 언덕 가는 곳에 양난(兩難)[131]이 따르네 | 大丘行處兩難從 |
| 나산[132] 집안 대대로 명성이 여전하니 | 羅山奕世家聲在 |
| 천 수 시가 만호 봉호 가볍게 만드네 | 千首能輕萬戶封 |

## 조선국 진사 국계 장 군께 받들어 부치다
### 奉寄朝鮮國進士菊溪張君

퇴성(退省)

| | |
|---|---|
| 수천 기마 동방 오니 별 그림자 드높고 | 千騎東方星影高 |
| 날렵한 서기에게 호방한 재주 있네 | 翩翩書記見才豪 |
| 도리어 박망후[133]의 그때 일 생각하니 | 却思博望當年事 |
| 뗏목 가을 서늘한데 만 리 물결 넘었겠지 | 槎上秋寒萬里濤 |

131 양난(兩難) : 누가 나은지 정하기 어려울 정도로 뛰어난 두 인재를 가리킨다.

132 나산 : 임나산[林羅山, 하야시 라잔]을 가리킨다. 퇴성이 그의 증손이다.

133 박망후(博望侯) : 장건(張騫, ?-BC 114)의 봉호이다. 황하의 근원을 밝히려고 뗏목을 타고 거슬러 올라가다가 은하수에 닿아 견우와 직녀를 만나고 돌아왔다고 한다.

## 퇴성이 주신 운에 화운하다
**奉和退省惠贈**

국계(菊溪)

천 길 날아 오른 봉새 모습이 고아하니　　鳳飛千仞羽儀高
대를 이은 명성은 절세의 호걸이네　　繼世聲名絶代豪
넓디넓은 문사 근원 무엇과 닮았는가?　　浩浩詞源何所似
만 리에 층층 물결 쏟아내는 장강일세　　長江萬里瀉層濤

## 한 번 만난 후 갈망하는 마음이 남아있었는데 홀연 세 화운시를 주셨습니다. 어찌 그리 은의가 두터우신지요? 거듭 2수를 화운하여 삼가 조각 종이에 써서 미천한 마음을 전달합니다. 또 율시 한 수를 쓸데없이 붙여 겸해서 세 진사께 부칩니다
**一面之後 渴望有餘 忽蒙三和之賜 何其恩義孔厚也 疊和二首 謹修寸楮以達微衷 又贅一律 兼寄三進士**

정우(整宇)

그대는 호련(瑚璉)[134]의 재질이요　　君夫璉器質
나는 두소(斗筲)[135]의 인물이네　　我是斗筲人
소식으로 황금 서간 전하여 왔고　　風信傳金簡

134 호련(瑚璉) : 종묘에 곡식을 담아 바치는 그릇으로, 뛰어난 인재를 비유한다. 『논어(論語)』「공야(公冶)」에 “자공이 묻기를 ‘저는 어떠합니까?’라고 하자, 공자께서 ‘너는 그릇이다’라고 하였다. ‘어떤 그릇입니까?’라고 하자 ‘호련이다’라고 하였다.[子貢問曰: “賜何如?” 子曰: “汝器也。” 曰: “何器也?” 曰: “瑚璉也。”]”라고 하였다.

135 두소(斗筲) : 두(斗)는 한 말이 들어가는 그릇이고, 소(筲)는 한 말 두 되가 들어가는 대그릇이다. 국량이 작은 평범한 인물을 가리키는 말로 쓰인다.

대를 이은 사귐에 귀한 이웃 알았네 世交知寶隣
재주 높아 서각대[136]에서 빼어나고 高才挺犀角
도량 넓어 용진[137]을 뛰어넘었네 大度跨龍津
못난 재주 늙은 몸이 부끄러우니 拙技愧身老
더욱이 외국 손님을 만나는 데랴? 况逢外國賓

붕새 날개 쳐 오르니 마음 커지고 鵬搏心膽大
적선인을 또 만나게 됐네 又遇謫仙人
풍수가 서로 다른 지역이지만 風水互殊域
아지랑이 구름 멀리 이웃해 있네 煙雲遠接隣
봉래산에 원래부터 길 있었지만 蓬山元有路
부상 바다 더 이상 나루가 없네 桑海更無津
한 시대의 문장이 아름다운데 一代文章美
뛸 듯한 붓 솜씨 훌륭한 손님 龍驤墨妙賓

신선 사는 곳 어찌 멀리 있으랴? 仙源何遠有
무릉 나루 어디인지 물어보노라 問訊武陵津
글솜씨는 당나라 현인처럼 묘하고 翰墨唐賢妙
의관은 진나라 때 사람 같구나 衣冠晋代人
풍진 벗어난 그대 지조에 감격하니 感君塵表操
본래의 참된 모습 내게 보였네 示我本來眞

136 서각대(犀角帶) : 서각으로 만든 띠로 품관만이 사용할 수 있었다.
137 용진(龍津) : 용문(龍門)과 같은 말로, 현달한 벼슬의 길을 비유하여 쓰인다.

난초와 계수나무 풍속 옮기니 蘭桂移風化
도잠과 위응물이 전생 후생이라네 陶韋前後身

## 공경히 정률 1편을 지어 조선국 학사 청천 신 비서공께 부치다
### 恭裁正律一篇奉寄朝鮮國學士青泉申秘書公

쾌당(快堂)

보배로운 이웃이 빙의를 닦아 寶隣修聘儀
이국의 손님이 달려 오셨네 異客範驅馳
장건이 띄운 뗏목 어찌 물으랴? 豈問張槎泛
소무의 잡은 부절 좇아왔을 뿐 唯追蘇節持
추천을 거듭하니 임무는 크고 重推任尤大
선발을 논하니 지위에 맞네 論選地相宜
중요한 직임 홀로 독차지했고 華省獨居職
사관 재주 남들이 기대했던 것 史才人所期
부진(傅陳)[138]이 지금도 존재하고 傅陳今尚在
노채(盧蔡)[139]를 세상이 모두 아네 盧蔡世皆知
응봉(應奉)[140]의 후계는 끊어짐 없고 應奉系無絶

---

138 부진(傅陳) : 진(晉)의 문학가 부현(傅玄)과 역사가 진수(陳壽)를 가리키는 것으로 보인다.

139 노채(盧蔡) : 후한의 학자 노식(盧植)과 채옹(蔡邕)을 가리키는 것으로 보인다.

140 응봉(應奉) : ?-?. 자는 세숙(世叔)이다. 대략 한순제 말년 전후 사람으로 추정된다. 젊어서 총명하였고 기억력이 특히 뛰어났다. 『사기(史記)』 등의 역사서 3백6십여년의 기록을 산삭해 『한사(漢事)』를 찬술했다.

| | |
|---|---|
| 최인(崔駰)[141]의 업적은 남김이 있네 | 崔駰業有遺 |
| 서청(西淸)[142]은 서책을 모을 만하고 | 西淸書可集 |
| 동관(東觀)[143]은 전적을 지을만 하네 | 東觀籍堪支 |
| 강연 뫼셔 단차[144]를 하사하셨고 | 陪講團茶賜 |
| 「쌍근수부」[145]를 지었도다 | 賦言雙槿詞 |
| 교유를 맺었으나 아직 깊지 않았고 | 執交猶未熟 |
| 말을 통했으나 일찍 떠나려 하네 | 通語早將離 |
| 예원(藝苑)에서 잠시 가마를 메고 | 藝苑暫方駕 |
| 아회(雅會)에서 번갈아 시를 지었네 | 雅筵屢遞詩 |
| 웅대한 스승은 단상 위의 호랑이요 | 雄師壇上虎 |
| 빼어난 기운은 수중의 천리마라네 | 逸氣水中騏 |
| 필적은 천 년을 전할 것이고 | 筆跡傳千歲 |
| 문장은 만세를 비추게 되리 | 文章照萬斯 |
| 비단옷이 촉땅에서 어찌 귀하랴? | 錦衣何貴蜀 |

141 최인(崔駰) : ?-92. 자는 정백(亭伯)이다. 어려서부터 총명해서 13세에 『시경(詩經)』·『주역(周易)』·『춘추(春秋)』에 능통했다. 젊어서 태학에 들어가 반고(班固)·부의(傅毅)와 나란히 이름이 났다.

142 서청(西淸) : 자금성 서남쪽에 있는 건물로, 강희제가 젊었을 때 독서하던 곳이다. 나중에 한림 혹은 한림출신의 관원을 선발하여 각종 글을 짓도록 하던 곳이다.

143 동관(東觀) : 동한 때 낙양의 궁궐 안에 있던 건물로, 반고가 명제의 명을 받아 이곳에서 『한기(漢記)』를 수찬했다. 이후 국사 편찬하는 곳을 가리키는 말로 사용되었다.

144 단차(團茶) : 용봉단차(龍鳳團茶). 송나라 때 궁중에서 음용하던 떡차로, 용과 봉 모양의 금첩을 위에 올려놓아 장식했다. 신하에게 하사하지 않고, 교제(郊祭) 지낸 저녁에 양부의 각 4인에게 한 개를 하사하여 나누어 마시도록 하였다.

145 쌍근수부(雙槿樹賦) : 초당사걸 중 한 명인 노조린(盧照隣, 637-689)이 지은 「同崔少監作雙槿樹賦」를 가리킨다.

주옥은 본디 수땅에서 난다네　　珠玉本生隋
좋은 모임은 적당한 때가 있으니　　良會惜其日
좋은 인연 때를 잃지 말아야 하네　　好緣莫失時
고향에서 만일 달을 보거든　　故鄉如見月
나를 위해 수염 꼬며 읊조려 주오　　爲我撚吟髭

## 조선국 학사 청천 신 군께 주다
### 贈朝鮮國學士青泉申君

퇴성(退省)

멀구나, 신령한 높은 산이여!　　邈矣神嵩岳
풍운이 마침내 완연하도다　　風雲竟宛然
물화는 만고를 지났고　　物華惟萬古
인걸은 천 년 되었네　　人傑自千年
기린 굴에 상서로운 안개 오르고　　麟窟祥煙起
봉황 산에 서기 어린 달이 걸렸네　　鳳山瑞月懸
동방에 길과 마을 통하고　　東方通道里
남두성이 별자리에 끼어있다네　　南斗夾星躔
재주가 뛰어난 신 씨 집 자제　　濟濟申家子
당당한 한국의 현인이라네　　堂堂韓國賢
왕조에서 역사를 상고하였고　　王朝稽彼史
종묘에서 제기를 주관하였네　　宗廟執其籩
명성이 중하여 비서랑 되고　　名重文郎省

| | |
|---|---|
| 재주가 뛰어나 학사 되었네 | 才宏學士員 |
| 임금 조서 쓰는 일에 힘쓴 적 있어 | 絲綸嘗屬務 |
| 문장 일을 전적으로 담당하였네 | 翰墨已專權 |
| 비구(秘丘)[146]에서 임금의 명 받들게 되어 | 待制秘丘上 |
| 청금(淸禁)[147] 앞에 은혜가 내려졌다네 | 賜恩淸禁前 |
| 장소(張蘇)[148]는 당나라 때 현달하였고 | 張蘇唐代顯 |
| 반채(班蔡)[149]는 한나라 관리로 이름 남겼네 | 班蔡漢官傳 |
| 빙문 일로 갑작스레 기뻐하면서 | 忽喜聘交事 |
| 빙례의 연회 자리 올라갔었네 | 斯登禮會筵 |
| 장대한 유람 어찌 삭막하리오 | 壯遊何索落 |
| 빼어난 흥취 더욱 끊임없었네 | 逸興更聯翩 |
| 자줏빛 안개 속에 관문 나서니 | 紫氣出關客 |
| 너른 물결 떠다니는 바다의 신선 | 滄波浮海仙 |
| 옥장식 울리며 새벽에 말 먹이고 | 玉珂晨秣馬 |
| 비단 닻줄 매고서 밤에 배 머물렀지 | 錦纜夜留船 |
| 왕명 받들다 한 해 저문다 하니 | 祗役歲云暮 |
| 고향 그리며 달은 몇 번 찼었나 | 望鄕月幾圓 |
| 구월에 나그네길 꿈 적막하고 | 九秋羈夢寂 |

146 비구(秘丘) : 산림 속 은거한 곳을 가리킨다.

147 청금(淸禁) : 맑고 고결한 장소인 황궁을 가리킨다.

148 장소(張蘇) : 연국공 장열(張說, 667-730)과 허국공 소정(蘇頲, 670-727)을 가리킨다. 당나라 때 문장가로 이름이 크게 드러나, "연허대수필(燕許大手筆)"이라고 병칭되었다.

149 반채(班蔡) : 후한 초기의 역사가 반고(班固, 32-92)와 후한 말기의 문장가 채옹(蔡邕, 132-192)을 가리킨다.

| | |
|---|---|
| 한 줄기 물 이어지는 나그네 마음 | 一水旅情綿 |
| 역정은 붉은 먼지 세속 접했고 | 驛接紅塵地 |
| 관소는 흰 눈 오는 하늘 열렸네 | 館開白雪天 |
| 매화를 꺾어도 어찌 부치랴 | 折梅寧可寄 |
| 풀자리 깔고서 서로 이끄네 | 籍草且相牽 |
| 검석[150]으로 기이한 절개 논하고 | 劍舃論奇節 |
| 술상에서 뛰어난 인연 말하네 | 盃盤說勝緣 |
| 오히려 대아곡 들은 듯 하니 | 還如聞大雅 |
| 붉은 현에 세 번을 감탄하노라 | 三嘆在朱絃 |

## 서로 만난 후 풍채를 그리워할 만하여 못난 글을 가지고 이에 마음을 펴서 즉석에서 국당군에게 보여주고 글을 써준 것에 감사하다

**相會之後 風采可想 聊將鄙詞 此伸衷情 卽席示菊塘軍謝揮筆之贈**

정우(整宇)

| | |
|---|---|
| 종이 위에 분명하게 글자들이 펼쳐지고 | 紙上分明字字敷 |
| 해서 행서 정교하고 초서가 함께 했네 | 楷行精巧草書俱 |
| 풍운과 용호 같이 기이하고 바르니 | 風雲龍虎辨奇正 |
| 단번에 붓으로 팔진도를 완성했네 | 一筆橫成八陣圖 |

150 검석(劍舃) : 왕의 칼과 신. 황제(黃帝)가 죽어 교산(橋山)에 장사지냈는데, 산이 무너져서 보니 관이 텅빈 채 칼과 신 두 가지만 관에 남아있었다고 한다.

## 삼가 봉강이 주신 운에 차운하다
### 謹次鳳岡惠示韻

부사용(副司勇) 국당(菊塘) 정후교(鄭後僑)[151]

자리 가득 봄바람 온화한 기운 펼쳐지고　　滿座春風和氣敷
데리고 온 옥같은 두 젊은이 함께 했네　　携來玉貌二郎俱
내가 지금 원하는 건 용면(龍眠)[152]의 솜씨이니　　吾今願得龍眠手
순가(荀家)[153]의 부자 그림 그려내고 싶어라　　描出荀家父子圖

## 갑자기 국당 정군관에게 부치다
### 卒寄菊塘鄭軍官

쾌당(快堂)

곳곳마다 강산은 곳곳마다 새로우니　　處處江山處處新
하늘이 그림 펼쳐 묘한 신령 전하였네　　天開圖畫妙傳神
시상은 높이 올라 풍운 위로 들어가니　　詩思高入風雲上
이 몸은 표연히 속세 밖의 사람이네　　身世飄然物外人

151 정후교(鄭後僑) : 1675-1755. 자는 혜경(惠卿), 호는 국당(菊塘), 본관은 하동(河東)이다. 첨지중추부사(僉知中樞府事)를 지냈다. 1719년 제9차 통신사행 때 자제군관(子弟軍官)으로 부사(副使) 황선(黃璿)을 따라 일본에 다녀왔다.

152 용면(龍眠) : 북송의 유명한 화가인 이공린(李公麟, 1049-1106)을 가리킨다. 그의 호가 용면거사이다.

153 순가(荀家) : 위진 시대 순숙(荀淑, 83-149)에게 여덟 명의 아들이 있었는데, 모두 재주가 뛰어나 순씨팔룡(荀氏八龍)이라 불렸다고 한다.

## 익재가 준 운을 받들어 차운하다
### 奉次翼齋惠韻

국당(菊塘)

집 앞에 단풍 국화 가을 풍경 새로운데 楓菊堂前秋色新
서로 만나 시어에 정신을 내보였네 相逢詩語見精神
동쪽에 와 봉래산 가까운 것 기뻤었고 東遊已喜蓬山近
더욱이 하늘 끝에 이 사람을 만났어라 況復天涯得此人

## 국당에게 부치다
### 寄菊塘

퇴성(退省)

흰 구름에 돌아보니 하늘같은 물이 있어 白雲回首水如天
만 리 부는 긴 바람에 결국은 슬퍼지네 萬里長風竟悵然
사부에서 왕찬[154]의 흥이 유독 어여쁘니 詞賦偏憐王粲興
누각 머리 잎 진 나무 꿈꾸는 혼 걸렸어라 樓頭落木夢魂懸

154 왕찬(王粲) : 177-217. 건안칠자의 한 사람으로, 형주에 피난해 있을 때 고향을 그리며 지은 「등루부(登樓賦)」가 유명하다.

## 퇴성이 준 운을 받들어 차운하다
### 奉次退省惠韻

국당(菊塘)

| | |
|---|---|
| 바다 너머 이곳은 겨울 국화에 기러기 슬픈데 | 寒菊悲鴻海外天 |
| 한 바탕 떠들며 웃고 나니 함께 흐뭇하네 | 一場言笑共怡然 |
| 알겠구나, 멀지 않아 이별을 하게되면 | 應知未久還成別 |
| 천 리 떨어져 조각달 보며 서로를 그리리라 | 千里相思片月懸 |

## 임좨주 봉강의 운에 화운하여 받들다
### 奉和林祭酒鳳岡韻

경목자(耕牧子)

| | |
|---|---|
| 깊고 깊은 강연장에서 | 講幄深深地 |
| 경전을 얘기하는 백발의 사람 | 談經白髮人 |
| 명성은 바다 산과 나란하고 | 聲名齊海嶽 |
| 총애와 예우는 신하 중에 으뜸이네 | 寵遇冠臣隣 |
| 고요히 수양하며 전적만을 탐독하니 | 養靜惟耽籍 |
| 수명을 늘이고 또 연진[155]을 하는구나 | 延齡且嚥津 |
| 새로운 시가 종과 북을 대신하여 | 新詩代鐘鼓 |
| 정중하게 손님을 다시 잡아 이끄네 | 鄭重更留賓 |
| | |
| 문장은 높은 경지 차지하였고 | 文章占地步 |

155 연진(嚥津) : 도가(道家)의 양생법(養生法)의 하나로 침을 삼키는 것이다.

| | |
|---|---|
| 배움의 바다에 미망의 나루 열었네 | 學海啓迷津 |
| 홀로 우뚝 선 영광전[156]이요 | 獨立靈光殿 |
| 세 조정에서 경술을 한 사람이네 | 三朝經術人 |
| 환영은 옛것을 상고하였고[157] | 桓榮稽古力 |
| 왕연은 겉모습 벗겨내고 진실하였네[158] | 王掾掇皮眞 |
| 평생의 일을 만약 묻는다면 | 若問平生事 |
| 시서로 임금께 보답할 몸이네 | 詩書報主身 |

## 삼가 태학사 봉강 임 공이 거듭 보여준 운에 차운하다
### 謹次大學士鳳岡林公疊示韻

소헌(嘯軒)

| | |
|---|---|
| 일본에서 대적할 짝 없는 선비요 | 日域無雙士 |
| 시단에서 으뜸으로 꼽히는 사람 | 騷檀第一人 |
| 군주의 글 관장한 지 몇 세대던가? | 絲綸掌幾世 |
| 다른 이웃 나라까지 명망이 높네 | 聲價動殊隣 |
| 양성[159]의 관소에 덕은 중하고 | 德重陽城館 |

156 영광전(靈光殿) : 한(漢)나라 노공왕(魯恭王)이 건립한 영광전(靈光殿)을 말하는데, 여러 차례나 전란을 겪었어도 이 궁전만은 완전하게 보존되었다고 한다.

157 환영은 옛것을 상고하였고 : 후한 광무제(光武帝) 때 환영(桓榮)이 태자 소부(太子少傅)에 제수되어 거마(車馬)를 하사받았다. 이때 생도들을 모아놓고 "내가 오늘날에 입은 영광은 옛일을 상고한 노력으로 말미암은 것이니, 힘쓰지 않아서 되겠는가.[今日所蒙, 古之力也, 可不勉乎?]"라고 하였다 한다.

158 왕연은……진실하였네: 사안(謝安)이 왕술(王述)을 평가하여 "겉모습을 벗겨내고 보아도 모두 진실하다[掇皮皆眞。]"고 평가한 바 있다. 『世說新語 賞譽門 78』

| | |
|---|---|
| 여망[160]의 나루에 연세 많구나 | 年高呂望津 |
| 시구[161]는 원래 나라의 상서이니 | 蓍龜元國瑞 |
| 관월사[162] 탄 손님 세 번 맞았네 | 三迓月槎賓 |

| | |
|---|---|
| 백부[163]께서 동쪽에 오신 날 | 伯父東來日 |
| 교분을 나눈 이 몇사람인가? | 交歡得幾人 |
| 정우[164]의 덕을 항상 말씀하면서 | 常言整宇德 |
| 순암[165] 얘기 아울러 함께 하셨지 | 合作順庵隣 |
| 신령한 나무는 여전히 봄빛인데 | 靈樹猶春色 |
| 신선 뗏목 또 은하수 나루에 왔네 | 仙槎又漢津 |
| 용문에 오르니 얼마나 다행인가? | 登龍亦何幸 |
| 자취는 기러기 손님[166] 같구나 | 跡似鴈來賓 |

---

159 양성(陽城) : 당나라 때 양성(陽城, 736-805)은 도주 자사(道州刺史)로 나가있을 때 선정을 베풀어, 백성을 괴롭히는 부세(賦稅)를 아예 바치지 않았던 일화로 유명하다. 그가 국자사업(國子司業)으로 있을 때 인재를 많이 길러내었다는 얘기가 유종원(柳宗元)의 『국자사업양성유애갈(國子司業陽城遺愛碣)』에 보인다.

160 여망(呂望) : 위수가에서 낚시로 소일하다가 주문왕을 만나 주나라의 상보(尙父)가 되었는데, 이때 이미 70세가 넘은 나이였다.

161 시구(蓍龜) : 점칠 때 쓰는 점대와 귀갑. 덕망이 높은 사람을 비유하는 말로 쓰인다.

162 관월사(貫月槎) : 요 임금이 황제 자리에 오른 지 30년 되는 해에 큰 나무 등걸이 서해 바다에 떠 있었는데, 등걸 위에서 빛이 발하여 낮에는 밝다가 밤에는 사라졌다. 그 등걸은 항상 사해(四海)를 떠돌아다녔는데, 12년마다 하늘을 한 바퀴 돌았다고 한다.

163 백부 : 1682년 제술관 성완을 가리킨다.

164 정우(整宇) : 임봉강(林鳳岡)을 가리킨다.

165 순암 : 목하순암[木下順庵, 기노시타 준안, 1621-1699]을 가리킨다. 1682년 당시 막부의 유신으로 통신사를 접대했다.

166 기러기 손님 : 『예기(禮記)』「월령(月令)」에 "9월에 기러기가 손님으로 찾아온다.[季

| | |
|---|---|
| 안면 한 번 트는 것이 오랜 소원이었는데 | 識荊眞宿願 |
| 좁은 식견으로 바다 나루 물을 길 없네 | 蠡酌海無津 |
| 남을 용납할 만한 기개와 도량 | 德宇能容物 |
| 남을 취하게 할 순수하고 진한 맛 | 醇醪解醉人 |
| 집안 이어 지위와 명망 받들고 | 承家推地望 |
| 좋은 얼굴 천진을 드러내었네 | 好容露天眞 |
| 뜰에 있는 옥나무[167] 모두 귀하니 | 庭玉皆殊價 |
| 청운이 이미 몸에 이르렀구나 | 青雲已致身 |

## 삼가 국자 좨주 봉강 임공이 거듭 보여주신 운에 차운하다
**謹次國子祭酒鳳岡林公疊示韻**

국계(菊溪)

| | |
|---|---|
| 천 리 멀리 만나서 맞이한 곳에 | 千里逢迎地 |
| 공만이 도량 넓고 탁 트인 사람 | 唯公磊落人 |
| 술잔으로 북해를 따르고 | 杯樽追北海 |
| 사죽(沙竹)은 서쪽 이웃 노래하네 | 沙竹賦西隣 |
| 「백설가」 맑은 음향 드날리고 | 白雪揚淸響 |
| 청운은 요로 나루 가득하네 | 青雲滿要津 |
| 스스로 부끄러운 뗏목 타고 온 나그네 | 自慙槎上客 |

秋之月, 鴻鴈來賓。]"고 하였는데, 그 주(註)에 "기러기는 북쪽이 고향이라서 중국에 오는 것이 객지에 온 손님과 같다고 한 것이다."라고 하였다.

167 옥나무 : 정옥(庭玉). 뛰어난 자제를 비유하는 말이다.

외람되게 좌중의 손님이 되었네 叨作座中賓

순식간에 세 계절 다 지나가고 悤悤三秋盡
가고 가서 만 리를 떠나온 사람 行行萬里人
험난한 고래 파도 멀리 넘어서 遠超鯨浪險
다행히 봉강의 이웃 접했네 幸接鳳岡隣
무릉도원 길로 들어온 듯 似入桃源路
직녀의 나루에 오른 듯 如登織女津
부상이 오히려 지척이니 扶桑還咫尺
공경히 뜨는 해 맞이할 만하네[168] 出日可寅賓

공의 얼굴 바라보니 見公眉宇上
기쁜 기운 절로 넘치네 喜氣自津津
난옥[169]은 새로 싹이 많이 났고 蘭玉多新茁
문장은 고인에 필적하네 文章埒古人
초연히 세속의 잡다함 떠나 超然離俗累
황홀하게 신선의 진면목 봤네 恍爾接仙眞
대대로 특별한 총애 받들어 世世承殊寵
은인(銀印)과 금인(金印)이 몸에 있구나 銀黃綰在身

168 공경히……만하네 : 『서경』 「요전(堯典)」에 “희중에게 따로 명하여 동쪽 바닷가에 살게 하니 그곳이 바로 해 뜨는 양곡인데, 해가 떠오를 때 공손히 맞이하여 봄 농사를 고르게 다스리도록 하였다.[分命羲仲, 宅嵎夷, 曰暘谷, 寅賓出日, 平秩東作。]”라는 말이 나온다.

169 난옥(蘭玉) : 지란과 옥수. 남의 집 훌륭한 자제를 비유하는 말이다.

## 다시 율시 한 수를 지어 조선국 강·성·장 세 진사께 받들어 부치다
### 再裁一律奉寄朝鮮國姜成張三進士

쾌당(快堂)

| | |
|---|---|
| 지역 다르고 사람 비록 달라도 | 域異人雖異 |
| 전 세대 인연은 잊지 않았네 | 不忘前世因 |
| 진나라 구름에 기러기 편지 끊기고 | 秦雲鴈書絶 |
| 물과 바다에 신기루 새롭구나 | 淮海蜃樓新 |
| 공보[170]는 동량의 기량이요 | 公輔棟梁器 |
| 어진 신하는 조정의 보배네 | 良臣廊廟珍 |
| 어찌 글을 쓰는 한바탕 모임이 없으랴 | 豈無翰場會 |
| 아름다운 이 손님을 만났는데 | 得遇此嘉賓 |

## 임쾌당 학사의 운을 받들어 화운하다
### 奉和林快堂學士韻

경목자(耕牧子)

| | |
|---|---|
| 궁장이나 대장장이도 훌륭한 가업인데 | 箕裘元世業 |
| 경술이라고 어찌 연고 없으랴 | 經術豈無因 |
| 괴시[171]에 청운이 움직이고 | 槐市青雲動 |

170 공보(公輔) : 고대의 삼공과 사보를 가리킨다. 임금을 보좌하는 직책이었다.

171 괴시(槐市) : 주대(周代) 성동(城東) 7리에 괴목(槐木) 수백 줄을 심어 수도(隧道)를 만들고 제생(諸生)들이 초하루·보름에 모여 물산(物産)·경전(經傳)·악기(樂器)들을 팔고 사기도 하며 괴목 아래에서 글을 토론했다고 한다.

글 읽는 자리에 흰 예복 새로워라 書筵粉黼新
단산에는 상서로운 봉새가 나고 丹山生瑞羽
창해에는 기이한 진주가 나네 滄海產奇珍
감히 문하가 번성함을 송축하니 敢頌門闌盛
못난 재주 귀한 손께 부끄럽구나 踈才愧上賓

## 쾌당이 보여준 운을 받들어 화운하다
### 奉和快堂見示韻

소헌(嘯軒)

남북 길 천 리 멀리 떨어졌는데 南北路千里
만난 데 인연 있는 줄을 알겠네 相逢知有因
나누는 정 두 세대니 오래되었고 交情兩世舊
계절은 새롭게 소춘 되었네 時序小春新
악작[172]에게 나라의 길한 징조 보았고 鸑鷟瞻邦瑞
산호에서 바다의 보물 알아보았네 珊瑚認海珍
못난 재주 의마[173]에게 부끄러우니 微才慚倚馬
함부로 막부의 손님 되었네 濫作幕中賓

172 악작(鸑鷟) : 봉황새의 일종으로 상서로운 새이다.

173 의마(倚馬) : 재주가 민첩함을 뜻한다. 진(晉)나라 때 원호(袁虎)가 말 앞에 기대서서 즉시 일곱 장에 걸친 장문(長文)을 써내렸다는 고사에서 연유한 말이다.

## 익재의 고아한 운에 받들어 차운하다
### 奉次翼齋高韻

국계(菊溪)

| | |
|---|---|
| 한 자리에 이루어진 훌륭한 만남 | 一榻成良晤 |
| 많았던 건 오랜 인연 있었기 때문 | 多生有宿因 |
| 원재[174]처럼 마음 홀로 예스럽고 | 鬳齋心獨古 |
| 화정[175]처럼 말이 너무 새로웠지 | 和靖語偏新 |
| 당당하니 사람 가운데 봉황이고 | 矯矯人中鳳 |
| 윤이 나니 좌중의 진주로구나 | 溫溫席上珍 |
| 풍채가 특별히 정중히 하고 | 風情殊鄭重 |
| 뗏목 탄 나그네를 자주 찾았네 | 數問泛槎賓 |

임술년 조선 제술관 성취허가 통신사와 함께 동쪽으로 왔을 때 내가 여러 차례 해후하여 여러 편 창수하였다. 두 마음이 막역해서 서로의 신분과 나이를 잊은 깊은 사귐을 맺었다. 신묘년 겨울 사신이 내빙하여 동곽 이 학사를 만나 그들의 안부를 물으니 올해 황천으로 돌아갔다고 하였다. 그 말을 듣고 놀라서 탄식하고 가슴을 치며 멍하니 있었다. 이번 기해년 그의 조카 성 진사가 따라와서 지난 일을 여러 차례 얘기하다 보니 두 갈래 눈물이 흘러 소매를 적셨다. 그래서 보여준 원래 운에 3수

174 원재(鬳齋) : 임희일(林希逸, 1193-?)의 호이다. 남송 때 장자를 연구했던 학자로, 유학으로 장자를 이해하는 길을 연 사람이다.

175 화정(和靖) : 임포(林逋, 967-1028)의 호이다. 중국 북송(北宋)의 시인이다.

를 화운한다

壬戌歲 朝鮮製述官成翠虛與通信使東遊時 余蘚苫數回 唱酬累篇 兩情莫逆 爲妄形交 辛卯冬官使來聘 而遇東郭李學士 問彼安否 曰今歲歸泉 聞其言驚嘆 擗而惘然 今茲己亥 其姪成進士隨來 屢談往事 雙淚沾袂 因和被示原韻三首

정우(整宇)

옛날 취허자를 떠올리니　憶昔翠虛子
성균관의 사람이었지　成均館裡人
용문에 갑과로 급제해서 올랐고　龍門登甲第
자라섬 이웃에 사신으로 왔다네　鼇島使芳隣
우연히 만나 시 든 소매에 읍하고　萍會挹詩袂
아름다운 문장에 옥 같은 침이 날렸네　藻章飛玉津
그리워 눈물이 비처럼 흐르니　相思涕如雨
지금은 구천의 손님이 되었다네　今作九泉賓

형제의 아들은 아들과 같으니　兄弟子猶子
같은 집안 같은 조상이라네　同家同祖人
적함[176]은 세상 밖에서 노닐었고　籍咸遊世外
담제[177]는 나란히 가문 일으켰네　湛濟起門隣
사명을 받들어 전대(專對)에 응했고　奉使膺專對
성심을 안고 먼 나루로 향했네　抱誠指遠津

176 적함 : 완적(阮籍, 210-263)과 그의 조카 완함(阮咸)의 병칭이다. 죽림칠현에 속한다.

177 담제 : 왕담(王湛, 249-295)과 그의 조카 왕제(王濟, ?-?)의 병칭이다. 왕담은 어려서 말이 없고 조용해 멍청하다고 여겨졌으나, 만년에 재주가 드러나 조카 왕제가 칭찬하는 바가 되었다.

그대와 나는 오랜 인연이니　　宿緣君與我
어찌 옛 시절 손님 잊으랴　　豈忘舊時賓

나라는 중국과 나란하고　　國比中原國
사람은 상고의 사람 같네　　人如上古人
안산[178]이 비록 땅을 막아도　　鴈山雖隔地
천대산은 이웃하기 좋아라　　台嶽好成隣
장한 절개 사방에 뜻을 두어　　壯節四方志
사신의 뗏목 천 리 먼 나루에 왔네　　使槎千里津
붉은 마음 선경에 들어가　　丹心入仙境
다시 자양[179]의 손님 만났네　　再遇紫陽賓

## 강·성·장 세 진사께서 화운시를 일찍 주셔서 기쁜 나머지 다시 그 운에 화운하여 받들어 부치다
### 姜成張三進士早惠和章歡喜之餘疊和其韻以奉寄

쾌당(快堂)

정은 깊고 사귐 이미 담박한데　　情深交已淡
이별 후엔 다시 누구 통하랴　　別後復誰因
떨어진 곳에서 그리워한 지 오래였고　　離境相思久

178 안산(鴈山) : 안문산이라고도 한다. 산서성 대현(代縣) 서북쪽에 있다. 강엄(江淹)의 「別賦」에 "요수는 끝이 없고 안산은 구름을 찌르네.[遼水無極, 雁山參雲。]"라고 하였다.
179 자양(紫陽) : 신선 혹은 도사. 전설에 나오는 신선이 보통 자양을 호로 쓴 데서 연유한다.

누각에 오르니 빼어난 흥 새롭네　　登樓逸興新
붓에서 꽃이 피니[180] 처마 아래 주옥이요　　筆花檐下玉
문장을 써내리니 소매 안의 보배로다　　文草袖中珍
나그네 시름 절절하다 싫다 마오　　莫厭羈愁切
나라를 살피는 손님인 줄 함께 알고 있다오　　同知觀國賓

## 경목 진사의 거듭 보여준 운에 화운하다
**和耕牧進士疊示韻**

정우(整宇)

나그네 몸이니 하필 돌아갈 기약 말하랴　　客身何必說歸期
뛰어난 자질 웅대한 재주 아는 사람은 안다네　　妙質雄才知者知
지난 번 오신 손님이 방문한 것 같건만　　前度來賓若相問
이 몸 늙어 예전 그때 같지 않다네　　老衰不似昔年時

## 국계 진사가 다시 거듭한 운에 화운하다
**和菊溪進士再疊韻**

정우(整宇)

안개 낀 물, 구름 언덕 곳곳마다 같은데　　煙水雲巒處處均

180 붓에서 꽃이 피니 : 문장 솜씨가 매우 뛰어남을 뜻한다. 이백(李白)이 젊을 때 붓끝에서 꽃이 피어나는 꿈을 꾼 이후로 문재를 세상에 떨쳤다고 한다.

강건한 그대 붓이 먼지 쓸어버렸네 知君健筆掃風塵
기이한 재주는 인간에 쓰일 것이 아니니 奇才不是人間用
뱉어낸 밝은 구슬 귀신 놀라게 하네 咳唾明珠驚鬼神

## 신 학사께 부쳐 세 진사께 아울러 보이다
### 寄申學士兼示三進士

쾌당(快堂)

붓에서 환하게 피는 꽃 추앙받으니 璨璨筆花衆所推
난새가 연이어 날개 치듯 기세 웅장하구나 鸞鸞聯翮勢雄哉
만나보니 학문 재주 훌륭할 뿐 아니라 相逢匪啻學才美
이묘[181]의 누대에 나도 몰래 올랐네 不識身登二妙臺

## 청천 신 군께 드리고 아울러 세 서기께 드리다
### 頓奉青泉申君兼贈三書記

퇴성(退省)

천 리 먼 강호 관문 언덕에 千里江關畔
유신[182]의 슬픔 각기 일어나네 各生庾信哀

181 이묘(二妙) : 진(晉)의 위관(衛瓘)과 색정(索靖)은 모두 초서를 잘 썼는데, 위관은 상서령이 되고 색정은 상서랑이 되어 당시 사람들이 '일대이묘(一臺二妙)'라고 불렀다. 같은 부서에 뛰어난 두 사람이 있는 경우를 가리킨다.

182 유신(庾信) : 513-581. 48세 때 원제(元帝)의 명을 받아 북조(北朝)의 서위(西魏)에

의상은 가련하게 벼슬길에 부쳤으나 衣裳憐宦寄
시 짓는 붓에는 신선 재주 보았네 賦筆見仙才
흰 기러기 옛 동산에서 멀리 날고 白鴈故園遠
국화꽃 이역 땅에 피었네 黃花異域開
풍월 읊을 길 없는 밤 無由風月夜
손 잡고 몇 번이나 누대에 올랐나 携手幾登臺

## 삼가 쾌당의 운에 따라 봉강 선생에게 드리다
### 謹依快堂韻奉呈鳳岡先生

청천(青泉)

고상한 모습은 멀리 옥산[183]을 잡은 듯 高標遙挹玉山推
우뚝 솟은 들의 학도 기이하도다 野鶴昂昂亦異哉
오늘 밤 천문은 상서로운 빛이리니 今夜天文應瑞色
바다의 관문에서 별 모인[184] 누대 일어나리 海關將起聚星臺

---

사신으로 파견되어 그곳에서 억류당하였다. 이때 「애강남부(哀江南賦)」를 지었다.

183 옥산 : 진(晉)나라 혜강(嵇康)을 가리킨다. 자태가 마치 외로운 소나무가 홀로 선 것처럼 빼어나 그가 술이 취해서 넘어지면 옥으로 된 산이 무너지는 것과 같았다. 『世說新語 容止』

184 별 모인 : 후한(後漢)의 진식(陳寔)이 원방(元方), 계방(季方) 두 아들과 손자 장문(長文)을 데리고 순숙(荀淑)의 집에 가자 하늘에 덕성(德星)이 모이는 상서(祥瑞)가 나타났다고 한다.

## 화운하여 퇴성에게 드리다
和韻奉退省

청천(青泉)

쓸쓸한 객창 밖에　蕭條客窓外
나뭇잎 지고 기러기 울음 슬프다　木落鴈聲哀
땅은 절로 신선굴이요　地自神仙窟
사람은 지금 포사[185]의 재주네　人今鮑謝才
앉은 자리에 시초가 빽빽하고　坐從詩草密
옷깃에는 난초 핀 향기가 나네　襟以臭蘭開
내일은 남은 흥 이끌고　明日携殘興
그대와 기약해 누대 오르기 좋겠네　期君好上臺

## 쾌당이 보내준 운을 받들어 화운하다
奉和快堂惠示韻

경목자(耕牧子)

시를 십 년 배워서 퇴고 귀히 여기지만　十年詩學貴敲推
시 한 편에 일곱 걸음 역시나 묘하구나　七步成章亦妙哉
부자가 세 조정에 문장 함께 관장해서　父子三朝同掌誥
은혜를 받들어 백량대[186]를 출입하네　承恩出入柏梁臺

185 포사(鮑謝) : 남조(南朝) 송(宋)나라의 시인인 포조(鮑照)와 사영운(謝靈運)의 병칭이다.

186 백량대(柏梁臺) : 한 무제(漢武帝)가 장안성(長安城)에 세운 누대로, 연회를 베풀고

## 퇴성이 주신 운을 받들어 화운하다
**奉和退省惠韻**

경목자(耕牧子)

청운의 손님과 우연히 만나 邂逅青雲客
칼날 튕겨 길게 슬픔 노래하였네 長歌擊劒哀
덕성은 순령[187]의 집과 같고 德星荀令宅
사부는 자허[188]의 재주 같구나 詞賦子虛才
흥이 빼어나 시단을 쌓고 興逸詩壇築
이름은 높아 필진을 펼치네 名高筆陣開
경연에서 진강하는 날 書筵進講日
관을 쓰고 패옥 차고 난대 오르리 冠佩上蘭臺

## 삼가 퇴성의 운에 차운하다
**謹次退省韻**

소헌(嘯軒)

사십 년 전 일에 四十年前事

---

시를 읊는 장소로 사용하였다.

187 순령 : 순숙(荀淑)을 가리킨다. 후한(後漢) 말기의 명사 진식(陳寔)이 그의 아들 기(紀)와 심(諶)을 대동하고 순숙(荀淑)을 방문하였는데, 이때 팔룡(八龍)이라 불리는 순숙의 여덟 아들이 한 자리에 어울렸다. 이때 천문을 관장하는 태사(太史)가 하늘에 덕성(德星)이 한 지점에 모인 것을 보고 500리 떨어진 곳에 현인들이 모였다고 천자에게 아뢰었다고 한다.

188 자허(子虛) : 사마상여(司馬相如)가 지은 「자허부(子虛賦)」를 가리킨다.

| | |
|---|---|
| 부상의 밤에 뜬 달 슬프네 | 扶桑夜月哀 |
| 박망후[189]의 부절 정성스레 따랐건만 | 切隨博望節 |
| 중용[190]의 재주 없음 부끄러워라 | 愧乏仲容才 |
| 덕 있는 모습을 구름 헤치고 보았고 | 德宇披雲覩 |
| 슬픈 마음은 술을 대하여 폈네 | 悲懷對酒開 |
| 의연히 신선의 자취 밟아 | 依然躡仙跡 |
| 함께 은대[191]에 오르네 | 共上白銀臺 |

## 쾌당의 운을 받들어 차운하다
### 奉次快堂韻

소헌(嘯軒)

| | |
|---|---|
| 글 쓰는 자리에 외람되게 추천되어 | 翰墨場中穀濫推 |
| 화려한 잔치에 온 오늘 훌륭한 놀이로다 | 華筵今日勝遊哉 |
| 덕성이 멀리서 규성과 모였으니 | 德星遠與奎星聚 |
| 길한 징조 태사 누대 번거롭게 하리라 | 奇瑞應煩太史臺 |

189 박망후(博望侯) : 한(漢) 나라 장건(張騫)이 흉노(匈奴)를 정벌하여 박망후(博望侯)에 봉해졌다. 그 후 대하(大夏)에 사신(使臣)으로 갔을 때, 황하(黃河)를 거슬러 올라가 은하수에 이르렀다고 한다.

190 중용(仲容) : 죽림칠현 중 하나인 완함(阮咸)의 자이다.

191 은대(銀臺) : 전설에 나오는 서왕모가 사는 곳이다.

## 쾌당의 주신 운을 받들어 차운하다
### 奉和快堂惠示韻

국계(菊溪)

소를 돌릴 필력은 굳건하여 옮기기 어렵고 回牛筆力勁難推
의마[192]의 시 재주 역시나 훌륭하네 倚馬詩才亦美哉
왕명을 쓰는 일은 집안 대대 잇는 일 視草演綸家世事
세 조정의 예우 받고 난대에 들어가네 三朝榮遇入蘭臺

## 퇴성이 주신 운을 받들어 화운하다
### 奉和退省惠贈韻

국계(菊溪)

하늘 끝에 체류하는 나그네 天涯濡滯客
가을 다하니 슬픈 마음 감당하랴 秋盡意堪哀
고향 생각에 많은 병이 근심스럽고 戀土愁多病
문장 논할 때 없는 재주 부끄럽구나 論文媿不才
덕성이 오늘 저녁 모였으니 德星今夕會
나그네 회포 잠시 풀어보네 羈抱暫時開
온 자리에 세속 일이 하나 없으니 一座無塵事
그대로 천상에 오른 것 같네 渾如上玉臺

---

192 의마(倚馬) : 재주가 민첩함을 뜻한다. 진(晉)나라 때 원호(袁虎)가 말 앞에 기대서서 즉시 일곱 장에 걸친 장문(長文)을 써내렸다는 고사에서 연유한 말이다.

## 보잘것없는 율시로 사영운 붓의 묘함을 수고롭게 하여 청천 신 학사께 부치고 아울러 세 서기께 보이다
## 小律勞謝運筆之妙寄青泉申學士兼示三書記

정우(整宇)

| | |
|---|---|
| 귀신처럼 매우 빠른 강건한 필력 | 健筆太神速 |
| 오지(五之)[193]를 다시 만난 것 같네 | 再如遇五之 |
| 높은 재주는 현포[194]의 옥 같고 | 高才玄圃玉 |
| 맑은 정절은 적성[195]의 깃발 같구나 | 淸節赤城旗 |
| 그대는 농어 순챗국[196] 맛있다고 한탄하나 | 君嘆鱸蓴美 |
| 나는 어조 시[197]를 읊고 있다네 | 我吟魚藻詩 |
| 소나무 잣나무만 어찌 고고하랴 | 豈唯松柏獨 |
| 사람에게도 세한의 자태 있도다 | 人有歲寒姿 |

193 오지(五之) : 명필 왕희지(王羲之)의 다섯 아들인 현지(玄之), 응지(凝之), 휘지(徽之), 조지(操之), 헌지(獻之)를 가리킨다.

194 현포(玄圃) : 곤륜산 위에 있다는 신선들의 밭이다.

195 적성(赤城) : 전설에 나오는 신선들의 지역이다.

196 농어 순챗국 : 진(晉)나라 문장가 장한(張翰)이 동조연(東曹掾) 벼슬을 하다가 가을바람이 불어오자 순챗국과 농어회가 생각나 사직하고 고향에 돌아갔다 한다.

197 어조 시 : 어조(魚藻)는 『시경』의 편명이다. 천자가 제후들에게 주연을 베풀어 준데 대하여 제후들이 천자를 찬미하여 노래한 것으로 군신 간의 화락한 정을 노래한 것이다.

## 삼가 주신 두 운을 차운하고 또 율시 한 수를 태학사 봉강 임공께 드리다

### 謹次惠贈二韻又以一律奉呈大學士鳳岡林公梧下

국계(菊溪)

| | |
|---|---|
| 기자의 홍범구주 구오복[198]을 | 箕疇九五福 |
| 부자(夫子)께서 얻어서 겸비하였네 | 夫子得兼之 |
| 옥당에서는 항상 잠필[199]하였고 | 玉署常簪筆 |
| 시단에서는 일찍부터 깃발 세웠지 | 詞壇早建旗 |
| 이 덕을 감당할 사람 없는데 | 無人堪此德 |
| 아들이 있어 역시 시를 잘 하네 | 有子亦能詩 |
| 못난 기예 특별한 칭찬 받으니 | 小藝蒙殊奬 |
| 내 글씨에 속된 자태 부끄럽구나 | 吾書愧俗姿 |

'부자(夫子)'가 '이 노인(此老)'으로 되어 있다.

| | |
|---|---|
| 소아의 시구[200]는 한결같음 읊었으니 | 桑鳲周雅詠平均 |

---

198 구오복 : 홍범 구주의 아홉 번째인 오복. 주 무왕(周武王)이 은(殷)나라를 멸(滅)하고 천하(天下) 다스리는 법을 기자(箕子)에게 묻자 기자가 홍범 구주(九疇)로 대답했다. 그 아홉 번째인 오복(五福)은 곧 수(壽)·부(富)·강녕(康寧)·유호덕(攸好德)·고종명(考終命)을 가리킨다.

199 잠필(簪筆) : 관원이 관(冠)이나 홀(笏)에 붓을 꽂아서 서사(書寫)에 대비하는 것을 말한다.

200 소아의 시구 : 『시경』 소아(小雅)의 「시구(鳲鳩)」에 "뻐꾸기가 뽕나무에 둥지를 틀었나니, 새끼가 일곱 마리로다. 우리 훌륭한 군자님이여, 그 말과 행동이 한결같도다.[鳲鳩在桑, 其子七兮。淑人君子, 其儀一兮。]"라는 말이 나온다. 한편 뻐꾸기가 새끼를 먹일 때의 순서를 보면 아침에는 위에서 아래로 내려오고 저녁에는 아래에서 위로 올라가면서 굶는 새끼가 없도록 공평하게 먹이를 나누어 주기 때문에, 공평하고 균등하게 남을 대할

골목길 깨끗하여 먼지 한 점 없구나 門巷淸無一點塵
대접하는 자리 향해 때로 기색 살피니 時向儐筵看氣色
눈 속 매화 같은 풍격 학 같은 정신이네 雪梅標格鶴精神

나산의 높은 학업 잘 알고 있었는데 慣識羅山學業尊
훌륭한 집안 자손 오늘 보고 들었네 善家今日見聞孫
세 조정 섬긴 원로 유독 총애 많이 입어 三朝舊老偏承寵
동무[201]의 제생이 다 그 문하에 있도다 東武諸生盡在門
부사산 천 길에서 필세를 옮겨왔고 富嶽千尋輸筆勢
상근호[202] 백 이랑에 글의 근원 일으켰지 箱湖百頃起詞源
한 쌍의 기린에 또 서경 아들[203] 있으니 雙麟又有徐卿子
남은 은덕 후손에게 넉넉하다 다퉈 말하네 爭道餘庥裕後昆

## 쾌당께
### 快堂梧下

청천(靑泉)

이전에 외람되게 '대(臺)' 자 운의 시를 받았습니다. 제가 오활하고

---

때의 비유로 흔히 쓰인다.

201 동무(東武) : 막부 장군의 도성인 에도를 가리킨다.

202 상근호 : 상근[箱根, 하코네]에 있는 아시노코[芦ノ湖]를 가리킨다.

203 서경 아들 : 두보(杜甫)의 「서경이자가(徐卿二子歌)」에서 서경의 두 아들이 매우 뛰어남을 노래하였다.

어그러진 까닭에 화운시를 잘 못 드려 마침내 버린 종이가 되었습니다. 제가 너무 황공하고 부끄러워 감히 표현하지 못하겠습니다. 삼가 절구 한 수를 고쳐 서안에 드립니다. 전편은 그 제목을 바꾸었고, 아울러 고당의 집사(執事)께 드리니 너그럽게 받아주시기 바랍니다.

| | |
|---|---|
| 바다 위 여주[204]가 붓 아래로 옮겨와 | 海上驪珠筆下推 |
| 구슬 꽃 천 곡이 아름다움 다하였네 | 瓊華千斛儘佳哉 |
| 동파 노인 등주의 해시(海市) 보려 빌었으나[205] | 坡翁只禱登州市 |
| 부상은 못 보고 신기루를 보았네 | 不見扶桑蜃作臺 |

잘못 쓴 글 1본은 속히 축융씨[206]에게 주어서 남이 비웃지 않도록 해주십시오.

## 봉강공이 명한 운을 받들어 화운하다

**奉和鳳岡公命韻**

청천(青泉)

| | |
|---|---|
| 명아주 침상에서 옥검을 짝하고 | 藜床伴玉劒 |
| 난새와 고니 함께 옆에서 부축하네 | 鸞鵠共扶之 |

204 여주(驪珠) : 여룡(驪龍)의 턱 밑에 있다는 구슬이다.

205 동파……빌었으나 : 소동파가 등주에서 벼슬할 때 해시(海市)를 보고자 해신의 사당에서 빌어 다음날 보게 되었다 한다.

206 축융씨(祝融氏) : 불을 관장하는 신이다.

| | |
|---|---|
| 신선의 패옥이 궁궐로 통하여 | 仙佩通丹禁 |
| 문장의 마당에 붉은 기 견고하네 | 文場堅赤旗 |
| 바다 구름 짙어져 거뭇거뭇 해지고 | 海雲濃作墨 |
| 성 위의 달 어여뻐 시어가 되었네 | 城月艶爲詩 |
| 웃으며 봉래산 산굴을 가리키니 | 笑指蓬萊岫 |
| 아득하게 태곳적 자태를 하고 있네 | 蒼蒼太古姿 |

| | |
|---|---|
| 노쇠함이 심함을 스스로 비웃으니 | 自笑龍鐘甚 |
| 번거로울 정도로 예우를 받았노라 | 煩蒙禮遇之 |
| 묵지[207]에서 내 붓을 받아들여 주어서 | 墨池容我筆 |
| 여러 번 시 지으며 그대 깃발 바라봤네 | 騷疊望君旗 |
| 예스러운 모습은 술처럼 진국이고 | 古貌醇如酒 |
| 새로운 정 담박하게 시 안에 들어 있네 | 新情淡在詩 |
| 더욱이 한 쌍의 옥나무를 살펴보니 | 况看雙玉樹 |
| 모두가 동량의 자태를 지녔네 | 皆有棟□□[208] |

207 묵지(墨池) : 벼루를 닦는 연못이다. 저명한 서예가인 한나라의 장지(張芝), 진나라 왕희지(王羲之) 등에게 다 묵지가 있었다.

208 □□ : 원문에 '姿' 운으로 끝나는 두 글자가 누락되어 있다.

## 쾌당에게 드리다
### 奉快堂

청천(青泉)

| | |
|---|---|
| 물러나 밥을 먹고 동쪽 관소 찾으니 | 退食尋東館 |
| 새끼양 가죽을 다섯 군데 꿰맸네[209] | 羔羊五緎之 |
| 흥에 취해 서로서로 소매 붙들고 | 興酣雙把袂 |
| 훌륭한 대화에 각기 주장 펼치네 | 談勝各張旗 |
| 옛 검으로 서로 마음 주고받고 | 古劒交輸意 |
| 가을꽃에 더불어 시를 짓네 | 秋花與作詩 |
| 문곡성이 남두에서 빛나니 | 文星耀南斗 |
| 이별 후 얼굴로 우러르리라 | 別後仰容姿 |

## 퇴성에게 받들다
### 奉退省

청천(青泉)

| | |
|---|---|
| 마당의 망아지가 곡식 싹 먹어 | 場駒食苗藿 |
| 발과 가슴 얽어매라 노래하노라[210] | 歌以縶維之 |

---

209 새끼양……꿰맸네 : 『시경』의 「고양(羔羊)」에, "새끼양의 가죽을 흰실로 다섯 군데 꿰맸도다. 관에서 퇴청하여 밥 먹으니, 의젓하고 의젓하도다.[羔羊之革, 素絲五緎。退食自公, 委蛇委蛇。]"라고 하였는데, 남국(南國)이 문왕(文王)의 덕에 감화되어 모든 벼슬아치들이 검소하고 정직하게 사는 모습을 노래한 것이다.

210 마당의……노래하노라 :『시경』의 「백구(白駒)」에 "깨끗한 저 흰 망아지가, 밭 곡식 먹었다고 핑계 대고, 발과 가슴을 얽어매 놓고, 오늘 아침을 길게 늘여서, 귀한 우리 이 손님을, 더 놀다 가시게 하리라.[皎皎白駒, 食我場苗, 縶之維之, 以永今朝, 所謂伊

그대의 요지(瑤池) 자리 감동했기에　感子瑤池席
내 푸른 깃 깃발을 남겨두려네　留儂翠羽旗
바다와 산 천 리 멀리 떨어진 나라　海山千里國
운수[211]에 한 잔 술로 시를 읊노라　雲樹一尊詩
가고 가면 앞으로 무엇 드리랴　去去將何贈
가을 난초 좋은 자태 지니고 있네　秋蘭有好姿

## 삼가 정우 태학사 임 공의 운에 차운하다
### 謹次整宇大學士林公韻

소헌(嘯軒)

신령한 경계는 봉래 가까워　靈境近蓬島
진정한 신선을 지금 만났네　眞仙今見之
계등[212]을 옥 눈처럼 깔아놓고　溪藤鋪玉雪
산골 차는 창기[213]를 달이는구나　山茗煮槍旗
은구[214] 필법 부족하여 부끄럽건만　愧乏銀鉤筆

---

人, 於焉逍遙。]"라고 하였다. 헤어지기가 아쉬워서 조금이라도 더 놀다 가게 하려는 마음을 노래한 것이다.

211 운수(雲樹) : 그리운 벗을 만나지 못하는 안타까움을 말한다. 두보(杜甫)의 시 「춘일억이백(春日憶李白)」에 나오는 "위수 북쪽 봄날 나무, 강동 해질녘 구름[渭北春天樹, 江東日暮雲。]"이라는 구절에서 연유한 것이다.

212 계등(溪藤) : 종이를 가리킨다. 중국 섬계(剡溪)의 물은 종이를 만들기에 적합하고, 그 부근에서 나는 등나무 껍질로 만든 종이가 유명한 데서 연유한 말이다.

213 창기(槍旗) : 차의 끝눈으로 만든 녹차로, 싹의 끝이 창 같고 잎이 펴지면 깃발 같아서 붙여진 말이다.

함부로 화곤[215] 같은 시를 받았네 濫蒙華袞詩
큰 복은 진실로 칭송할 만 하니 厖褫眞可誦
보배로운 나무 모두 기이한 자태 寶樹捴奇姿

나이를 듣고 나서 모습을 보니 聞年仍見貌
날쌔고 용맹함이 남보다 낫네 精悍勝乎人
시경 예기 아들들에 전승해주고 詩禮傳諸子
그림 글로 사방에 이웃 맺었네 圖書作四隣
신선 섬 달 뜬 밤 편히 누웠고 枕高仙島月
돛 평온한 강나루에 해저물었네 帆穩暮江津
손님방엔 도리(桃李) 같은 훌륭한 선비 門館皆桃李
양공[216]이 본래 손님 잘 대접했네 梁公本好賓

구장[217]이 다닐 때 두 아들이 함께 하니 鳩杖行時二子偕
초탈한 선학이 여윈 듯한 모습이네 翛然仙鶴瘦形骸
손님을 만류하며 기쁜 기색 즐겁고 留賓可掬歡欣色
옛추억 더듬으니 슬픈 마음 유독 깊네 撫迹偏深感悼懷

---

214 은구(銀鉤) : 필획이 아름답고 꿋꿋함을 비유한 말이다.

215 화곤(華袞) : 고대 왕공 귀족이 입는 예복인 곤룡포로, 지극한 영광을 표현할 때 쓰는 말이다.

216 양공 : 양국공(梁國公) 적인걸(狄仁傑, 630-700)을 가리킨다. 중국의 측천무후(則天武后)가 세운 무주(武周) 시대의 재상(宰相)으로, 중종(中宗)을 다시 태자로 세우도록 하여 당(唐) 왕조의 부활에 공을 세웠으며 수많은 인재들을 천거하여 당(唐)의 중흥에도 크게 기여하였다.

217 구장(鳩杖) : 꼭대기에 비둘기가 새겨진 지팡이로, 고대 80 이상의 원로에게 내렸다.

비 지나자 갠 구름이 먼 산굴에 생겨나고 雨過晴雲生遠岫
바람 울자 낙엽은 빈 계단에 구르네 風鳴落葉轉空階
흰 머리로 평안한 것 욕된 것은 아닐까 白頭受寧忝非忝
못난 재주 돌아보니 팔차수[218]에 부끄럽네 自顧微才愧八叉

그저께 지음.

電拜追切伏悵 和章構得 有日待奉袂面呈爲料矣 其時忽迫 未克奉進 今殆付送郵筒耳 行期漸近 可勝德宇之慇 餘不備

번개처럼 짧은 시간 만나 뵈니 매우 섭섭하였습니다. 화운시를 짓고 직접 뵐 날을 기다렸다가 드릴 요량이었습니다만 갑자기 때가 닥쳐 받들어 드릴 수가 없었습니다. 지금 겨우 편지봉투를 부쳐 보냅니다. 떠날 시기가 점점 가까워오니 정성스러웠던 풍모를 뵐 수 있겠습니까? 이만 줄입니다.

## 앞의 운에 거듭해서 쾌당에게 드리다
### 疊前韻奉呈快堂几下

소헌(嘯軒)

응문[219]은 높이가 얼마쯤인가? 膺門高幾許

218 팔차수(八叉手) : 시재가 민첩하고 뛰어난 사람. 당(唐) 나라 때 시인(詩人) 온정균(溫庭筠)이 시를 빨리 짓는 데에 뛰어나서, 여덟 번 손을 깍지 끼는 동안 팔운(八韻)의 시를 지었으므로, 당시에 그를 팔차수(八叉手)라 불렀다.

| | |
|---|---|
| 두 세대가 다행히 이어져왔네 | 兩世幸相因 |
| 바다 건너 명성을 들은 지 오래 | 隔海聞聲久 |
| 상 마주해 웃음소리 새롭게 내네 | 聯床發笑新 |
| 하나의 경서 본래 오래된 가업 | 一經元舊業 |
| 한 쌍의 구슬 모두 진기한 보배 | 雙璧總奇珍 |
| 예모에 함부로 옆자리 탐내 | 禮貌叨虛左 |
| 못난 재주 윗손님께 부끄럽구나 | 微才愧上賓 |

| | |
|---|---|
| 내 발이 하늘 끝까지 밟았으니 | 吾足蹈天際 |
| 멋진 유람은 나랏일 때문이네 | 勝遊王事因 |
| 부상 바다 맞아서 가슴 트이고 | 胸臨桑海濶 |
| 부사산 본 눈은 새로워졌네 | 眼到士峯新 |
| 옥 같은 생선회 고래 고기 살지고 | 玉鱠鯨魚雋 |
| 금빛 꾸러미의 귤과 유자 진기하네 | 金苞橘柚珍 |
| 정중한 뜻이 너무 기뻐서 | 偏欣鄭重意 |
| 먼 곳에서 온 손님 자주 찾았네 | 數問遠來賓 |

219 응문(膺門) : 명망이 높은 사람의 문하를 가리킨다. 후한 때 조정의 기강이 문란하였으나 이응(李膺)이 홀로 풍기를 잡고 있었으므로 명망이 높았다. 그래서 선비들이 그를 만나는 것을 등용문이라 불렀다고 한다.

## 퇴성이 자리에서 주신 운을 받들어 차운하다
### 奉和退省席上惠示韻

소헌(嘯軒)

| | |
|---|---|
| 아름다운 구절에 맑은 운 있어 | 佳句有淸韻 |
| 찰랑찰랑 울리는 옥 애처롭구나 | 鏘鏘鳴玉哀 |
| 대대로 연허[220]의 조칙 써왔고 | 世家燕許誥 |
| 시단에서 사도[221]의 재주 펼쳤지 | 詞苑謝陶才 |
| 안개비 속 표범[222]처럼 문장이 빛나고 | 霧豹文章炳 |
| 서리 같은 발굽[223]이 도로 열었네 | 霜蹄道路開 |
| 노둔한 내 모습 부끄러움 감당하랴 | 龍鐘堪自愧 |
| 머리를 긁으며 망향대 오르네 | 搔首望鄕臺 |
| | |
| 무릎 위의 왕문도[224]요 | 膝上王文度 |
| 중서사인 두목지[225]네 | 中書杜牧之 |

220 연허(燕許) : 당 나라의 연국공(燕國公) 장열(張說)과 허국공(許國公) 소정(蘇頲)의 병칭. 조칙(詔勅)을 잘 지으므로 당시에 연허 대수필(燕許大手筆)이라 불렸다고 한다.

221 사도 : 남북조 시대 시인 사령운(謝靈運, 385-433)과 동진(東晉)의 시인 도연명(陶淵明, 365-427)의 병칭이다.

222 안개비 속 표범 : 자신의 재능을 드러내지 않은 채 은거하여 수신(修身)하면서 세상의 해를 피하는 것을 말한다. 일주일 동안이나 안개비[霧雨]가 내리자, 남산(南山)의 흑표범이 자신의 아름다운 털을 상하게 할까 봐, 배고픔을 참고서 먹이를 구하러 산 아래로 내려오지 않았다고 한다.

223 서리 같은 발굽 : 말발굽을 가리킨다. 『장자(莊子)』 「마제(馬蹄)」에 "말발굽은 서리와 눈을 밟을 수 있다.[馬蹄可以踐霜雪。]"이라는 구절이 나온다.

224 왕문도 : 진(晉)나라 왕탄지(王坦之)의 자. 약관의 나이에 재명을 날려 강동에 필적할 자가 없었다고 한다. 그의 아버지가 아들을 사랑해 다 자란 뒤에도 무릎 위에 앉혔다고 한다.

경연에서는 훈고[226]를 진술하고 講筵陳訓誥
시단에서는 깃발 엄연하네 騷壘儼旌旗
산빛은 반가운 눈처럼 푸르고 山色青如眼
솔바람 운치는 시에 들어오네 松風韻入詩
뗏목 탄 이내 몸 이미 늙어서 乘槎身已老
옥나무 기댄[227] 평범한 자태 부끄럽네 依玉愧凡姿
이상은 존부께서 보여준 운을 썼습니다.

## 신 학사가 내려주신 운에 화운하다
### 和申學士辱示韻

정우(整宇)

시편에 어찌 굳이 퇴고할 필요 있나 詩篇何必費敲推
수놓은 비단 같은 구절 문장 빛나네 繡句錦章郁郁哉
만 권 책 읽은 비서 가슴은 광활하고 萬卷秘書胸次大
인재가 경술 지녀 인대[228]에 앉았네 良才有術坐麟臺

225 두목지 : 두목(杜牧, 803-853)으로, 중국 만당 전기의 뛰어난 시인이다. 벼슬이 중서사인(中書舍人)에 이르렀다.

226 훈고(訓誥) : 서전(書傳)의 육체 가운데 훈과 고를 가리킨다.

227 옥나무 기댄 : 위 명제(魏明帝) 때 모증(毛曾)과 하후현(夏侯玄)이 함께 자리에 앉아 있자, "갈대 같은 풀이 옥 같은 나무에 기대어 있다.[蒹葭依玉樹]"라고 하였다고 한다.

228 인대(麟臺) : 당나라 때 관서로, 비서성을 가리킨다. 측천무후가 명칭을 인대로 고쳤었다.

## 청천 학사가 보여준 운을 받들어 차운하다
奉次靑泉學士見示韻

쾌당(快堂)

헤어진 후 그대 생각 간절했는데 別後思君切
맑은 얼굴 꿈에서 보게 되었네 淸顔夢見之
날은 개어 깃 일산 날 듯하였고 日晴飛羽盖
바람은 자 용 깃발 곧추세웠네 風靜建龍旗
뾰족한 붓 하나를 들어올려서 擡起一尖筆
화운해 다섯 글자 시 이루었네 和成五字詩
자라 머리 봉래섬이 가까운 곳에 鼇頭蓬島近
기이한 모습이 다 신선 자태네 異容悉仙姿

## 성진사가 보여준 운에 화운하여 같은 집안 취허공과 만나 술잔 들고 읊던 일을 추억하다
和成進士被示韻追感同家翠虛公會遇觴詠之事

정우(整宇)

이방에서 동지와 때에 수시로 함께 하니 異方同志與時偕
그대는 장년 나이, 나는 늙은 몸일세 君是壯齡吾老骸
예나 제나 시편이 안색을 비추고 今昔詩篇照顔色
지붕과 대들보에 남은 달은 가슴 가득 屋梁殘月滿胸懷
풍운이 개변한 지 얼마나 지났나 風雲改變幾多歲
손과 주인 한 자짜리 계단 오르내렸네 賓主升降尺級階
두 세대 사귐 닦아 옛일을 얘기하니 二世修交談往事

눈물을 머금은 붓 첨차[229]에 화답하네 詞毫含淚和尖叉

이소[230]의 금석에 함께 함이 무안하니 慚愧二疏金石偕
벼슬길을 여전히 사직하지 못했네 官途猶未乞身骸
건안의 재자[231]는 시인들 중 호걸이요, 建安才子詩中傑
원화의 주맹[232]은 장사의 품을 지녔네 元和主盟壯士懷
울타리 국화 져도 변치 않는 절개 품고 籬菊折殘存晚節
우물가 오동잎은 뜰 가득 떨어지네 井梧飄落滿庭階
노쇠하여 옛날일 잊은 것이 많으니 老衰多是忘前事
가죽소매 파고든 추위에 손깍지 끼네 羔袖凌寒手獨叉

229 첨차(尖叉) : 험운(險韻)을 가리킨다. 소식(蘇軾)이 「설후서북대벽(雪後書北臺壁)」의 시 1수 끝에 첨(尖) 자를, 2수에 차(叉)자를 썼는데 조어가 자연스러워 억지로 운을 만든 티가 나지 않았다. 아우인 소철(蘇轍)과 왕안석(王安石)이 원운을 따라 화운시를 쓰자 소식 역시 다시 전운을 사용해 시를 지었는데 조어와 압운이 역시 자연스러웠다. 이 때문에 첨과 차는 험운의 대표적인 글자로 일컬어지게 되었다.

230 이소(二疏) : 한(漢) 나라 선제(宣帝) 때의 명신(名臣) 소광(疏廣)과 조카 소수(疏受). 관직이 높아지고 명성이 널리 퍼졌으나, 그만두고 돌아가지 않으면 후회할 일이 생길 것이라면서 이내 고향으로 돌아갔다.

231 건안의 재자 : 후한 헌제(獻帝)의 건안(建安) 연간(196-220)에 조조(曹操) 부자 밑에서 활약한 문학 집단 가운데 특히 뛰어난 재자(才子) 7인을 가리킨다.

232 원화의 주맹 : 원화(元和)는 806년-820년 당나라에 사용된 연호로, 이 시기 시단을 주름잡던 백거이(白居易), 원진(元稹) 등을 가리킨다.

## 소헌 성진사께서 내 시에 곧바로 화운하여 보여주신 시에 차운하다
### 次嘯軒成進士和我卽罷之詩見示惠韻

쾌당(快堂)

좋은 안주 맛있는 술 함께 갖추니　嘉肴兼美酒
빈객의 관소에서 취할 만 하네　賓館可芼之
재주와 기개는 조정의 그릇　才氣廟中器
읊조린 시구는 시단 위 깃발　風騷壇上旗
잇단 수레 씩씩한 말 고삐 잡았고　車連壯騑轡
연회에서 자주 녹명[233] 시를 읊었네　宴秩鹿鳴詩
알겠도다, 까마귀 떼에 있어도　識得鴉群裡
지조 높고 웅장한 송골매 자태　操高雄鶻姿

모(芼) 자는 평성과 거성 두 운이 있는데, 호용해서 평성으로 썼습니다.

## 또 내 앞의 운에 차운하여 거듭 주신 화운시 두 편과 같게 하다
### 又次余前韻惠疊和二章以同

쾌당(快堂)

기름칠한 수레가 길 떠나려니　脂車途欲發
직접 뵙고 인사할 길이 없구나　雙袂挹無因
구름과 물 겹겹이 고향땅 멀고　雲水故園遠

233 녹명 : 『시경·소아』의 편명으로, 사신(使臣)의 노고를 위로한 내용이다.

바라 뵈는 강산은 새롭기만 해 江山望裡新
영광스럽게 금의환향 하시니 榮旋輝晝錦
훌륭한 시구는 귀한 보배네 佳句當牢珍
배 나누고 대추 돌려달라는 일[234]로 梨別棗歸事
정 나누며 장난삼아 손께 답하네 交情戲答賓

## 두 번째[其二]

타향에서 떠돌다 우연히 만나 他鄕萍水會
이 만남이 좋은 인연인 줄 알았네 相遇識良因
마음이 통한 지가 이미 오랜데 旣說通情舊
초면인지 아닌지 무에 따지랴 何論見面新
이별 자리 좋은 시구 없는 까닭은 離筵無妙句
세상 없는 귀한 보배 있기 때문에 絶代有佳珍
영원한 이웃 되자 약속하지만 永約隣交久
돌아가면 손님은 뵙지 못하네 歸來不顧賓

## 국계 장진사가 보여준 운에 2수 차운하다
### 和菊溪張進士眎韻二首

정우(整宇)

밤낮으로 높은 사명 잊지 않고 있으니 夙夜無忘使命尊

234 배 나누고 대추 돌려달라는 일 : '이별(梨別)'은 '이별(離別)'과 음이 같고 '조귀(棗歸)'는 '조귀(早歸)'와 음이 같으므로, 동음이의어로 농담을 한 것이다.

나랏일에 아들 손자 이별한 일 한하랴 公程豈恨別兒孫
이번에 청우협(青牛峽) 험함을 거쳤으니 玆時經險青牛峽
뒷날에 금마문(金馬門)의 영광을 기약하네 他日期榮金馬門
역현의 마을에서 국담 물을 나누었고[235] 酈縣村閭分菊水
무릉의 강가에서 도원을 물었네 武陸江上問桃源
혜강 완적 뒤좇아 서로 한 번 만나니 追尋嵇阮一相遇
천 리 멀리 맺은 사귐 형제 같기 약속하네 千里心交約弟昆

이웃 사귐 덕이 있고 도를 높일 줄 아니 隣交有德道知尊
대대로 변함없이 아들 손자 그러했네 世世無渝子又孫
신선 가마 구름 밟고 학의 등을 탔으니 仙駕踏雲乘鶴背
장대한 노닌 자취 용문을 뚫었네 壯遊追跡鑿龍門
조정 위의 한나라 당나라 때 생각나고 朝儀憶着漢唐古
배움 바다 건너서 이락[236] 근원 다하네 學海行窮伊洛源
문자음[237]을 오늘만 어찌 유독 즐기랴 文飮何唯樂今日
창수시 책 기다려 후손에게 부치리 唱酬待卷附來昆

235 역현의……나누었고 : 송(宋) 나라 사정지(史正志)의 『국보서(菊譜序)』에 "남양(南陽) 역현(酈縣)에 국담(菊潭)이 있는데 그 물을 마시는 사람은 모두 장수한다."라고 하였다.

236 이락(伊洛) : 정자(程子)와 주자(朱子)의 학문을 말한다. 이(伊)는 이천(伊川), 낙(洛)은 낙양(洛陽)이다. 두 정자가 이락의 사이에서 강론하였고, 주자도 그의 학통을 받았기 때문이다.

237 문자음(文字飮) : 문인들이 술을 마시며 시를 짓는 것을 가리킨다.

## 본국으로 돌아가는 신 학사를 전송하여 2수를 쓰다
### 奉送申學士歸本國二首

정우(整宇)

| | |
|---|---|
| 정신으로 오랜 친구인 듯 사귄 한림의 장 | 神交如故翰林場 |
| 기쁘게 만난 반윤[238] 서로 신분 잊었네 | 班尹欣逢形已忘 |
| 내일 아침 헤어지면 산악이 막혀있어 | 分手明朝隔山岳 |
| 짧은 시에 이별 마음 길게 쏟기 어려워라 | 短章難寫別懷長 |
| 바다 마을 아득하게 하늘 다한 끝에 있어 | 海國縹茫天盡頭 |
| 풍운 깊은 곳으로 돌아가는 배 젓네 | 風雲深處棹歸舟 |
| 그대를 전송하며 애가 끊는 겨울 강가 | 送君腸斷寒江上 |
| 한 번 가면 동쪽 서쪽 부질없이 물 흐르리 | 一去東西空自流 |

## 강 진사를 송별하다
### 送別姜進士

정우(整宇)

| | |
|---|---|
| 까마득한 구름길에 기러기 전송하니 | 冥冥雲路送飛鴻 |
| 그댄 동쪽 향하고 나는 동쪽 남았네 | 君向西方我在東 |
| 내 마음 호소하고 싶어도 말 못 하니 | 欲訴衷情言不得 |
| 이별 후 편지를 어찌 하면 통하랴? | 別來音信若爲通 |

238 반윤(班尹) : 한나라 반표(班彪)와 윤민(尹敏)으로, 둘의 우정이 매우 깊었던 것으로 유명하다.

## 성 진사를 송별하다
**送別成進士**

정우(整宇)

붕새처럼 솟는 기세 신기함을 드러내고 鵬搏雄氣現神奇
표범 그늘 정을 품고 이별을 탄식하네 豹陰含情嘆別離
구름 사이 하늘 달에 한스러움 부치노니 寄恨雲間天上月
그대 있는 곳마다 못 따르기 때문이네 君邊處處不相隨

구름 물결 망망하고 강물은 깊지만 雲浪茫茫江水深
조도[239]하고 전송하는 마음보다 얕구나 淺於祖道送君心
창수시 두루마리 자리에 넘치니 唱酬詩卷留盈席
꿈속 혼은 가는 곳곳 길이 찾아 가리라 魂夢長追行處尋

## 장진사를 송별하다
**送別張進士**

정우(整宇)

이별 후 소식을 다시 듣기 어려워 別後信音難再聞
옷 잡고 말 세우고 하는 말이 은근하네 牽衣駐馬語旣勤
나그네 길 지기가 없었다 하지 마오 客中莫道無知己
초목과 산하가 다 그대를 기억하오 草木山河悉識君

239 조도(祖道) : 길을 떠나는 사람을 위해 길의 신에게 제사를 지내고 잔치를 벌이는 일을 가리킨다.

## 조선국 학사 저작랑 신 공을 송별하다 아울러 서문을 쓰다
### 送別朝鮮國學士著作申公幷序

정우(整宇)

다행히 한형주를 알게 될 기회를 만나[240] 서유의 의자[241]을 내려놓고 기다렸습니다. 아름다운 풍채와 널리 퍼진 명성에 마음이 타들어 갈 정도로 먼지가 날 정도로 그리워하였습니다. 제 스스로 덕 있는 자는 이웃이 있어 외롭지 않다고 한[242] 경우가 아니었는데 어찌 세상에 드문 기이한 만남을 얻을 수 있었을까요? 시단의 빼어난 흥과 문장 동산의 맑은 놀이에 장구를 짓고 읊조리는데 기세가 호탕하였습니다. 갑자기 한 번 읊으면 세 번 감탄하는 소리가 일어나 팔두재[243]와 칠보재[244]조차 달갑게 여기지 않을 정도였습니다. 말의 샘이 입술과 이 사이에 흘러 시어에 들어가면 낭랑하게 금석을 울리고 붓끝은 저 귀신을 놀라게 해 글자를 이으면 찬연하게 주옥이 날리는 듯 하였습니다.

240 한형주를……만나 : 이백(李白)의 「여한형주서(與韓荊州書)」에 "이 세상에 태어나서 만호후에 봉해지기보다는 그저 한 형주를 한번 알기만을 바랄 뿐입니다.[生不用封萬戶侯, 但願一識韓荊州。]"라는 말이 나온다.

241 서유의 의자 : 서유(徐孺)는 서치(徐穉)를 가리킨다. 후한(後漢)의 진번(陳蕃)이 다른 손님은 일절 접대하지 않았는데, 서치(徐穉)만 오면 특별히 의자 하나를 내려놓고 환담을 하다가 그가 가면 다시 올려놓았다고 한다.

242 덕……한 : 『논어』「이인(里仁)」에 "덕이 있는 사람은 외롭지 않고 반드시 이웃이 있다.[德不孤, 必有隣。]"라고 하였다.

243 팔두재(八斗才) : 시문의 재주가 탁월함. 사령운이 말하기를 '온 천하의 재주가 모두 한 섬인데 조식이 8두(斗)를 얻었고 내가 1두(斗)를 얻었고 나머지는 고금(古今) 사람들이 차지했다.'고 한 데서 연유한 말이다.

244 칠보재(七步才) : 창작력이 뛰어남. 위의 조식이 형인 문제의 명에 따라 일곱 걸음을 걷는 동안 시 한 수를 지었다는 고사에서 연유한 말이다.

불현듯 오늘이 어제보다 나음을 생각하고 이에 새로 안 벗이 옛 벗보다 나음을 깨달았습니다. 오셨을 때는 내와 강과 바다의 기상을 능가하고 떠나실 때 달과 이슬과 바람과 구름의 형상을 알게 되었습니다. 관청의 명에 잠자코 있기 어려우니 사신의 배가 떠나려 할 때 그대 역시 따라갈 테고 나는 홀로 울적해 할 것입니다. 이미 기름칠한 수레를 만류하기 어려우니 이별의 길에 닥쳐 우러러 보며 해의 돌아가는 소매를 붙잡아매고 싶고 마음을 다스리느라 어지러울 것입니다. 짐을 싸는 날이 이미 닥치니 자세히 말할 수가 없습니다. 오직 붉은 마음으로 지극히 바라오니 꿈속에서에서나마 헤어지지 않기를 기약합니다. 애오라지 거친 시를 드림으로써 비루한 회포를 폅니다.

| | |
|---|---|
| 많은 정을 말로 다 하지 못하고 | 多情不盡語云云 |
| 자나깨나 분명하게 누차 그대 보았네 | 夢寐分明屢見君 |
| 채색 붓은 티끌 없어 길이 좋게 지냈고 | 彩筆無塵永爲好 |
| 맑은 술잔 술이 있어 문장을 잘 논했네 | 淸樽有酒細論文 |
| 용 깃발 새벽에 삼신산 길 떠나니 | 龍章曉發三山路 |
| 범 부절 풍모는 팔도 구름 속 높으리 | 虎節風高八道雲 |
| 이별 닥쳐 서글프나 근심 기쁨 반반이니 | 臨別悵然憂喜半 |
| 귀국하여 공훈 세울 줄을 바로 알겠구나 | 定知歸國立功勳 |

## 이별의 마음이 그치지 않아 또 율시 한 수를 드려 화운시와 같이 보내주시기를 요구하다
別情無止又呈一律以要和共來

| | |
|---|---|
| 우연히 멀리에서 온 손님 위해 | 偶爲遠遊客 |
| 문자음에 시와 술잔 함께 하였네 | 文飮詠觴俱 |
| 굳건한 붓 삼협(三峽)[245]을 넘어뜨리고 | 健筆倒三峽 |
| 큰 재주는 오호(五湖)[246]의 물을 삼켰네 | 宏才呑五湖 |
| 예의는 당나라 시대 제도요 | 禮儀唐制度 |
| 교화는 한나라 시대 규모네 | 教化漢規模 |
| 알겠구나, 한 시대에 뽑힌 인재니 | 知是一時選 |
| 교린에 도의 살진 맛을 보겠네 | 聘交味道腴 |

## 절구 한 수 지어 강 진사를 송별하다
絶句一章送別姜進士

쾌당(快堂)

| | |
|---|---|
| 시단의 붓 전쟁에 기세 거둘 수 없으니 | 詩壇筆戰勢難收 |
| 문장이 온갖 고을 비추었다 들었네 | 見說文章照白州 |
| 천 리 먼 이국에서 서로 이별한 후에 | 千里異鄉相別後 |

245 삼협(三峽) : 장강(長江) 상류의 험난하기로 유명한 세 협곡으로, 구당협(瞿塘峽), 무협(巫峽), 서릉협(西陵峽)을 가리킨다.

246 오호(五湖) : 고대 오월(吳越) 지역에 있는 구구(具區), 요포(洮浦), 팽려(彭蠡), 청초(青艸), 동정(洞庭)의 다섯 호수를 가리킨다.

이 좋은 놀이를 그대 잊지 마시길 　 勸君勿忘此淸遊

## 절구 한 수 지어 성 진사를 송별하다
絶句一章送別成進士

쾌당(快堂)

이별이 빠르니 오랜 사귐 어찌 맺나 　 別早爭修耐久交
먹물 자국 분연히 땅 속 교룡 일으키네 　 墨痕奮起地中蛟
돌아가는 주머니에 내 시구가 들었다면 　 歸囊若載吾詩句
천 리 멀리 이내 심정 해명이나 할 텐데 　 千里心情作解嘲

## 절구 한 수를 지어 장 진사를 송별하다
絶句一章送別張進士

쾌당(快堂)

강서의 통신사 강동으로 들어가니 　 江西通信入江東
문물과 전장이 만고에 같도다 　 文物典章萬古同
두 나라 좋은 이웃 화목 길이 닦았으니 　 兩地長修善隣睦
만나서 풍마우[247] 무엇 하러 얘기하리 　 相逢何說馬牛風

247 풍마우(風馬牛) : 바람난 마소. 멀리 떨어져 있어 바람난 마소도 만나지 못하는 상황을 비유한 말이다.

## 청천 신 군이 보여주신 율시 한 수에 화운하다
**青泉申君惠示一律遂和其韻**

퇴성(退省)

| | |
|---|---|
| 떠돌다가 우연히 서로 만나니 | 萍水忽相遇 |
| 어느 해에 또다시 안부 물으랴 | 何年復問之 |
| 산천마다 행장을 멈추었었고 | 山川停旅服 |
| 들판마다 돌아가는 깃발 움직였네 | 原濕動歸旗 |
| 한 잔 술에 길이 이별하니 | 長別一樽酒 |
| 많은 정에 몇 편의 시를 지었나 | 多情幾首詩 |
| 머리 들어 밝은 달 뜨는 저녁에 | 擧頭明月夕 |
| 황홀히 미인의 자태를 보리 | 恍見美人姿 |

## 시 한 수를 이별에 받들다
**別奉一詩**

퇴성(退省)

| | |
|---|---|
| 한 번 말을 달려 나와 서울을 나서니 | 一自驅馳出上京 |
| 사신 수레 만 리에 높은 명성 울렸네 | 征軺萬里動英名 |
| 금빛 자라 구름 이니 바다 경치 보이고 | 金鼇雲起水中色 |
| 옥 봉황이 바람 도니 하늘 소리 들리네 | 玉鳳風廻天外聲 |
| 신 공이 노나라 집 불려온 줄[248] 알겠으니 | 應識申公徵魯邸 |

248 신공이……불려온 줄 : 신공(申公)은 노나라 사람으로 여태후 때 세자의 사부가 되었으나, 미움을 받게되자 고향으로 돌아가 두문불출하고 왕명이 있을 때만 갔다. 제자들

엄조가 승명려에 염증 느껴도[249] 무방하리　不妨嚴助厭承明
표연히 호해에 머무는 신선 벗이　飄然湖海神仙侶
여기 모여 서로 보며 마음을 기울이네　此會相看意且傾

관소에 머문 사이 일에 바빠서 웃으며 얘기하는 자리에 배석하지 못하였으니 다시 이해해주시기를 청합니다.

## 소헌 성 군이 주신 율시 한 수에 화운하다

嘯軒成君惠示一律乃和

퇴성(退省)

만 리 멀리 떠나온 손님　萬里遠遊客
재주 있어 가지 않는 곳이 없네　有才無不之
물에서는 평안히 노를 젓고　中流寧擊楫
길에 올라 이번에 깃발을 따랐네　上路此隨旗
밝은 달 보니 새로운 곡조가 생기고　明月生神曲
맑은 바람 맞으니 옛 시가 가득하네　清風滿舊詩
대대로 맺은 사귐이 있으니　通家交契在

수백명이 먼곳에서 모여들었는데, 오직 시경의 훈을 가르쳤다고 한다.

249 엄조가……느껴도 : 승명려(承明廬)는 한 나라 때 시종신이 숙직하던 거소의 이름이다. 한 무제(漢武帝)가 엄조(嚴助)에게 회계 태수(會稽太守)를 제수하면서 내린 조서 가운데 "그대가 승명려에 있는 것을 지겹게 여기고 시종신의 일을 고단하게 여기면서 고향을 그리워하기에 지방으로 내려 보내는 바이다.[君厭承明之廬, 勞侍從之事, 懷古土, 出爲郡吏。]"라고 하였다.

뛰어난 자태 보는 것이 유독 기쁘네 偏喜見英姿

**며칠 체류하였으나 자주 모이지 못했기에 유감스럽습니다. 자리에서 대판 중양절에 두보 시에 화운한 시를 보았습니다. 그래서 화운하였습니다**

**滯淹數日不能頻會是以爲憾席上見大坂九日和杜詩韻因有和**

퇴성(退省)

아! 그대는 중양절에 이곳의 손이 되어 嗟汝重陽斯作客
처연히 가을 흥에 높은 대에 앉았구나 凄然秋興坐高臺
올 때는 국화꽃이 마을 울타리 가득했지만 到時菊蕊村籬滿
돌아가는 날에 매화 역로에 피었네 歸日梅花驛路開
천 리의 꿈속 혼은 돌아갈 길 생각하고 千里夢魂思駕在
백 년의 회포는 술 대하여 오는구나 百年懷抱對樽來
타향 모임 도리어 옛 친구와 같았으니 他鄉却似故人會
흐르는 물에 어찌 이별 재촉 감당하랴 流水爭堪別恨催

대판(大坂)의 별칭은 낭화진(浪花津)이니, 우리나라에서 매화 감상하기로 유명한 땅입니다.

## 대판성 중양절 두보 시 운에 차운하다
### 大坂城九日次杜韻

소헌(嘯軒)

| | |
|---|---|
| 대판성 주변에서 중양절을 맞이하여 | 大坂城邊逢九日 |
| 외로운 손 고향 보러 억지로 대에 올랐네 | 望鄕孤客强登臺 |
| 서리 맞은 귤들은 어느 정도 익었고 | 迎霜橘子淺深熟 |
| 비 젖은 국화는 얼마나 피었나 | 得雨菊花多少開 |
| 이역에서 어느 누가 반가운 눈 해주랴 | 異域誰將靑眼對 |
| 좋은 시절 백의인[250] 오는 것을 못 보았네 | 佳辰不見白衣來 |
| 울적하게 난간 구비 그저 기대 있으니 | 悄然徒倚闌干曲 |
| 깃드는 새 숲 돌아와 저녁풍경 재촉하네 | 宿鳥歸林暝色催 |

## 신 학사에게 보내다
### 送申學士

퇴성(退省)

| | |
|---|---|
| 대동강 물은 천고의 경색이니 | 大同江水千古色 |
| 깊은 물결 구불구불 만 리를 떠가네 | 瀰淪靡迤萬里浮 |
| 우뚝한 은하수 먼 하늘에 걸려있고 | 倬彼銀河長天掛 |
| 서풍 불자 하룻밤에 동해 끝까지 왔네 | 西風一夜東海頭 |

250 백의인(白衣人) : 중양절 벗이 보낸 술을 가져오는 사람을 가리킨다. 도연명이 중양절을 맞아 술이 없었는데, 흰옷 입은 이가 술을 가져와 주었다. 강주자사 왕굉(王宏)이 술을 보내온 것이었다고 한다.

| | |
|---|---|
| 바야흐로 손으로 무지개 끌고 떠나 | 方今手控虹霓去 |
| 표연히 팔극에서 신령한 여행 하네 | 飄如八極作神遊 |
| 사신 깃발 나부끼는 곳은 어디쯤인가? | 旌旗颺悠何處所 |
| 바라보니 안개가 단구를 감쌌네 | 望中煙氣遶丹丘 |
| 조빙은 예로부터 최고로 성대한 일 | 朝聘由來最盛事 |
| 의관과 옥백으로 계책을 우러르네 | 衣冠玉帛仰嘉謀 |
| 그대 다시 몽사[251]에서 시부를 지으리니 | 君復濛汜堪裁賦 |
| 채색 붓 종횡으로 다시 쉬지 않는구나 | 彩筆縱橫更不休 |
| 흰 이슬 홀연히 구슬나무 씻어내고 | 白露忽拂琅玕樹 |
| 푸른 아지랑이 산호 낚시에 가득차려 하는구나 | 蒼靄欲滿珊瑚釣 |
| 관산의 끝없는 길 머리를 돌려보니 | 回首關山無限路 |
| 나그네 마음은 오랫동안 왕찬[252] 누각 올랐구나 | 客心久登王粲樓 |
| 돛단 배 이로부터 빠르게 돌아가리니 | 布帆從此歸應疾 |
| 바람에 나는 붕새 날개 일월이 흐르리라 | 鵬翼風中日月流 |
| 만파식적 불고나면 온갖 파도 잦아들고 | 寶管吹徹萬波息 |
| 한양성 위에는 오색구름 머무르리 | 漢陽城上五雲留 |
| 태평성대 공을 세운 명성 끝내 빛나리니 | 聖代功名終赫奕 |
| 두 나라 떨친 명성 누가 짝이 되겠는가 | 兩邦聲譽誰是儔 |
| 우연히 귀한 만남 얻은 내가 부끄러워 | 慚我傾蓋得妙契 |
| 호저[253] 어쩔 수 없어 생각은 얽혀드네 | 縞紵難奈意綢繆 |

251 몽사(濛汜) : 해가 지는 곳. 조선을 가리킨다.

252 왕찬(王粲) : 삼국 시대 위(魏)나라 사람으로 자는 중선(仲宣)이다. 박학다식하였고 문사(文詞)가 넉넉하였다. 그가 지은 「등루부(登樓賦)」가 『문선(文選)』에 실려 있다.

253 호저(縞紵) : 친구 사이에 주고받는 선물. 옛적에 오(吳)의 계찰(季札)이 정(鄭)의

이별곡 한 곡조에 사람을 못 만나니 離歌一曲人不見
기러기 멀리멀리 백 년 가을 보내겠지 鴻雁遙遙百年秋
그대는 듣지 못했는가? 君不聞
뽕나무 활 쑥대 화살[254] 남아의 일이니 桑弧蓬矢男兒事
사방에 둔 본래의 뜻 끝내 어찌 거두랴 四方素志竟何收
또 듣지 못했는가? 又不聞
전대(專對)하는 높은 재주 사신의 일이니 專對高才使者業
밤낮으로 노력해서 전현 삼가 본받네 夙夜努力愼前修

## 강서기를 전송하다

### 送姜書記

퇴성(退省)

그대 지금 천 리 멀리 떠나왔는데 君今千里去
의기는 구름 높은 하늘에 있네 意氣在雲霄
산은 멀리 경성을 향하여 있고 山向京城遠
바다는 먼 한수까지 닿아 있으리 海當漢水遙
손님의 수레는 큰 길 따르고 客車遵大路
신선의 큰 신은 뭇 관소 묶었네 仙潟入群寮

자산(子産)에게 호대(縞帶)를 보내니, 자산이 또한 계찰에게 저의(紵衣)를 보냈다.

254 뽕나무 활 쑥대 화살 : 상호봉시(桑弧蓬矢). 상고 때 사내아이가 출생하면 뽕나무 활로 쑥대 화살 여섯 개를 천지와 사방에 각각 쏘아날려 사나이의 뜻이 사방에 있다는 의미를 붙였다.

| | |
|---|---|
| 강성의 밖에서 전송하는데 | 送別江城外 |
| 버들가지 한결같이 쓸쓸하구나 | 柳條一寂寥 |

## 성 서기를 전송하다
送成書記

퇴성(退省)

| | |
|---|---|
| 고향 생각 하는 마음 끊임 없는데 | 望鄕心不已 |
| 돌아가는 수레 길 어찌 헤매랴 | 回軫路何迷 |
| 구름과 해 수천 돛배 지나쳐왔고 | 雲日千帆過 |
| 서리와 바람 수만 말이 함께 했었지 | 霜風萬馬齊 |
| 보배 검이 스스로를 어찌 허락하랴 | 寶刀寧自許 |
| 주옥 같은 문장이 서로 이끄네 | 瓊翰且相攜 |
| 눈을 드니 노랗게 된 산의 풍경에 | 擧目黃山色 |
| 쓸쓸하게 내리는 눈 서늘하구나 | 蕭條雨雪凄 |

## 장서기를 전송하다
送張書記

퇴성(退省)

| | |
|---|---|
| 서쪽을 뻗어있는 삼 천 리 먼 길 | 西路三千里 |
| 서리가 내린 밤에 옷자락 쥐네 | 霜天夜攬衣 |
| 사신 배는 바라봐도 보이지 않고 | 征帆瞻弗及 |

잎 진 나무 돌아갈 길 전송하누나　落木送將歸
옥 나루에 구름 그림자 흔들리고　玉浦搖雲影
금빛 산에 저녁 안개 걷히는구나　金山收夕霏
도리어 밝은 달 꿈 생각하면　却思明月夢
일찌감치 고향 향해 날아갔겠지　早向故園飛

## 봉강 임 좨주 주신 운을 받들어 화운하다
### 奉和鳳岡林祭酒惠韻

경목자(耕牧子)

지긋한 연세와 오래된 덕망　耆年與宿德
한 번 보자 나는 금방 알아차렸네　一見我知之
다리를 세워서[255] 안택[256] 찾았고　立脚尋安宅
성심을 보존해 물기[257] 세웠네　存誠立勿旗
동곽[258]의 말씀 오래 들었고　夙聞東郭語
취허[259]의 시편을 많이 보았네　多見翠虛詩

255 다리를 세워서 : 어떠한 경우에도 흔들리지 않고 몸을 의연히 지키는 것을 말한다.

256 안택(安宅) : 인(仁)을 가리킨다. 『맹자(孟子)』「이루상(離婁上)」에, "인(仁)은 사람의 안택(安宅)이요, 의(義)는 사람의 정로(正路)이니라.[仁人之安宅也, 義人之正路也。]"라고 하였다.

257 물기(勿旗) : 사물(四勿)의 깃대[旗]라는 뜻이다. 『논어』「안연(顔淵)」에 "예(禮)가 아니면 보지 말며, 예가 아니면 듣지 말며, 예가 아니면 말하지 말며, 예가 아니면 움직이지 말라.[非禮勿視, 非禮勿聽, 非禮勿言, 非禮勿動。]"라고 하였으므로, 이 물(勿) 자로 기를 만들어 세운다는 말이다.

258 동곽 : 1711년 제술관 이현(李礥)을 가리킨다.

만 리 먼 길 고향에 돌아가는 날 萬里還鄕日
변함없이 학의 자태 최고로구나 依然最鶴姿

인생 흔적 이홍[260]을 밟는 것과 마찬가지 人生跡似踏泥鴻
이별하면 구름 하늘 해동은 아득하네 一別雲天渺海東
고국에서 만약 경술하는 선비 만나면 故國若逢經術士
강호에 왕통[261] 있다 말씀 좀 해주오 爲言江戶有王通

## 익재 임 강관이 주신 운을 받들어 화운하다
### 奉和翼齋林講官惠韻

경목자(耕牧子)

책상 머리 시초를 새벽에 수습해 床頭詩草曉來收
돌아가는 천 리 여정 한양으로 향하네 千里歸程向漢州
봄바람에 기러기 북향할 때 기다려 會待春風鴻鴈北
서찰 보내 함께 놀던 이들에 문안하리 須將一札問同遊

259 취허 : 1682년 제술관 성완(成琬)을 가리킨다.

260 이홍(泥鴻) : 설니홍조(雪泥鴻瓜)의 준말. 본디 기러기가 다시 올 때를 위해 눈 녹은 진흙 위에 발자국을 남겨두었으나 남겨둔 발자국이, 다시 돌아올 때에 형적이 없어 찾을 길이 없게 된다는 뜻. 과거의 사적이 흔적도 남지 않고 없어짐을 비유하였다.

261 왕통(王通) : 584-617. 자는 중엄(仲淹)이다. 수(隋)나라 때 경학가로, 촉군 사호서좌(蜀郡司戶書佐), 촉왕 시독(蜀王侍讀) 등을 역임하였다. 『논어』를 모방하여 지은 『중설(中說)』이 남아 있다.

## 퇴성 임 강관이 주신 운에 화운하다
### 和退省林講官惠韻

경목자(耕牧子)

| | |
|---|---|
| 떠나는 말 쓸쓸하게 출발하는데 | 征馬蕭蕭發 |
| 위로 노래 푸른 하늘 울려 퍼지네 | 勞歌響碧霄 |
| 저녁 산은 기러기 따라 잠기고 | 暮山隨鴈沒 |
| 남은 성곽 사람 뒤로 멀어지누나 | 殘郭背人遙 |
| 나그네 길 천 리로 이어져 있고 | 客路連千里 |
| 이별 정자 많은 동료 모여 있구나 | 離亭集衆僚 |
| 그리움은 시초에 남아있으니 | 相思詩草在 |
| 여관에서 적적함을 위로하리라 | 旅館慰寥寥 |

## 삼가 태학사 정우 임공의 고요한 궤안에 드려 종이를 주신 성대한 뜻에 감사하며 아울러 석별의 마음을 펴다
### 謹呈大學士整宇林公靜几以謝惠紙盛意兼申惜別之忱

국계(菊溪)

| | |
|---|---|
| 고맙게도 돌봐주신 그대 후의 컸었는데 | 多荷明公看意弘 |
| 갑자기 여장에 광채를 더해줬네 | 頓教行橐彩輝增 |
| 주옥같은 두 편 율시 한 쌍의 벽옥 같고 | 二篇瓊律齊雙璧 |
| 구름 종이 스무 묶음 백 붕의 값어치네 | 廿束雲牋當百朋 |
| 상자 열면 벗 그리는 마음이 위로되고 | 開篋定勞思玉樹 |
| 붓 잡으면 계등[262] 적다 걱정할 필요 없네 | 把毫寧患乏溪藤 |
| 내일 아침 이별하면 양끝으로 멀어지니 | 明朝一別參商隔 |

용문 다시 못 오를 일 한스럽기만 하네　可恨龍門不再登

## 쾌당께 드려서 대략 내 못난 마음을 펴다
### 奉呈快堂詩榻略申鄙悰

국계(菊溪)

내 행낭에 저군[263]이 부족한 것을 알고　知我行囊乏楮君
미농주[264]의 좋은 물건 나눠 주길 허락했네　濃州美品許相分
고국에 갖고 가서 봉함을 여는 날에　持歸故國披緘日
마음써준 그대 정성 생각하게 되리라　輒想夫公用意勤

## 퇴성재의 사안에 드려 내 못난 회포를 펴다
### 奉呈退省齋詞案以申鄙懷

국계(菊溪)

미농주의 종이 품질 특히나 훌륭한데　濃州有紙品殊佳
정성스러운 선물을 퇴성재가 보내왔네　相贈殷勤自省齋
구슬 같은 시편 한 축 더구나 기쁘니　且喜瓊篇成一軸
서쪽으로 돌아갈 때 여장 넣기 좋으리　西歸好與客裝偕

262 계등(溪藤) : 종이를 가리킨다. 중국 섬계(剡溪)의 물은 종이를 만들기에 적합하고, 그 부근에서 나는 등나무 껍질로 만든 종이가 유명한 데서 연유한 말이다.

263 저군(楮君) : 종이를 의인화하여 부른 칭호이다.

264 미농주(美濃州) : 일본에서 종이가 많이 나기로 유명한 주이다.

## 다시 임 좨주 봉강 서안에 드리다
### 奉復林祭酒鳳岡梧下

청천(靑泉)

제가 드디어 만 릿 길을 떠나게 되었습니다. 아득하여 이 번 생에 결코 다시 얼굴을 뵐 수 없겠지요. 오직 오늘 모임이 너무 총총한 것이 한스러울 뿐입니다. 일을 담당한 이가 저를 곡진하게 대하였고 두 번 세 번 계속해서 화려한 종이와 그림 부채를 주기까지 하였습니다. 식량을 덜어 전별 의식을 차리고 거듭해서 화운시와 이별시를 주시고 백 봉을 함께 내리셨으니 머리를 조아리며 가슴 깊이 감사드립니다. 비록 창랑을 다 해 먹물을 만들고 부사산을 깎아 붓을 만들더라도 어찌 이 마음을 펼 수 있겠습니까? 마침 채신(採薪)의 연고[265] 때문에 며칠 동안 병석을 떠나지 못하였습니다. 당연히 기다려 다시 글월을 받들어야 한다고 생각하였습니다만 지금까지 끙끙대다가 떠나는 이 날이 닥쳐와 슬퍼하며 태산북두를 바라봅니다. 실로 장구의 생각[266]에 감사할 일언반구의 말이 없으니, 병이 나아지길 기다려 길 가는 중 시초를 완성할 수 있으면 인편에 보내 이르게 할 수 있을 것입니다. 만 가지 불안한 생각을 말로 다 하지 못하겠습니다. 오직 지긋한 나이에

265 채신(採薪)의 연고 : 채신지우(採薪之憂)를 가리킨다. 땔나무를 할 수 없는 근심이라는 뜻으로, 병이 난 것을 표현한 말이다.

266 장구의 생각 : 장구(場駒)는 『시경(詩經)』 「백구(白駒)」에 "새하얀 저 망아지가 우리 채마밭 싹을 먹었노라고 핑계 대고서, 발을 동여매고 고삐를 매어 이 아침을 길게 늘이어, 우리 귀한 손님 여기에서 놀다 가시게 하리라.[皎皎白駒 食我場苗 縶之維之 以永今朝 所謂伊人 於焉逍遙]"라는 구절에서 인용한 것으로, 임금이 어진 은사(隱士)를 만나 못 가게 간절히 만류하는 뜻을 담고 있다.

큰 계책을 지니신 분이니 세상을 위해 보중하시기 바랍니다. 잇달아 족하를 뫼셨으니 정은 이미 맺어졌는데, 역시 다시 바쁘니 매우 부끄럽습니다. 만약 양쪽 다 잊어버린 지경에 있다면 지금 비록 한스러워도 어쩌겠습니까? 즉석에서 장율 2수를 받들어 우러러 묵은 빚을 갚습니다. 미진 한 것은 청컨대 우편으로 하겠습니다. 병중에 억지로 씁니다. 이만 줄입니다.

## 삼가 태학사 봉강 임 공께 드려 고별하다 오언배율 12운
## 謹呈大學士鳳岡林公告別五排十二韻

소헌(嘯軒)

| | |
|---|---|
| 임술년으로부터 몇 해 흘렀나? | 壬戌幾經歲 |
| 부상 바다 나그네 배 또 떠 왔구나 | 桑溟又客帆 |
| 옛 자취는 푸르른 이끼에 묻혀 | 舊蹤迷碧蘚 |
| 감회의 눈물 푸른 적삼 적시네 | 感淚濕青衫 |
| 기쁘게도 어진 이가 장수하여서 | 尙喜仁人壽 |
| 부사산과 나란히 수 누리겠네 | 能齊富士巖 |
| 호저[267]의 우의를 다시 미루어 | 還推縞帶誼 |
| 죽림칠현 놀이를 또 이루리라 | 更及竹林成 |
| 여관에서 여러 차례 돌아봐 주어 | 旅館頻回眄 |

267 호저 : 호저(縞紵)를 가리킴. 친구 사이에 주고받는 선물. 옛적에 오(吳)의 계찰(季札)이 정(鄭)의 자산(子産)에게 명주띠를 보내니, 자산이 또한 계찰에게 모시옷을 보냈다.

맑은 시를 얼마나 보내왔던가　　清詩幾送函
만났다 헤어짐에 깜짝 놀라니　　居然驚聚敢
신선과 범인처럼 차이가 나네　　已是隔仙凡
파도처럼 드넓은 애틋한 마음　　戀意波同浩
풀처럼 벨 수 없는 이별의 근심　　離愁草不芟
젖은 구름 섬에 낮게 드리워 있고　　濕雲低島嶼
성긴 비에 소나무 삼나무 우네　　疎雨韻松杉
달 같은 부채를 은근히 주고　　月箑慇勤贈
계등을 정중히 싸주셨다네　　溪藤鄭重緘
길 떠나는 선물 원래 후하였으나　　贐行元厚眷
감사를 새기는 건 작은 마음 뿐　　銘感但微諴
복록은 물처럼 흘러 올 테고　　福必川流至
신령은 큰 덕으로 살펴주시리　　神應碩德監
하늘 끝에 훗날 밤 꿈속에서는　　天邊他夜夢
봉강의 언덕에 길이 이르리　　長到鳳岡巉

## 삼가 봉강의 운에 차운하다
**謹次鳳岡韻**

소헌(嘯軒)

두 세대 용문 오른 일 이미 기이한데　　兩世登龍事已奇
하늘 끝에 서로 멀리 이별을 감당하랴　　可堪涯角遠相離
알겠구나, 떠난 후 빈 방에서 꾸는 꿈에　　應知去後虛堂夢

밤마다 동쪽으로 어른을 따르겠지 夜夜東來杖屨隨

여구[268] 노래 한 곡조에 야색은 깊어지고 一曲驪駒夜色深
하늘 끝에 떠나는 이 머무는 이 각기 상심하네 天涯去住各傷心
외딴 배 닻줄 푸는 큰 바다 광활하니 孤舟解纜滄溟濶
만 리에 옛 모임 찾을 길이 없구나 萬里無緣舊會尋

어제 주옥같은 글월을 받드니 종이 가득 줄줄이 간곡한 뜻이 아닌 것이 없었으니, 마음에 새기는 일을 어찌 그만둘 수 있겠습니까? 더욱이 보배로운 부채와 구름무늬 종이가 더욱 간절한 전별하는 우의에서 나왔음이겠습니까? 제가 길을 떠나려 하는데 다시 모습을 뵐 길이 없으니 덕을 간구하는 정성은 첨두노(尖頭奴)[269]로 형용할 수 있는 것이 아닙니다. 다만 귀체가 시절에 따라 복이 더하시기를 기도하겠습니다. 이만 줄입니다.

268 여구(驪駒) : 일시(逸詩)의 편명으로 송별할 때에 부르는 노래라고 한다.

269 첨두노(尖頭奴) : 붓을 가리킨다. 북위의 고필(古弼)은 총명하고 정직해서 태종이 가상히 여겨 필(筆)이라는 이름을 지어주었다가 나중에 필(弼)로 개명하였다. 그의 머리가 뾰족해 세조가 항상 필두(筆頭)라고 불렀다. 어느날 조서를 내려서 살진 말을 기인(騎人)에게 주라고 하였는데, 고필이 약한 말을 주었다. 그러자 세조가 대노하여 '첨두노(尖頭奴)가 감히 나의 뜻을 멋대로 재량하다니, 짐이 돌아가면 먼저 이놈을 참수하겠다.' 하였다. 이로 인해 첨두노가 붓의 대칭으로 사용되었다.

## 용동 임공께 드려 이별하다
### 呈龍洞林公奉別

소헌(嘯軒)

외람되이 높은 문의 백미[270]를 알게 되니　猥向高門識白眉
마주할 때마다 작은 마음 이해했지　寸心相照對床時
하늘 끝에 갑자기 양끝으로 떨어지니　天涯遽作參商別
부평초 같은 만남 거듭 만날 기약 없네　萍水重逢未有期

## 용동의 운을 받들어 계등을 길 떠나는 선물로 준데 감사하다
### 奉次龍洞韻謝溪藤贐行

올해 내내 오랫동안 저생[271]과 절교하여　年來久絶楮生交
벼룬 연적 놓아두고 붓은 글씨 물리쳤네　硯閣蟾蜍筆退蛟
홀연 백운 일어나 자루에 가득 차니　忽有白雲盈返橐
바다와 산 바람과 달 마음대로 평한 것　海山風月任評嘲

270 백미(白眉) : 흰 눈썹이라는 뜻으로, 여럿 가운데에서 가장 뛰어난 사람이나 훌륭한 물건을 비유적으로 이르는 말. 중국 촉한(蜀漢) 때 마량(馬良)의 다섯 형제가 모두 재주가 있었는데 그중에서도 눈썹 속에 흰 털이 난 량(良)이 가장 뛰어났다는 데서 유래한다.

271 저생(楮生) : 종이를 의인화하여 부른 칭호이다.

## 임 퇴성의 이별 시에 화운하여 받들다
### 和韻奉呈林退省敍別

소헌(嘯軒)

| | |
|---|---|
| 잡은 소매 수레의 광휘 비추고 | 乘暉照執袂 |
| 이별 생각에 포구 구름 아스라하네 | 別思浦雲迷 |
| 산길과 바다 길을 어찌 다하랴 | 山海路何極 |
| 제비 철과 기러기 철 어긋난다네 | 燕鴻飛不齊 |
| 벗 그리는 마음을 어찌 견디랴 | 曷堪瓊樹戀 |
| 저생을 데려 온 것 외려 기쁘네 | 猶喜楮生携 |
| 꽃다운 편지를 뜯으려 하니 | 欲折芳華報 |
| 모래섬 흰 이슬이 서늘하구나 | 汀洲白露凄 |

## 성 진사 시에 화운하다
### 賡載成進士詩

정우(整宇)

생각건대, 옛날 임술년 제술관 성 취허가 동쪽으로 오셨을 때 나와 홍려관에서 함께 모여 정을 나누고 친목하였습니다. 이번에는 그 집안의 조카인 성 진사가 세 사신을 따라 서기로 근무하였습니다. 말을 나누고 시를 주고받는 것에 모두 옛 일을 언급하였으니, 천륜의 슬픈 정은 감탄할 만합니다. 이별이 닥쳐 또 고시를 지어 그 뜻을 말하고 이를 통해 맑은 운에 화운하여 뜻을 전할 뿐이니 시라고 하겠습니까?

| | |
|---|---|
| 대대로 이웃나라 사귐 두터워 | 世世隣交厚 |
| 해동에 비단 돛을 펼쳐왔다네 | 海東掛錦帆 |
| 세월이 쉼 없이 흘러가 버려 | 流光荏苒過 |
| 어느새 갖옷 적삼 갈아입었네 | 不覺換裘衫 |
| 우리 조정 임술년을 기록했으니 | 寶曆紀壬戌 |
| 사신 별이 험한 바위 비추었었지 | 使星照險巖 |
| 다소의 무리와 동행했으니 | 同行多少輩 |
| 도덕이 일제히 갖추어졌지 | 道德一齊咸 |
| 그 가운데 계시던 성 제술관은 | 中有成製述 |
| 대상자에 창수시를 넣어 보냈네 | 唱酬通竹函 |
| 금석 같은 시구는 훌륭하였고 | 金聲語句妙 |
| 격률은 세속을 벗어났다네 | 格律出塵凡 |
| 예원에서 배움이 싹을 틔우고 | 藝苑學苗秀 |
| 여기에 김매고 풀을 베었지 | 載鋤而載芟 |
| 이 사람이 지금은 이미 없지만 | 斯人今已沒 |
| 사랑 남아 대나무 삼나무 심어놓았네 | 遺愛種筠杉 |
| 예전의 시권을 점검하는데 | 點檢舊詩卷 |
| 서글퍼 눈물이 봉함 적시네 | 悵然與淚緘 |
| 조카가 현명해 뒤를 따르니 | 姪賢追軌轍 |
| 옛 일을 기록해 정성 표하네 | 記昔表精諴 |
| 배부르고 훈훈하게 취하였는데 | 旣飽醺醺醉 |
| 잔치에선 사신으로 서서 살피네 | 賓筵立史監 |
| 오랜 인연 하늘이 빌려주신 것 | 夙緣天所借 |
| 험한 길 지나온 것 한하지 말오 | 勿恨歷崖巉 |

## 쾌당 임 공이 내게 십오운의 시를 주어서 이를 따라 이별의 회포를 진술하여 삼십운에 이르다
### 快堂林公贈我十五韻因述別懷增至三十韻

청천(青泉)

| | |
|---|---|
| 휘황하게 빛나는 옛 손님 위의 | 皇華古賓儀 |
| 네 필의 말 의젓하게 달리는구나 | 四牡閑且馳 |
| 시 쓴 글로 서로 만나 즐거워했고 | 詩草歡相見 |
| 신선 차 함께 하며 기뻐하였네 | 仙茶喜共持 |
| 하늘로부터 패옥 멀리 울렸고 | 自天鳴佩逈 |
| 가는 곳마다 거문고 멋지게 탔네 | 隨地鼓琴宜 |
| 해후하여 별들이 모였고 | 邂逅星還聚 |
| 서로 이끌며 매일을 기약했네 | 提携日每期 |
| 습지의 뽕나무 옛 곡조 전하고 | 隰桑傳舊曲 |
| 산 계수나무 새로운 지기에게 주었네 | 山桂贈新知 |
| 묵은 빚은 흔쾌히 갚을 만했고 | 宿債欣堪償 |
| 고상한 풍모에 감사드렸네 | 高風荷不遺 |
| 오색구름은 붉은 부절 따르고 | 五雲隨絳節 |
| 한 쌍의 촛불 황금 장식 비추네 | 雙燭映金支 |
| 태평시대 모습을 이해하고 | 解道昇平像 |
| 성덕의 노래를 공손히 전했네 | 恭傳聖德詞 |
| 임금 잔치에 꽃으로 점철되었고 | 御筵花點掇 |
| 장막은 비단으로 흩날렸네 | 絓幄錦披離 |
| 맑은 이슬 나누어 술을 만들고 | 湛露分爲酒 |
| 은하수 더불어 시를 지었네 | 明河與作詩 |

| | |
|---|---|
| 조정 글월 관장한 이 봉황과 같고 | 掌綸毛似鳳 |
| 벼슬길 오른 이 기린 같은 골격이네 | 登路骨稱騏 |
| 나라의 말씀 그처럼 찬란하고 | 國辭煌如彼 |
| 집안의 명성 여기에서 빛나네 | 家聲赫在斯 |
| 붓 봉우리 태산과 화산 흔들고 | 筆峯搖泰華 |
| 시의 풍격 진·수조차 비루하구나 | 詞格陋陳隋 |
| 원컨대 내가 이역 땅에 태어나 | 願我生殊域 |
| 그대 만나 시대를 같이하고파 | 逢君得並時 |
| 나이 물으며 장년 수염 같이 하고 | 問年齊壯髩 |
| 달 읊으며 수염을 함께 꼬고 싶네 | 吟月共掀髭 |
| 북두의 신령스러운 빛이 합하고 | 北斗神光合 |
| 서산의 상쾌한 기운 따르네 | 西山爽氣隨 |
| 고움은 술잔 밑 국화와 나누고 | 艶分盃底菊 |
| 향기는 방 안의 지초에서 나리 | 香挹室中芝 |
| 신선 모임 스스로 다행스러워 | 自幸神仙會 |
| 간곡한 정 지나치게 홀로 입었네 | 偏蒙繾綣私 |
| 좋은 인연 어찌 잊을 수 있으랴 | 好緣那可忘 |
| 아름다운 경물이 홀연 변하네 | 佳景忽云移 |
| 소매 잡고 거듭하여 머리 돌리고 | 把袂重回顧 |
| 채찍을 휘두르며 작별 고하네 | 揮鞭且告辭 |
| 뜬 구름은 머나먼 나무에 있고 | 浮雲在遠樹 |
| 지는 해는 높은 깃발 비추고 있네 | 落日映高旗 |
| 아득한 아지랑이 노을 진 풍경 | 渺渺烟霞色 |
| 여전한 벽옥같이 어여쁜 자태 | 依依璧璐姿 |

| | |
|---|---|
| 병증은 떠돌다 얻은 것인데 | 病因羈旅得 |
| 수심은 이별에 불어난다네 | 愁以去留滋 |
| 들 사슴이 즐기는 것을 멈추니 | 野鹿停酣燕 |
| 술잔과 망아지는 묶어둘 수 없네 | 觴駒莫縶維 |
| 가련하네, 부평초 같은 만남이 | 萍浮憐未契 |
| 모과로 보답[272]하며 그리움 부치네 | 瓜報寄相思 |
| 세상 밖에는 봉화가 없고 | 世外無烽火 |
| 술잔의 앞에는 묵지가 있네 | 樽前有墨池 |
| 해산금은 하루종일 같이 하였고 | 海山琴燥濕 |
| 풍우검은 자웅을 다투었다네 | 風雨劍雄雌 |
| 평온하게 푸른 바다 노를 저으니 | 穩放青冥棹 |
| 돌아가 백옥루 섬돌 오르리 | 歸登白玉墀 |
| 시서에는 천복이 풍부하였고 | 詩書天祿富 |
| 노래에는 임금 생각 자애롭구나 | 歌頌主思慈 |
| 그대를 그리는 꿈만 있으니 | 秖有懷君夢 |
| 동쪽으로 해 뜨는 물가 찾으리 | 東尋浴日湄 |

272 모과로 보답 : 훌륭한 시문에 보잘것없는 시로 보답한다는 뜻이다. 『시경(詩經)』 위풍(衛風) 목과(木瓜)편의 "나에게 모과를 주면 나는 구슬로 갚으리라.[投我以木瓜, 報之以瓊琚。]"에서 연유한 말이다.

## 퇴성 임 공이 내게 준 이십운시를 병 때문에 즉시 화운하지 못하였는데 또 떠날 날이 가까워졌기 때문에 십운 더하여서 아울러 이별의 회포를 서술하다

### 退省林公惠贈我二十韻病未卽和又薄辭歸因益以十韻兼敍別懷

청천(青泉)

| | |
|---|---|
| 바다 위 금빛 은빛 빛나는 궁궐 | 海上金銀闕 |
| 신선 도읍 기운이 울창하구나 | 仙都氣鬱然 |
| 학천[273]에 상서로운 해가 떠있고 | 鶴天浮瑞日 |
| 용우[274]는 새로운 시대 적시네 | 龍雨浥新年 |
| 수명은 남산과 같으라 노래하고 | 壽唱南山並 |
| 즐거움은 북두성까지 걸리라 노래하네 | 歡歌北斗懸 |
| 옥당에 있었던 어떤 사람이 | 有人當玉署 |
| 나그네 되어서 규성에 있네 | 爲客在奎躔 |
| 위씨 두씨[275] 집안에서 학문 전했고 | 韋杜家傳學 |
| 반씨 원씨 대대로 현인 나왔네 | 班袁世著賢 |
| 총애 받아 대궐에서 홀을 들었고 | 寵光宸陛笏 |
| 평온하게 국학에서 석전 올렸네 | 康色泮宮籩 |
| 금련거[276] 들고 밤에 숙직에서 돌아갔고 | 蓮炬宵歸直 |

273 학천(鶴天) : 높은 하늘을 비유적으로 표현한 말이다.

274 용우(龍雨) : 천둥이 치며 갑자기 쏟아졌다가 그치는 비를 가리킨다.

275 위씨 두씨 : 당 나라 때에 위(韋) 씨와 두(杜) 씨 두 집안이 대대로 귀현(貴顯)하여 대궐과 지척에서 살았다.

276 금련거 : 임금 앞에만 쓰는 촛불인데, 당 나라 선종(宣宗)이 한림학사 영호도(令狐綯)를 불러서 밤늦게까지 담화하다가 돌려보낼 때에 금련거를 주어 앞에서 인도하였다고 한다.

청려장[277] 등불 켜 일찍 관원에 들어갔네　藜燈早備員
형제에겐 아가위 꽃이 피었고[278]　連枝花有棣
임금의 문장 쓰니 붓이 권세네　視草筆爲權
기러기 구름 하늘 밖으로 날고　鴻雁雲霄外
새끼양은 비와 이슬 앞에 있구나　羔羊雨露前
영광스러운 이름은 천 권 책 얻고　榮名千卷得
화려한 문벌은 오경[279] 전하네　華閥五更傳
접역[280]에서 왕의 사신 수고하더니　鰈域勞王使
자라 산에 잔치 자리 펼쳐졌다네　鼇山敞客筵
내리는 노을빛이 찬란하고　落霞光粲粲
드리운 띠그림자 가벼워라　垂帶影翩翩
채색 의복이 노인을 따르니　彩服隨黃耇
고운 자태 그림 속 신선 같구나　丰姿似畵仙
베틀 괼 때[281] 은하수 돌 이야기하고　支機談漢石

277 청려장 : 한 나라 유향이 밤중에 혼자 앉아 있었는데, 황의노인(黃衣老人)이 청려장(靑藜杖)을 짚고 나타나 청려장 끝에 불을 붙이고 개벽 이전의 일을 담론하면서 자칭 태을(太乙)의 정기라고 하였다.

278 아가위……피었고 : 형제끼리 우애가 좋음을 의미한다. 『시경』 「상체(常棣)」에 "아가위꽃 그 꽃송이 울긋불긋 아름답네. 오늘의 모든 사람 중에 형제보다 좋은 건 없네.[常棣之華, 鄂不韡韡。凡今之人, 莫如兄弟。]"라는 구절이 나온다.

279 오경 : 주(周)나라 때부터 설치한 천자의 스승으로, 오경(五更)이란 오사(五事 : 貌·言·視·聽·思)를 아는 자를 가리킨다.

280 접역(鰈域) : 조선을 가리킨다. 가자미가 많이 나기 때문에 일컬은 말이다.

281 베틀 괼 때 : 한(漢)나라 장건(張騫)이 대하(大夏)에 사자로 갈 때, 은하수의 근원까지 올라가 직녀(織女)를 만나서 지기석(支機石)을 받아와서 엄군평(嚴君平)에게 보였더니, "아무 날 객성(客星)이 두우성(斗牛星)을 범하더니 그대가 은하에 올랐었군."이라고 했다고 한다.

| | |
|---|---|
| 약을 캐러 진나라 배를 물었네 | 采藥問秦船 |
| 노래 부르니 푸른 술잔 넘치고 | 歌就青尊溢 |
| 시 이루니 흰 구슬처럼 둥글구나 | 詩成白璧圓 |
| 목동의 삘기 소리 정성스럽고 | 牧荑誠可寓 |
| 못난 곡조 흥은 더욱 이어진다네 | 巴曲興逾緜 |
| 스스로 서로 만난 것이 기쁘니 | 自喜相逢地 |
| 별세상까지 통할 수가 있었네 | 能通別有天 |
| 풍진을 소매에서 떨어내고 | 風塵雙袖拂 |
| 구름 바다에 돛단 배 한 척 끌어내네 | 雲海一帆牽 |
| 밝은 달에 새로운 시를 창수하니 | 皓桂酬新雅 |
| 복숭아 훔친[282] 오랜 인연 느끼네 | 偸桃感宿緣 |
| 가을별은 검을 넣은 갑을 흔들고 | 秋星動劍匣 |
| 서늘한 달 거문고 현을 감도네 | 寒月繞琴鉉 |
| 이 길에는 신 남겨져 있을 터이니[283] | 此路應留舃 |
| 돌아가려는데 채찍 들기 게을리 하네 | 將歸懶擧鞭 |
| 중류에 월인의 곡조[284] 흐르고 | 中流越人操 |

282 복숭아 훔친 : 서왕모(西王母)가 선도(仙桃)를 한무제(漢武帝)에게 다섯 개를 주었는데, 한 무제가 씨를 심으려 하자 서왕모가 "이 복숭아 나무는 삼 천 년에 한 번 개화(開花)하고 삼천 년 만에야 열매가 맺는다. 이제 이 복숭아나무가 세 번 열매를 맺었는데, 동방삭(東方朔)이 이미 세 개를 훔쳐갔다."고 하였다.

283 신……터이니 : 한(漢) 나라 섭현령(葉縣令) 왕교(王喬)가 신이한 술법을 부릴 줄 알았는데, 매월 삭망(朔望)에는 반드시 황제에게 조회할 때 수레나 말이 보이지 않는 것을 이상히 여겨 망을 보게 하니 오기 직전에 오리 두 마리가 동남방에서 날아왔다. 그래서 오리를 잡고 보니 한 켤레 신[舃]이 있었다고 한다.

284 월인의 곡조 : 「월인가(越人歌)」를 가리킨다. 초나라 왕의 아우인 악군자(鄂君子)석(晳)이 배를 타고 노닐다가 그를 사모하여 함께 배를 타고 싶다는 월나라 뱃사람의

서쪽 밭은 주나라 목왕편이네[285] 西圃穆王篇
가도 가도 모두가 신선의 흔적 去去皆仙跡
아득하게 바로 묘한 비결이라네 茫茫卽妙詮
천 년 원교[286]의 흰 눈 千年圓嶠雪
시월 낭화의 아지랑이 十月浪華烟
이별의 한을 그대 아는가? 別恨君知否
나그네 시름을 나만 얻었네 羈愁我得偏
재주 없어 절름발이 자라[287]와 같고 不才同跛鼈
옅은 음향 애잔한 매미와 같네 微響等哀蟬
장양부[288]를 잘못 바치고 謬獻長楊賦
못난 글 허물이 부끄럽구나 枉慙小草愆
관직에 여전히 착 붙어있고 官仍膠柱在
이름 역시 자리만 차지하였네 名亦濫竽專
내일 먼 바다로 떠가면 明日浮溟海
올 겨울 한강으로 돌아가리 今冬戾漢川
이웃 사귐 영원하다 자랑하리니 但誇隣好永
구름 길에 각기 오르리 雲路各騰騫

---

노래를 듣고 매우 감동하여, 함께 배를 타고 노닐었다고 한다

285 목왕편이네 : 주목왕(周穆王)이 서쪽으로 순수하다가 푸른 새가 사는 곳에 이르렀더니, 서왕모가 나와서 그를 맞이하였다고 한다.

286 원교(圓嶠) : 전설 속의 선산(仙山), 즉 발해에 있다는 삼신산(三神山)을 가리킨다.

287 절름발이 자라 : 『순자(荀子)』의 「수신(修身)」에 "반걸음도 쉬지 않고 가노라면, 절름발이 자라도 천 리를 간다.[蹞步不休, 跛鼈千里。]"라고 하였다.

288 장양부(長楊賦) : 한 나라 성제(成帝)가 사냥을 좋아하므로 양웅(揚雄)이 「장양부(長楊賦)」를 지어서 은근히 간하였다 한다. 장양(長楊)은 사냥갈 때에 유숙하는 이궁이다.

## 청천 학사의 글에 답하다
## 答青泉申學士書

정우(整宇)

이번 가을과 겨울이 바뀔 무렵 조선국 세 사신이 우리나라에 내빙하였습니다. 공무의 틈에 두 아들을 데리고 제술관 청천 신 학사를 만나 술잔 들고 시 읊으며 거듭 자리를 하여 망형[289]과 내구[290]의 우호를 매우 닦았습니다. 얼마 지나지 않아 병으로 누워 양쪽의 정을 미처 다하지 못하여 매우 실망하였습니다. 이별에 앞서 간절하였는데 손수 쓰신 편지를 부쳐 와서 마음을 토로하셨습니다. 이별은 사람들이 중하게 여기는 것입니다. 묵묵히 혼이 녹아내리는 것은 장부의 이치요, 은연중에 눈물을 줄줄 흘리는 것은 아녀자의 일입니다. 옛날 문절(文節)과 자고(子高)가 이별할 때 손을 흔들고 떠났고[291] 범단(范丹)과 왕환(王奐)이 이별할 때 옷을 떨치고 떠났으니[292] 헤어짐 때문에 정에 얽매

289 망형(忘形) : 망형지교. 서로의 처지에 구애받지 않고 맺은 사귐을 가리킨다.

290 내구(耐久) : 내구붕(耐久朋). 장기간 변하지 않는 우정을 가리킨다.

291 문절(文節)과……떠났고 : 자고(子高)가 조나라에서 유세할 때 평원군 문객 중 추문(鄒文), 계절(季節)과 친하게 지냈는데, 자고가 노나라에 돌아갈 때 사흘 밤이나 따라 묵으면서 전송했고 이별할 때도 눈물을 줄줄 흘렸으나 자고는 손을 들 뿐이었다. 헤어진 후 "처음에 이 두 사람이 장부인 줄 알았는데 이제야 아녀자 같은 사람이라는 것을 알았다."고 하였다 한다.

292 범단(范丹)과……떠났으니 : 왕환이 고성 현령으로 있을 때 범단을 자주 청하였으나 범단이 응하지 않았고, 후에 한양태수로 가게 될 때는 범단이 아우와 함께 그를 전송하러 갔으나 인마가 많은 것을 보고 길가에서 큰소리로 아우와 떠들었다. 소리를 들은 왕환이 범단을 불러 천천히 얘기하며 이별을 고하고자 했으나 범단은 "고성에 있을 때 자네를 만나고 싶었으나 내 재주와 학식이 미천해 포기했었으나, 이제 천리 멀리 떠나니 언제 볼이지 기약이 없어 전송하려 한다. 만약 자네와 함께 있으면 남들이 내가 부귀를 사모한다고 조롱할 것이다."라고 하며 이별을 고한 후 옷을 떨치고 떠났다고 한다.

이지 않는 자입니다만, 이 절역은 멀고멀어 다시 만날 기약이 없으니 훗날 얘기겠지요. 고율 두 수로 화답해 주시니 두 아들이 입을 다물지 못합니다. 감복함을 이기지 못하나 감사하는 시를 드릴 데가 없습니다. 정은 길고 붓은 짧아 우선 이것으로 이만 줄입니다.

## 조선국 학사 청천 신공이 내 십오운시에 배를 하여 삼십운을 지어 부쳤으므로 그 운을 거듭 화운하다

**朝鮮國學士青泉申公和我十五韻詩倍之以爲三十韻寄之乃疊步其韻**

쾌당(快堂)

| | |
|---|---|
| 한나라 관원 위의 추모하여 | 追慕漢官儀 |
| 부절 깃발 길을 끼고 달렸네 | 節旄夾路馳 |
| 조정에서 각기 추천하여 | 朝廷各推薦 |
| 역참에서 서로 부지하였네 | 驛堠互扶持 |
| 천 리가 멀다 말하지 마오 | 千里莫言遠 |
| 두 나라 알맞게 조처했다오 | 兩邦堪措宜 |
| 풍광은 곳에 따라 다르니 | 風光從處異 |
| 경치를 그대와 기약하였네 | 景象與君期 |
| 명성는 강산보다 무겁고 | 聲價江山重 |
| 명예는 초목도 알고 있네 | 譽名草木知 |
| 읊조림을 미처 끝내지 못했는데 | 打吟猶未了 |
| 머리 돌려도 다시 남은 게 없네 | 回首更無遺 |
| 밤낮으로 내와 뭍을 거치니 | 夙夜歷川陸 |

세월을 간지로 따져보네　居諸計干支
비파호에 굳건한 붓을 들었고　琵湖擡健筆
부사산 눈 새로이 시에 들었네　富雪入新詞
누각 조망 진실로 아름답지만　樓覽信雖美
고향 쪽 보는 눈을 어찌 옮기랴　鄉望眼豈離
오르락 내리락 비단돛 풍경　昂低繡帆色
다소간 시주머니 들어갔겠지　多少錦囊詩
고아한 절조는 인간세상 학이요,　高操人中鶴
호기로운 영명함은 천상의 기린이네　豪英天上騏
시단의 맹약은 잊을 수 없고　騷盟忘不得
만남은 여기에서 번성하였지　交會盛於斯
염계[293]의 물결 본래 낙수[294] 통하고　濂脈本通洛
당의 현인 수나라를 어찌 물으랴　唐賢何問隋
무산의 원숭이가 울부짖은 후이자　巫峯猿叫後
소상강 언덕에 기러기 올 때네　湘岸雁來時
오언 시구에 화운하며　和箇五言句
몇 가닥 내 수염을 뽑았네　摘吾數品髭
동갑이라 마음이 합하고　同庚心術合
나라 달라도 꿈속 혼이 따르네　殊域夢魂隨
과거 급제 축하하였고　等第祝黃榜
흰 눈썹으로 영지를 접하였네　皓眉接紫芝

293 염계(濂溪) : 주돈이(周敦頤)의 호이자, 제자를 가르치던 곳이기도 하다.
294 낙수(洛水) : 낙양의 정자(程子)를 가리킨다.

| | |
|---|---|
| 형제와의 우애를 깊이 생각하고 | 孔懷友兄弟 |
| 사귐의 의리는 공사를 분별하네 | 交義辨公私 |
| 나그네길 더위와 서늘한 계절 지났고 | 羈旅燠凉過 |
| 얘기하다 물시계 시각 옮겨갔네 | 談餘漏刻移 |
| 금안장을 이제 출발하니 | 金鞍爰以發 |
| 술잔에 응대하는 말이 많구나 | 巵酒洰應辭 |
| 노 땅 들에는 살진 말 있고 | 魯野駉駉馬 |
| 순 땅 교외에는 우뚝한 깃발 있네 | 郇郊孑孑旗 |
| 붉게 지는 해를 손짓 해 부르고 | 手麾紅日暮 |
| 푸른 구름 자태를 눈으로 보네 | 目擊碧雲姿 |
| 조도에서 이별하는 정은 괴롭고 | 祖道別情苦 |
| 양관곡에 떨어지는 눈물이 느네 | 陽關墮淚滋 |
| 거듭 노래해 원이를 보내나[295] | 疊歌送元二 |
| 서툰 솜씨 왕유에게 부끄럽네 | 拙技恥王維 |
| 관소의 버들은 행차에 없어져 | 館柳行還去 |
| 매화 꺾어 그리운 마음 전하네 | 折梅傳所思 |
| 영남에서 압록강 바라보고 | 嶺南瞻鴨水 |
| 화북에서 용지를 가리키겠지 | 華北指龍池 |
| 빼어나서 무리를 앞서 초월했고 | 獨秀先超類 |
| 웅장한 재주로 수자[296]를 하기도 했네 | 雄才或守雌 |

295 원이(元二) : 왕유(王維)가 지은 칠언절구인 「송원이사안서(送元二使安西)」는 이별시의 명작으로, 악곡에 들어가서 「위성곡(渭城曲)」, 「양관곡(陽關曲)」 혹은 「양관삼첩(陽關三疊)」이라고 불렸다.

296 수자(守雌) : 자신을 낮추어 겸손한 태도로 처신하는 것을 말한다. 『노자(老子)』 28

돌아가길 고하고 옥 가마 배행하여　　告歸陪玉駕
명 받들고 붉은 계단 밟게 되겠지　　奉命步丹墀
읍에서 가려 뽑아 직임 맡으니　　擇邑逢榮選
온 집안 은혜에 감동하였네　　擧家感惠玆
장대한 유람에 큰 구경 다하고　　壯遊窮大觀
도리어 해동 물가 살펴보겠네　　顧視海東湄

## 청천 신 군이 주신 화운시 이십운에 십운을 더하여 주셨다. 아아! 한 번 헤어지면 슬퍼하며 천추를 보내고 우러러 보며 서성거릴 것이나 바람난 마소도 미치지 못할 것이다. 재차 그 운에 차운하여 객관에 바친다

**靑泉申君惠和二十韻 益以十韻 嗚呼 一別以來 悵而千秋 瞻望佇立 風馬牛不及也 再次其韻 奉旅亭下**

퇴성(退省)

희화[297] 천만 리　　羲和千萬里
만난 것이 어찌 우연이랴　　逢遇豈徒然
사절이 좋은 달을 물어　　使節問良月
빙례 의례가 상서로운 해를 알렸네　　聘儀識瑞年
높은 수레 안개 헤쳐 구르고　　軒車侵霧轉

장(章)에 "수컷의 강함을 알고서 암컷의 연약함을 지키면 천하 만물이 귀착하는 골짜기 같은 존재가 된다.[知其雄, 守其雌, 爲天下谿。]"라는 말이 나온다.

297 희화(羲和) : 고대 신화에 나오는 태양의 신이다. 여기에서는 해가 뜨는 쪽에 있는 일본을 가리킨다.

| | |
|---|---|
| 정기는 바람 향해 걸렸네 | 旌旆向風懸 |
| 문헌에서 조금 볼만 하니 | 文獻稍堪見 |
| 영웅이 실제로 다녔던 곳이네 | 英雄實所躔 |
| 일을 맡아 주선하니 | 周旋斯預事 |
| 각기 훌륭하여 감탄하였네 | 嘆息各稱賢 |
| 국내에서 제나라 음악 구경하였고 | 邦內觀齊樂 |
| 관소에서 진나라 그릇 더했네 | 館中加晉籩 |
| 화려한 명성 더욱 자자하니 | 聲華尤藉甚 |
| 재주 학업 평범한 사람 아니네 | 才業不常員 |
| 바로 학술을 다하였는데 | 卽是學窮術 |
| 더욱이 시단의 모범임에랴 | 况其詞壇權 |
| 난초 장부 위에 사귐을 맺고 | 執交蘭簿上 |
| 계수나무 술잔 앞에 뜻을 논했네 | 論志桂樽前 |
| 기러기 몇 번이나 가을 지났나 | 鴻雁幾秋過 |
| 잉어를 어느 곳에 전해야 하나 | 鯉魚何處傳 |
| 흰 구름 다른 곳을 바라보고 | 白雲瞻別地 |
| 푸른 물 이별 자리 전송하네 | 碧水送離筵 |
| 검을 잡으니 정이 아직 남았고 | 握劒情猶在 |
| 관을 터니 기운차고 가볍구나 | 彈冠氣且翩 |
| 의젓하여 제왕 아들 따른듯 하고 | 儼如隨帝子 |
| 황홀하여 신선을 쫓는 듯하네 | 恍似逐神仙 |
| 처음에는 오신 모습 기뻐했으나 | 初喜到來袂 |
| 끝내는 떠나는 배 서글프구나 | 終悲歸去船 |
| 노래 가락은 맑은 음향 최고요 | 歌操淸響最 |

촛불 티는 고운 광채 둥글구나 燭燼彩光圓
먼 길 혼은 여전히 아득하고 遠道魂還杳
이국에 온 시름 실처럼 이어지네 異鄉恨正綿
배회하며 북쪽 바다 헤아리고 徘徊斟北海
서글퍼 서쪽 하늘 가리키네 惆悵指西天
소무와 이릉[298]은 시를 주고받았고 蘇李言相贈
장건(張騫)과 고선지(高仙芝)는 꿈에 이끌렸지 張高夢欲牽
유유하게 이번 세대 모였으니 悠悠今世會
아득한 나중 시대 인연 있으리 渺渺後時緣
조나라는 화씨벽을 완전히 했고[299] 趙府能完璧
무성에선 부질없이 현악기 탔네[300] 武城空奏弦
스스로 요씨의 책문에 부끄러우니 自慚饒氏策
어찌 조생[301]의 채찍에 비하리 爭比祖生鞭

298 소무(蘇武)와 이릉(李陵) : 한(漢) 나라 때 흉노(匈奴)에게 항복한 이릉이, 앞서 흉노에게 사신(使臣)으로 가서 억류되었다가 19년 만에 풀려나 한 나라로 돌아가는 소무와 작별하면서 소무에게 지어준 시가 유명하다.

299 조나라는……했고 : 전국시대 조의 혜문왕이 초나라 화씨벽을 얻었는데, 진나라 소왕이 화씨벽을 탐내 거짓으로 15개의 성과 바꾸자고 하였다. 인상여가 화씨벽을 가지고 진나라에 사신으로 가서 기지를 발휘해 화씨벽을 무사히 돌려보냈고 자신도 돌아왔다.

300 무성에선……탔네 : 예악으로 다스림을 가리킨다. 자유(子游)가 무성(武城)의 읍재(邑宰)가 되어 예악을 가르쳐 고을 사람들이 모두 현악(弦樂)에 맞추어 노래를 불렀는데, 공자가 무성에 가서 그 소리를 듣고는 빙그레 웃으며 "닭을 잡는 데에 어찌 소 잡는 칼을 쓰느냐.[割鷄焉用牛刀?]"라고 하였다.

301 조생 : 조적(祖逖)을 가리킨다. 진(晉) 나라 때 유곤(劉琨)은 조적(祖逖)과 다정한 친구 사이였는데, 이들은 다 지기(志氣)가 뛰어났으므로, 일찍이 조적이 등용되었다는 말을 듣고는, 유곤이 말하기를 "항상 조생(祖生)이 나보다 먼저 채찍을 잡을까 염려된다."고 한 데서 온 말이다.

다만 새로운 그림 대하고　唯對新圖畵
다시 큰 붓으로 쓴 시편 보네　更看大筆篇
사람을 그리워하며 영원한 우호 맺고　懷人爲永好
벗에 기탁해 진짜 비결 얻었네　托友得眞詮
측백나무 섬 주변 풍경 이루고　栢樹島邊色
버들꽃은 나루 입구 자욱하네　楊花渡口烟
나그네 여기에 사행 온 지 오래　客斯于役久
관로에 은혜를 너무 받았네　官跡受恩偏
옥당에는 기러기 응당 날 테고　玉局應飛鳳
금마문에 도리어 요선[302]을 하리　金門却耀蟬
부상에서 우식곡[303]을 불어　桑域吹憂息
영주 땅 흥취를 오롯이 했네　瀛洲屬興專
아! 그대는 우주에 노닐지만　嗟君遊宇宙
나는 그냥 산천에 머물러 있네　顧我滯山川
박망[304]의 태평한 날이면　博望太平日
신령스런 뗏목에 장건을 생각하리　靈槎憶彼騫

종이를 대하고 허둥지둥하여 글자에 높낮이가 없으니 용서해주시기

302 요선(耀蟬) : 밤에 불을 켜서 매미를 잡는 방법으로, 현명한 군주가 현인을 구해 천하가 귀의함을 비유한 말이다.

303 우식곡(憂息曲) : 신라(新羅) 향악(鄕樂)으로 고구려와 왜에 끌려간 왕자를 구해온 박제상(朴堤上)을 생각하여 지은 노래이다.

304 박망(博望) : 장건(張騫)의 봉작. 장건(張騫)이 한 무제의 명을 받고 대하(大夏)에 사신으로 나가 황하의 근원을 찾았는데, 은하수로 올라가 견우와 직녀를 만났다고 한다.

바랍니다. 이별을 고하는 날 그림 한 폭을 주시니 매우 감사합니다.

## 성 진사가 이별하며 준 시에 화운하다
和成進士留別韻

쾌당(快堂)

| | |
|---|---|
| 조부의 지초 같은 모습 일찍 알았으니 | 曾識祖翁芝紫眉 |
| 아비와 형 수창하여 편지 주고받았네 | 父兄酬唱遞筒時 |
| 두 집안 지역이 떨어졌다 하지 마오 | 兩家休說地相去 |
| 기약한 듯 그대와 좋은 모임 했다오 | 好會與君如約期 |

## 장 진사가 이별하며 준 시에 화운하다
和張進士留別韻

쾌당(快堂)

| | |
|---|---|
| 그대가 날 생각할 때 나도 그대 생각하니 | 君思我處我思君 |
| 오늘 이별하는 자리 헤어지기 어렵구나 | 今日離筵袂叵分 |
| 만남도 드문데 이별조차 빠르니 | 相遇旣稀相別早 |
| 오랜 교분 기약하며 한갓 정성 다하네 | 空期久契盡殷勤 |

## 소헌이 내 송별시에 화운하고 아울러 종이를 준 데 감사하여 차운해 화답하다

**嘯軒和予送別詩兼謝贈紙次韻答之**

퇴성(退省)

| | |
|---|---|
| 그대 떠나 풍운 너머 멀어져가고 | 君去風雲遠 |
| 그대로 바라보니 놓칠 듯하네 | 依然望欲迷 |
| 진정한 놀이에 이날이 있어 | 眞遊斯日在 |
| 이별의 한 몇 년 동안 똑같으리라 | 別恨幾年齊 |
| 종이는 무주(婺州)[305]의 이별 선물 못 되고 | 紙不婺州贐 |
| 전대는 월나라에 가져갈 것 아니네 | 橐非越國携 |
| 누각에서 보낸 밤이 그리우리니 | 應思樓上夜 |
| 만 리에서 날마다 슬퍼하리라 | 萬里日凄凄 |

편지를 갑자기 보내게 되어 말을 많이 못합니다. 계절이 날씨가 추운 때이니 오직 여정에 건강하시길 바랄 뿐입니다.

## 국계가 이별시를 주어 전별 선물을 미리 준 것에 감사하였으므로 화운하다

**菊溪有留別詩因謝預贈贐乃和其韻**

퇴성(退省)

| | |
|---|---|
| 모습 뵙고 흥을 미처 다하지 못하여 | 挹袂逢迎興未佳 |

305 무주(婺州) : 중국 당(唐) 나라 때 종이를 공물로 바치던 곳 중 하나이다.

구름 편지 만 리 멀리 그대에게 보내네　　雲箋萬里送高齋
맑은 바람 밝은 달 유유한 마음인데　　淸風明月悠悠意
그대 함께 술잔 들기 마침내 어렵구려　　盃酒終難與子偕

떠나는 이의 출발이 급하니 우선 이렇게 말할 뿐입니다.

## 한객필어

물음 좨주 태학두, 쾌당 칠삼랑(七三郎), 퇴성 백조(百助)

답함 정사, 부사, 학사

정사 귀 대군의 은혜로운 명이 정중하여 바다에서나 뭍에서나 평안하였고 각처에서 후대하여주어 감복함을 이기지 못하겠습니다. 게다가 문서를 보내 대마도 태수에게 배를 재촉하도록 명하고 험한 데 가는 것을 허락하지 않으시고, 다만 순풍을 타서 갈 것만을 허락하셨습니다. 그러므로 오는 길이 무양하였습니다. 큰 덕에 깊이 감사드립니다.

좨주 특별히 각 국에 명해 배와 수레를 안온하게 했을 뿐입니다. 전례에 따른 것이 많습니다만 혹시 조금 다른 것이 있었을 것입니다.

정사 우리나라에서 이미 들어서 공의 학식과 재주를 알지 못하는 사람이 없습니다. 할아버지로부터 대대로 이은 가업에 감탄하는 바입니다. 지금 처음 두 아들을 보니 시율이 빼어나 경탄하지 않을 수 없습니다. 실로 한 집안의 학식과 재주이니 매우 부러워할 만합니다.

좨주 말씀을 받드니 부끄럽습니다.

정사 공의 일가 문장을 우리나라에서 칭송하여 관고(官庫)에 들여서 다른 작품과 섞이지 않게 합니다.

좨주 매우 영광스럽습니다. 감사할 바를 모르겠습니다.

정사 아직 국서를 올리지 않았기 때문에 꺼리는 바가 있어 감히 잠시라도 그대의 시에 화운하지 못하겠습니다. 장군을 알현한 후 반드시 자주 만나겠습니다.

좨주 졸작은 다만 제 마음을 서술했을 뿐입니다. 만약 한가한 틈에 구슬 같은 화운시를 내려주시면 어떤 행운이 더하겠습니까?

정사 금번 집정(執政)에 차임되어 사신이 되었으니 기쁨이 그치지 않습니다.

좨주 몸을 소중히 하십시오.

학사 제가 조선에 있을 때 이미 공들 세 사람의 큰 이름을 듣고 정말로 뵙고 싶었습니다. 어찌 반대로 왕림하실 줄 헤아렸겠습니까? 감격이 끝이 없습니다. 그리고 우리 세 서기 가운데 성 진사라는 사람이 있으니 바로 임술년 학사 성 취허의 조카입니다. 그래서 항상 공을 언급하였고 그 사람 역시 뵙고 싶어 합니다. 반드시 받아주셔서 뒷날 그를 만나주셨으면 합니다.

좨주 보이신 말씀에 실제보다 칭찬이 과장되었습니다. 옛일을 추억할 뿐입니다.

성진사 임술년 창화시 초고를 보았더니 계봉이 11세 때 지은 시가 있었습니다. 계봉은 지금 어디에 있습니까?

좨주 그때 오셨을 때 계봉이 13세였습니다. 제가 객관에 데리고 가서 성·이·홍 세 학사[306]와 창수하였습니다. 자리에 계신 모든 분이 열세 살의 왕발(王勃)[307]이라고 칭찬하였고 성 학사가 경탄을 더하였습니다. 오래전에 계봉은 황천으로 갔습니다. 지금 옛날 일을 생각하니 붓과 눈물이 함께 떨어져 대답을 하지 못하겠습니다.

좨주 어제 국서를 바치는 데 예전(禮典)에 흠이 없었고 각각 위의를 주선하여 다 규구에 맞아, 보는 이들이 모두 "사신답구나!"라고 말했습니다. 양국 신의가 두터워 교제에 변함이 없음을 더욱 알겠습니다. 정중히 축하드립니다.

부사 저희들이 수륙 육십 여 리를 무사히 건너고 지나왔습니다. 실로 귀 대군이 영광되게 돌봐주신 덕분입니다. 항상 마음에 새기고 있습니다. 어제 또 대군의 융성하고 특별한 접대를 받으니 더욱 지극한 선린우호를 볼 수 있었습니다. 사신 모두 영광스럽게 여겨 감동과 행복을 이기지 못하니 돌아가 우리나라에서 자랑할 수 있으리라 생각합니다. 이후로 기도하는 바는 오직 폐단 없이 회답서를 받들어 사신의 일을 마치는 데 있습니다. 지금 왕림해서 돌보아주심을 입었는데 칭찬하는 말을 지나치게 더하시니 도리어 부끄러움이 심합니다.

좨주 계미년(1643) 통신사가 내빙했을 적에 제 할아버지가 화폭을

306 성·이·홍 세 학사 : 제술관 성완(成琬), 서기 이담령(李聃齡), 자제군관 홍세태(洪世泰)를 가리킨다.

307 왕발(王勃) : 650-676. 수(隋)나라 말의 유학자 왕통(王通)의 손자이다. 조숙한 천재로 6세 때 문장을 잘하였고, 17세 때인 666년 유소과(幽素科)에 급제하였다. 젊어서 그 재능을 인정받아 664년에 이미 조산랑(朝散郎)의 벼슬을 받았다. 초당(初唐) 4걸(四傑)이라 불리는 중국 당나라 초기의 대표적 시인.

가지고 와 찬(贊)을 구하였습니다. 지금 전례에 따라 며칠 내에 화폭을 가지고 오겠습니다. 만약 찬을 내려주신다면 길이 집안의 보물이 될 것입니다.

부사　못난 재주를 스스로 돌아보면 어찌 감히 선배들의 성대한 작품의 발꿈치를 따르겠습니까? 그러나 다만 이처럼 부지런히 부탁하시니 부질없고 외롭게 하기 어렵군요. 일을 마친 후 삼가 거칠고 서툶을 따지지 않고 성의에 부응하여 받들도록 하겠습니다.

쾌당　어제 제 동경(同庚) 시에 화운한 가작을 전달받으니 다행이고 다행입니다. 오늘 부친 장률(長律)은 전달되었습니까?

학사　족하는 장률의 공치(工緻)와 정화(精華)는 흡사 당나라 천보(天寶) 이전을 터득한 듯합니다. 명나라의 몇몇 군자 가운데 변·하·고·서[308] 무리들의 밝고 화미한 습성이 또 이삼할 쯤 들어갔으니 어찌 그리 음이 상쾌하고 색이 찬란합니까. 저는 세속적이고 진부한 것을 씹어서 굶주린 배를 채운 것에 불과하여 허둥지둥 입을 열면 악취가 코에 가득하니 어찌 감히 「백설가」에 화운하여 우러러 영땅 사람의 귀에 누를 끼치겠습니까? 뻔뻔스러운 얼굴을 하고 싶지 않습니다. 그러나 만약 '띠싹이나 강가의 꽃에도 모두 따져서는 안 되는 것이 있다.'라고 하신다면 한가한 날 조금 가슴 쥐는 것[309]을 흉내 내겠습니다.

308 변·하·고·서 : 명나라 전칠자인 변공(邊功), 하경명(何景明), 서정경(徐禎卿) 등을 가리키는 것으로 보인다. 고(高)는 미상이다.

309 가슴 쥐는 것 : 못나게 흉내 내는 것을 가리킨다. 미인 서시(西施)가 가슴병을 앓아 찡그리매 매우 아름다웠으므로 그 마을의 못 생긴 여인 동시(東施)가 보고 부러워하여

학사 얼마 전 주신 율시를 받드니 거려(鉅麗)하고 정공(精工)하여 구슬 같은 시구가 눈에 넘쳐나 감사하며 천만 번 절을 하였습니다. 가슴 속 펼쳐내고 싶은 것을 말로 통할 수 없으니 어쩌겠습니까?

학사 우연히 새긴 전각을 가지고 어른의 보아주심을 입었고 거듭 화운시를 베푸시니 은혜와 후의가 모두 지극하였습니다. 오늘 해동의 유람은 진실로 이른바 "왼쪽으로 홍애를 잡고 오른 쪽으로 부구를 친다."[310]는 것이니 평생 제일의 기이한 만남입니다. 주신 시는 이미 세 서기에게 받들어 읽도록 하였습니다. 이제 따라서 화운할 것입니다. 저는 바야흐로 공무가 있으니 조금 한가하기를 기다려 마땅히 약간의 말로 마음을 표시하겠습니다.

학사 붓에서 생기는 꽃이 짙푸르고 내려주신 가르침이 깊습니다. 받들어 읽으니 정신이 고양되어 기쁨을 이길 수가 없습니다. 거듭 따져보니 이미 여기에 머물러 문자를 주고받을 때 항상 청운의 기색이 있었습니다. 남극노인이 분명 문곡성과 모인 것입니다. 한 번 만나 정신의 사귐을 맺었으니 천년에 한 번 있을 기이한 인연이라 감탄함을 어찌 그만두겠습니까? 임술년 일은 이미 오래되었습니다. 신묘년 왔던 사람 중 동곽 같은 이도 역시 구천의 사람이 되었습니다. 오늘 제가 이 모임을 욕되게 하여 문묵으로 따라 노닐지만 백 가운데 하나도 남 같지 못합니다. 한갓 구구하게 장원

가슴을 쥐고 찡그리니 사람들이 보기 싫어 문을 닫았다고 한다.

310 왼쪽으로……친다. : 진(晉)나라 곽박(郭璞)의 「유선시(游仙詩)」에 "왼쪽으로 부구의 소매를 잡고 오른 쪽으로 홍애의 어깨를 친다.[左挹浮丘袖, 右拍洪崖肩。]"라는 구절이 나온다. 홍애와 부구는 모두 전설에 나오는 신선 이름이다.

급제했기 때문에 잘못 세간의 허황된 소리를 입게 되어 간신히 여기에 이르게 되었습니다. 어찌 감히 앞서 온 여러 군자들과 시단의 좋음을 나란히 겨루겠습니까? 부끄러워 얼굴이 붉어집니다.

**학사가 퇴성에게 보임** 전에 주신 배율을 밤낮으로 읊조렸습니다. 어찌 감히 모과로 보답하는 부끄러움을 잠시라도 지체하겠습니까만 근래 공적으로 사적으로 바쁜 일이 날로 쌓이니 실로 종이에 쓸 틈이 없습니다. 잠시 한가한 때를 기다려주신다면 우러러 받들기를 생각해 보겠습니다. 장군을 모시는 분께 죄를 얻지 않기를 매우 바랍니다.

**장응두와 강백이 쾌당에게 보임** 어제 화운시를 받았고 편지가 함께 이르렀으니 이미 지극히 감복하였습니다. 오늘 또 왕림해 돌아보아 주시니 기쁜 마음이 어떠하겠습니까? 주신 시편에 화운하고자 하나 연이어 나그네 길의 번잡한 일을 만나 뜻을 이루지 못하였습니다. 마땅히 틈을 기다려 수창해 드릴 것을 엎드려 계획할 뿐입니다.

**학사가 물음** 아침에 율시 한 수를 받들어 높은 분의 풍격을 더럽혔습니다. 아직 잠깐의 눈길이 미치지 못했으리라 생각합니다. 평소 시문에 볼 만한 것이 없었으나 잘못 문자의 직임을 맡아 여기까지 왔습니다. 귀국의 군자들이 비루하게 여기지 않고 매우 많은 사람들이 시문을 구하니 부끄러움을 어찌 말로 하겠습니까? 필법에 이르면 근사한 것이 더욱 전혀 없습니다. 이것으로 글자를 쓴다면 어찌 감히 글씨를 써서 올리라는 명을 받들겠습니까? 생각을 거두어주셨으면 합니다.

**퇴성이 답함** 족하께서 글을 짓는 일이 임무이고, 명성이 매우 큽니다. 어찌 글씨 쓰는 기예로 대해주지 않으십니까? 그리고 오늘 아침 시편을 주셨다 들었습니다. 제가 일이 있어 일찍 나가야 하니 돌아와 받아가겠습니다.

**퇴성이 물음** 족하께서 여행하는 사이에 많은 시를 지으셨습니까?

**학사가 답함** 지은 시가 있습니다.

**퇴성이 물음** 중추절 시가 있으십니까?

**학사가 답함** 중추절에 바다 위 지도(地島)에 있었습니다. 풍우 때문에 달을 볼 수 없어 한이 됩니다. 그날 밤 배는 놀라고 나그네는 칩거하여 시 읊을 생각이 없었습니다. 다만 성 소헌 제군과 가죽 화상이 함께 보이지 않는 달을 읊은 시에 화운한 것이 있습니다.

**퇴성이 물음** 중양절 시가 있습니까?

**학사가 답함** 다른 사람과 수창한 작품이 있으나 희미하여 기억이 나지 않습니다.

**퇴성이 물음** 제가 족하의 시율을 보았더니 당인의 풍모를 터득한 듯합니다. 그러나 세 진사의 시를 보니 송인의 풍모가 많이 있는 듯합니다. 당풍이니 송풍이니 하는 것은 풍운이 크게 다릅니다. 귀국은 시로 과거를 치르는데 시풍은 한결같지 않은 것은 어째서입니까?

**학사가 답함** 시음(詩音)이 같지 않다는 일단의 물음을 받았습니다. 우리나라는 시로 과거를 보지만 조목과 방식에 한정이 없습니다. 당풍인지 송풍인지 내맡겨 두고 다만 잘하는지 못하는지를 취합니다. 이 때문에 풍조가 같지 않고 사사한 바가 각기 따로 있습니다. 저 같은 경우는 실제로 감히 당풍이니 송풍이니 말할 수 없습니다. 다만 취우의 외람됨[311]으로서 공적인 선발에 잘못 응하여 사신을 따라 멀리까지 오게 되었습니다. 억지로 웃음을 지으며 부끄러움을 무릅쓰고 귀국 군자들과 창수하였으나 백 가운데 하나도 마땅치가 않습니다. 누추한 하리파곡(下里巴曲)을 지으려 생각해도 할 수가 없는데 어찌 감히 당인의 풍모에 묻겠습니까? 이것은 아마도 성대한 평가의 폐해인 듯하니 저는 감히 받들 수 없습니다. 받들어 답하기에도 부끄러워 얼굴이 붉어집니다.

**쾌당** 족하께서 급제하심이 명함에 분명히 나와있습니다. 시험을 관장한 이는 이름이 무엇이며, 시라는 것은 어떤 과제였습니까? 귀국 급제의 의례는 신묘년 이동곽이 상세히 알려주었으니 지금은 깨우쳐 주시느라 수고하지 마십시오.

**학사가 답함** 기유년(1705) 방에 진사 2등 18위였습니다. 시제는 '내일 하조(荷篠)[312]를 방문하네.(題明日訪荷篠)'입니다. 계사년(1713) 방 급제 1등 1위였습니다. 부제는 '고(誥)를 지어 탕의 부끄러움을 풀다.(作誥釋湯慙)'였습니다. 장시관(掌試官)은 조태구(趙泰耉),[313] 지금

311 취우의 외람됨 : 남우(濫竽)를 가리킴. 제 선왕(齊宣王)이 피리 연주를 좋아하여 항상 삼백인을 모아 놓고 합주하게 하자, 남곽처사(南郭處士)가 자격도 없이 슬쩍 끼어들어 이름을 도둑질하며 국록을 타 먹었는데, 선왕이 죽고 민왕(湣王)이 즉위한 뒤에 한 사람씩 연주를 하게 하자 처사가 허명(虛名)만 지닌 채 자리를 차지하고 있는 자기의 본색이 탄로 날까 두려워서 도망쳤다는 고사에서 유래한 말이다.

312 하조(荷篠) : 공자 당시의 은자로 『논어』의 미자편에 보인다.

313 조태구(趙泰耉) : 1660-1723. 본관 양주(楊州). 자 덕수(德叟). 호 소헌(素軒)·하곡(霞谷). 소론(少論)의 영수로서 노론(老論)과 대립하던 중 노론 4대신의 주청으로 세제의 대리청정이 실시되자 이를 반대, 대리청정을 환수시켰다. 이어 노론 4대신을 역모죄

판서입니다.

**쾌당이 물음** 족하께서 급제할 때 지은 부는 길어서 기억하기 어려울 것입니다. 시로 쓴 것을 기억한다면 써서 보여주십시오.

**학사가 답함** 시는 칠언으로 수십 구였고 부는 사십 구에 가깝습니다. 창졸간에 기억해서 쓰기는 어려울 것 같습니다. 만약 조용하게 생각에 잠길 수 있다면 혹 써서 말씀에 부응할 수 있겠습니다만 이것 역시 반드시 그렇게는 할 수 없으니 한가한 틈을 기다려 주십시오.

**쾌당** 제가 듣기로 귀국에 문과와 무과가 있는데 문과는 합격하기 쉽고 무과는 합격하기 어렵다고 들었습니다만 지금 과연 그렇습니까?

**학사가 답함** 문과는 재주로 합격하고 무과는 힘으로 합격합니다. 이 두 가지의 어려운 정도를 말할 수는 있습니다만 만약 합격의 어려운 정도를 논한다면 문장을 하는 선비가 흰 머리로 부지런히 노력하여도 그 가운데 급제하는 사람은 천 백 가운데 한 사람이요, 활을 잡고 높은 무예에 이르러 급제하지 못하는 자는 백 가운데 한 사람입니다. 그래서 문신은 항상 적고 무관에는 녹봉을 얻지 못하는 자가 많이 있습니다.

**쾌당이 물음** 귀국 인삼은 어느 산에서 납니까? 그 산의 이름을 듣고 싶습니다.

**학사가 답함** 이는 하나의 산에서 나는 것이 아닙니다. 다만 서북쪽에서 많이 생산되고 동남쪽은 적습니다. 산의 이름은 논할 수 없

---

로 몰아 사사(賜死)하게 한 뒤 영의정에 올랐다.

습니다.

**쾌당이 물음** 민간에서 말하기를 범은 수컷, 표범은 암컷이라 하던데 정말 그렇습니까? 범이라는 것은 매우 사나워 가까이 할 수 없을 것 같은데 귀국에서는 어떤 계책을 써서 잡습니까?

**학사가 답함** 범에게 수컷, 암컷이 있고 표범에게 수컷, 암컷이 있습니다. 이미 무늬에 범과 표범의 차이가 있으니 본래 두 가지 종입니다. 포획하는 방법은 혹은 그물을 쓰고 혹은 함정을 쓰기도 합니다. 역시 활과 화살, 검과 창을 가지고 바로 앞에서 때려잡는 자도 있습니다. 서북인은 사납고 용맹하기 때문에 이런 일이 있습니다.

**쾌당이 물음** 귀국에서는 이중(二仲)[314]에 제사를 반드시 지냅니까? 국왕 역시 배례를 합니까?

**학사가 답함** 2월 8일 상정일에 문선왕 사당에서 석전제를 행합니다. 사배례를 행하나 손수 제사를 드리지는 않고 중신을 보내 대신 예를 치릅니다. 성대한 예의는 모두 옛날을 준수하나 다 기록할 수 없습니다.

**쾌당이 물음** 귀국에는 매가 매우 크고 날래서 뭇 나라의 매가 모두 그만 못하다고 들은 적이 있습니다. 과연 그렇습니까? 귀국 관인이 모두 매 부리는 것을 좋아합니까?

**학사가 답함** 뭇 나라의 매를 미처 보지 못했으니 우열은 논할 수

314 이중(二仲) : 봄가을의 중월인 2월과 8월을 가리킨다. 이때 공자에게 제사를 지내는 의례가 있다.

없습니다. 그러나 대체로 우리나라 매는 중국에서 유명하다고 합니다. 관인과 사대부 역시 매를 아껴 부리는 자가 있습니다.

**쾌당이 물음** 귀국에 좋은 대장장이가 많습니까? 이번에 무관들이 차고 있는 칼을 보니 장식하는 법이 우리나라 칼과 비슷하여 모두 다 예리하였습니다.

**학사가 답함** 좋은 대장장이를 내가 미처 보지 못해 역시 논하지 못하겠습니다만 철검의 기술은 다른 나라에 미치지 못하고 단지 완벽하고 두터움을 취한다고 들었습니다.

**쾌당이 물음** 귀국 역시 학과 기러기로 빈객을 대접합니까?

**학사가 답함** 학과 기러기의 예는 쓸 데가 없습니다. 혼례하는 자가 기러기를 높이는 외에는 따로 보고 들은 것이 없습니다.

**쾌당이 물음** 귀국 의관은 중국 어느 대의 방식을 따릅니까?

**학사가 답함** 복건·심의·대대(大帶) 및 제반 소용은 삼대를 따르기도 하고 한·당·송을 따르기도 하여 어느 시대라고 분명하게 말할 수 없습니다. 그러나 대체로 조야에 통용되는 것은 명나라의 제도를 가깝게 모방합니다.

**쾌당이 물음** 귀국 의원 역시 고수가 있습니까? 지금 시대의 훌륭한 의원 성명을 듣고 싶습니다.

**학사가 답함** 이것은 다 기록할 수가 없습니다만 근세 양평군 허준이 가장 유명합니다. 그 사람이 여러 책을 모아서 편찬한 「동의보감」이 세상에 간행되었습니다.

**쾌당이 물음** 귀국 민가는 대체로 기와를 입니까? 향촌 인가 모두 기와집입니까?

학사가 답함　도읍에 사는 사람들은 대체로 기와를 얹습니다. 향촌에도 기와집이 많습니다만 재력에 따라 만들지 정식이 있는 것은 아닙니다. 해서(海西) 일로에는 민가에 기와집이 많습니다. 그 지역은 이엉지붕을 하기 매우 어렵기 때문에 거주민들이 힘 닿는 대로 기와를 마련하기 때문입니다.

쾌당이 물음　귀국 금수의 형상이 우리나와 같습니까? 혹시 다른 것이 있습니까?

학사가 답함　우리나라 산림은 험하고 깊숙한 곳이 많기 때문에 금수가 가장 번성합니다. 서북(西北) 이로에는 곰과 범, 표범이 역시 매우 많습니다. 형상은 지금 손가락으로 보여드릴 수가 없습니다. 귀국 금수는 미처 다 보지 못했으니 어찌 같은지 다른지 논할 수 있겠습니까?

쾌당이 물음　귀국 말의 발굽에 편자를 박은 것은 어째서입니까?

학사가 답함　말발굽은 상하기 쉽고 발굽이 상하면 갈 수가 없습니다. 풀을 엮어 신발을 만들면 어찌 지탱하며 또한 어찌 완전하게 오래 가겠습니까? 오직 철로 만든 편자를 붙이면 좋습니다.

쾌당이 물음　귀국에 사원이 많으니 국인이 불법에 귀의합니까?

학사가 답함　고려에서 불교를 숭상하였고 우리 왕조는 불교를 배척합니다. 사원이 많은 것은 아직도 구습이 있기 때문입니다. 승려는 모두 관청의 부역이 있습니다. 선비 노릇 하는 이는 절대 승려들과 논하지 않습니다. 혹시 불경을 읽는 자가 있으면 다만 불교를 할 뿐 사대부가 되지는 못합니다.

쾌당이 물음　귀국 산천이 수려하여 분명히 비범할 것입니다. 상세하게 듣고 싶습니다.

학사가 답함　장백산은 일명 백두산이라고도 하니 이것이 조룡(祖龍)입니다. 상쾌한 산과 신선의 경지를 논한다면 반드시 금강산을 말하니, 일명 개골산으로 강원도에 있습니다. 기이함을 다 말할 수 없습니다. 평안도 묘향산, 충청도 속리산, 전라도 지리산이 모두 높고 깊으며 수려함으로 일컬어집니다.

쾌당이 물음　귀국 화훼가 분명이 많을 것입니다. 그 가운데 어떤 것이 아름다운 종자입니까?

학사가 답함　화훼는 별달리 일컬어질 만한 것이 없습니다. 또 기괴한 산품도 없습니다. 오직 연꽃과 국화 등의 물건을 좋게 여깁니다.

쾌당이 물음　귀국은 인삼을 제외하고 따로 어떤 약재가 납니까?

학사가 답함　약재 역시 많지 않습니다. 인삼 외에 나는 약초 품종이 중국 약재만큼 훌륭하지 못합니다.

쾌당이 물음　귀국 마상재는 과연 말을 잘 타더군요. 군영의 무사들이 모두 이와 같습니까? 우리나라 말을 탄다면 아마도 맘대로 할 수 없을 듯합니다.

학사가 답함　군영의 무사들 가운데 무예를 잘 하는 자는 모두 이와 같이 할 수 있습니다. 귀국의 말은 내가 어떤지 모릅니다. 그러나 우리나라 사람 가운데 말 타고 활 쏘는 자로 훈련한다면 어찌 마음대로 못하겠습니까?

# 朝鮮人對詩集 卷一

大學頭【信篤 整宇 直民 鳳岡】

七三郎【信充 龍洞 士僖 翼齋 快堂】

百助【信智 退省 禹玉】

享保四年己亥，九月二十九日，大學頭林信篤、經筵講官林信充、經筵講官林信智，赴淺草本願寺，與三官使晤語，而申學士、姜進士、成進士、張進士，酬唱。

○ 投刺

我姓林，名信篤，字直民，稱整宇，又號鳳岡，羅山林道春之孫，而弘文院學士向陽軒春齋之子也。常憲廟崇道、好學，在位之日，率由舊例，拜爲弘文院學士。厥後身遇榮選，登庸超群，敍朝散大夫，任國子祭酒，管掌聖廟祭祀之事。且建寮塾，以待來學，日日陪侍，論辨經義者，凡三十年也。文昭廟亦不棄菲才，眷遇不譾，然以身老形疲，恃蒙恩命，不預外務，唯有侍講之召耳。壬戌之秋，三官使來聘登時，稱整宇者我也。辛卯之冬，對謁于三官使，尙保餘生，奉事新主，侍講有年，殊蒙恩遇。今日奇遇，天假良緣者乎！幸幸。

余姓林，名信充，字士信，號龍洞，一號翼齋，又稱快堂，乃國子祭酒信篤長子也。常憲廟治世之時，以父祖之蔭，早賜學科，身列宦班，屢預講習討論之事也。文昭廟亦忝恩顧，侍講于經筵者數矣。及新主卽位，有事之時，召見論對，而更番講經矣。辛卯之年，見聘儀，唱酬于客館也。

某姓林，名信智，字禹玉，號退省，國子祭酒信篤次子也。丁卯年生。常憲廟之朝，以父祖之蔭，出身班位，頗蒙恩眷，文昭廟之朝，辱承命侍講于經筵，及新主卽位之時，有事則召見論對，而更番講經矣。辛卯年觀聘儀，而唱酬於客館。

○ 投刺

林祭酒鳳岡先生座下

不佞姓申，名維翰，字周伯，號青泉，行年三十九，家世嶺南人。少治詩書，讀不能半袁豹，及長而遊京師。今王乙酉秋，以詩中進士二等，癸巳以賦登及第狀元，授秘書館正字，掌邦家載籍校讐之事。今仕至本館著作，兼直大常寺，奉宗社祭禮。乃玆天祚兩邦，德音孚如，使者含綸涉海，不佞亦忝恩例，載筆而隨之。入貴疆而得山川、草木、雲月、炯景，莫非神僊府，令人心骨冷然，有御風遺世之想。旣到都下，又承長者眷顧，奉晤風采，壽眉韶顏，已萃山兵之精。不佞鄕在東華，誦休名而竊竊焉者十餘年，而獲償願矣。晤言山仰不勝懽躍，雖以蒹葭蕭艾，不堪倚玉，然鹿鳴瑟琴，幸在賓館之末，從當穩接杖屨，展此頌慕，不腆名姓，先薦鄙悰

翼齋退省棣華案下

不佞姓申, 名維翰, 字周伯, 號青泉, 官今秘書館著作兼直太常寺。忝叨公選, 得佐使事, 海陸萬里, 舟車無恙入都門, 而觀城郭室盧, 儀物殷富, 已幸。玆遊若在瑤池玄圃, 不意僉君子奉先生杖屨, 並賜不鄙而臨況之。雖語言未通, 情志交阻, 令人意爽神豁, 感誦在口, 卽蓬島烟雲中, 接安期、羨門子逍遙遊, 何以喩此會? 當一卜從容展濕桑之懽, 聊先束刺, 替申鄙禮。

僕在弊邦, 因成翠虛、東郭諸先生, 得聞日東有整宇先生, 而文章經術, 冠冕一邦, 而恨未得獲近杖屨, 仰請發藥矣。今者何幸叨陪雅儀, 濫承華刺, 欣慰何言? 且謝家鳳毛, 實非凡鳥, 藍田生玉, 眞不虛也。奇歎奇歎! 僕姓姜, 名栢, 字子青, 自號耕牧子, 一號秋水, 二十五中進士試, 今年三十, 以正使記室來。而天啓甲子, 以副价奉使於貴邦, 號龍溪是僕曾王父也。

不佞姓成, 名夢良, 字汝弼, 自號長嘯軒, 癸丑生, 壬午進士。壬戌通信時, 製述官翠虛公, 卽不佞伯父也。伯父常言, 受知於整宇公最厚。其時唱和篇什, 尙留在篋笥, 不佞而飫而服膺者久矣。而今者幸而得躡龍門, 瞻望光耀, 靈光巍然, 道體平康, 欣幸如何如何? 但竹林遊跡, 皆已成陳, 不勝愴悼之懷耳。

僕姓張, 名應斗, 字弼文, 自號菊溪居士, 又號丹丘散人, 癸巳春以詩中進士, 年今五十, 以從事官記室來。獲接雅儀, 兼覩鳳毛, 執事所敎, 今日奇遇, 天假良緣者, 眞是實際語也。喜幸之忱, 曷維其極?

○ 奉寄朝鮮正使北谷洪公 祭酒林信篤

禰飮脂車自衛臻，殘生三見聘儀新。知君楨節執圭幷，愧我白頭抛鏡頻。才子敍班元凱次，風流馳譽阮、何倫。豈圖文獻如斯大？世世賢良不乏人。

○ 奉寄朝鮮副使鷺汀黃公 祭酒林信篤

蘭舟桂楫入仙州，麟角驥蹄鸞鳳儔。海氣蒸雲鰲嶺聳，潮聲帶雨鴨江流。良才膺選春秋館，歸思馳望風月樓。前世遺謀傳大統，君歌商頌我歌周。

○ 奉寄朝鮮從事官雲山李公 祭酒林信篤

萬頃烟雲水渺茫，風牽錦纜度天潢。渥洼奇種神駒躍，丹穴希色彩鳳翔。宦路趁衛雙宋玉，文園累養百歐陽。男兒壯節應如此，專對眞堪使四方。

○ 奉寄朝鮮國正使通政大夫北谷洪公左右伏乞電覽

經筵講官林信充

先知都下士無虛，英俊雄才同一輿。玉仗飄旌遊海外，錦衣曳佩步階除。玄王桓撥開基久，白馬淫威降福餘。『四牡』『皇華』歌罷後，盛筵擧盞唱賓初。

○ 奉寄朝鮮國副使通訓大夫鷺汀黃左右伏乞電覽

經筵講官林信充

長堠短亭路不迷，曉風吹面月高低。橐中薏苡貯珍味，天上麒麟飛駿蹄。內翰承恩送金炬，乙精分影把青藜。樓頭含蓄百祥氣，知得方鄕家室齊。

○ 奉寄朝鮮國從事官通訓大夫雲山李公左右伏乞電覽

經筵講官林信充

故園西望路悠悠，陸則車轎水則舟。玉節含風旌氣動，紫微侵座劍星浮。隣交有信百年約，海角無爲萬里流。五色雲箋說何事？鳳山分瑞太平樓。

○ 鄙詩一章奉朝鮮國正使洪公館下　經筵講官林信智

名字中臺職，文章上國才。執衡風卓爾，擁節道悠哉！龍氣畵旗出，雁行羽盖來。青雲凌渤澥，白日問蓬萊。城邑使星度，關山仙月開。太平人有曲，四牡自徐徊。

○ 鄙詩一章奉朝鮮國副使黃公館下　經筵講官林信智

漢殿諸儒會，周家太史官。賢聲聯海外，寵命並朝端。析木晴煙合，扶桑冥色寒。乘槎天漢漠，攬轡路漫漫。萬里頭應白，百年心已丹。嘗聞歌湛露，嘉事盡交歡。

○ 鄙詩一章奉朝鮮國從事李公館下　經筵講官林信智

經筵開聖學，史局取文雄。冠劍無遑處，舟車有會通。客程天地異，宦蹟古今同。出境此從事 濟川更就功。華山秋樹遠，鬱嶋夕陽空。宴樂聊應奏，來觀海東風。

○ 謹寄朝鮮副使黃公　整宇

先會之後，疇昔再覩鳳儀，不勝雀躍。酒食之需，老饕解頤，令我塵襟頓滌, 寵渥之深, 感謝曷已? 因賦蕪律以表芹誠, 希以此意達洪, 李二君子, 則鉅幸。

太微仙客紫微精, 偉器宏才海內英。天上斗牛衫佩劒, 人間風日送文旌。東西鷗主晉、齊會, 南北馬通楚、越情。淸飮豈忘同燕几, 九酹美酒一盃羹。

○ 朝鮮國副使鷺汀黃公, 以出境之雄才, 當輶軒之使者, 可謂延譽美而不辱命者也。今般來臨我國, 留滯之際, 應對深切。 昨亦近接芝眉, 治具丁寧, 不知所謝, 感佩有餘, 隣交不渝, 河淸幸逐於千年, 世化無涯, 山呼願同於萬歲。聊裁一律, 奉寄左右, 伏乞電矚。 快堂

珊珊雜佩自周旋, 漢節持來毛羽鮮。千萬里程重九譯, 兩三會後勝十年。雁傳素帛碧雲外, 鳳寄華箋白日邊。詎識異鄕逢異客? 天公爲我假良緣。

○ 謹寄鷺汀黃公告兩會之謝 退省

儼彼大邦客, 朱袚映雲霞。氣彩煌不已, 淸風天一涯。千頃陂何遠? 此吾立稱嗟。座上金樽酒, 遲遲白日斜。玲瓏玉樹色, 愧見倚蒹葭。

○ 奉書國子祭酒林公閣下 通信副使黃𤤽

卽惟霜朝起居珍相, 日昨兩遭賁臨, 穩接魁範, 實是東來後一偉觀, 感幸交深。鄭重瓊章, 又落塵榻, 再三諷誦, 蒼淵古色, 大有燕、許家口氣, 恨無薔薇露盥手而讀也。卽當和韻, 仰謝厚意, 而王事未及竣了, 詞藻吟咏, 有所未安, 當從後構拙, 以備侍者, 覆瓿用耳。庭玉兩賢, 亦有惠章, 眷意可感, 而姑未修謝, 此意下布幸甚。顒希崇照。不備。

○ 復副使黃公閣下 整宇

昨辱瑤簡，達於館中，薰沐披讀，弗知所措。授衣期過，擁爐會屆，淸勝至祝。先會之後，不接手容，鄙吝欲生，欲聞青錢萬中語耳。頃見學士進士揮筆之速邃，良不擇筆，而右軍亦當北面乎！通信正使、從事兩公，有无妄之疾，待勿藥之告也。嚮所上燕詩，瓊玖之報，旰霄待之。且所約呈新畵三幅，三公各下一語，則匪啻文房嘉珍之具，遺隣好永久之美耳。風物寥落，生江淹故國之思耳。炳照。不備。

○ 奉送正使北谷洪公歸本國 整宇

公才似厦屋渠渠，我是蓬衡四壁居。泰岳天河申礪帶，秦雲隴樹建于旟。鷺鵷班位爲宦好，龍虎榜名稽古餘。錦袂風輕歸國日，祝期夙夜永終譽。

○ 奉送別副使鷺汀黃公歸本國 整宇

使命先知玉帛微，英聲茂實共飛騰。名稱久記青驄馬，意氣遠揚金爪鷹。劉敞趨河千里近，韓公擢甲五雲升。東遊必有觀瀾術，休道扶桑恨未能。

○ 奉送從事雲山李公歸本國 整宇

銜命公程心事寬，他鄉何厭客氈寒。三千世界水天遠，百二山河棧道難。秘府有書收白虎，詩才無敵侍金鑾。江南十月梅花早，風信先傳消息安。

○ 奉送別正使北谷洪公 快堂

故園無奈別新明，奉命玆辰入武陵。愧我微才遲類駑，喜君豪氣疾如鵬。正冠應對德儀盛，駐節留連聲價增。平壤曾聞多勝景，何當遊賞共同登?

○ 奉送別副使鷺汀黃公 快堂

異客相逢盖便傾，文才術藝擇而精。銀魚離海錦袍賜，金馬題門黃榜名。目送雲烟難寄信，思量江水豈斟情。謫仙非謫降人世，筆下飛花紙上生。

○ 奉送別從事官雲山李公 快堂

來時山重去時輕，傳命壯遊登海瀛。玉樹階前現清影，金蘭簿上記佳名。雲含瑞氣須更變，日照丹心方寸誠。台蕩接隣天尺五，昨非今是計行程。

○ 奉送北谷洪公歸朝鮮國 退省

使節霜寒行色新，江關十月送朱輪。華簪去侍東曹曉，玉佩歸逢上苑春。此際善隣稱聖主，當年觀國識賢臣。一麾未盡大瀛外，猶自風雲望後塵。

○ 奉送鷺汀黃公歸朝鮮國 退省

縹渺蓬壺萬里深，旌旄來往歲陰陰。乾坤直指還朝色，日月猶懷報國心。遙夜冥鴻辭碧海，長時瑞鳳在瓊林。盛名題柱千秋業，駟馬淸風屬所欽。

○ 奉送雲山李公歸朝鮮國 退省

輏軒西去漢陽關，天末長風不可攀。瑤管侍臣青瑣上，銀章使者白雲間。高城星動劍初失，大海月明珠早還。百里才名無辱命，螭頭重見列朝班。

○ 謹次大學頭鳳岡韻　　正使洪致中

宿淑三朝福祿臻，況兼詩學老愈新。河汾教授聲名重，帷幄論思接遇頻。韋氏一經知有托，徐卿二子亦超倫。間關不恨南來遠，喜識休休長者人。

○ 奉寄國子祭酒整宇林公并小序　　副使黃璿

不佞在東國，習聞日本文獻，唯林氏爲大家藪，奕葉簪紱，世掌絲綸，圭璋之聞，播於遐外，引領馳神，日夕願言，猥叨副价之命，拭玉海邦，留館之日，大學祭酒整宇 林公，暨其兩嗣翼齋、退省，鎭日來訪，輒寄詩，以遒殷懃意，命筆揮麈，疊疊不厭，始信曩日之所耳剽者，蓋不誣也。仍念昔在乙未年間，羅山 林公，寔主騷壇牛耳，而適値吾東聘价之來，唱酬詩什，其二胤春齋、函三並與焉。至今剩馥，流傳鰈域，每誦日光步韻之篇、萬里風雲之句，不覺擊節歎賞，是時公年七十五矣。今整宇公，卽羅山之孫、春齋之胤，算得寶牒，過羅山一歲，庭下雙蘭，恰似昔日隅坐，何其前後之巧相符也? 公且言自壬戌數紀之間，凡三接聘使，文會團欒云。若使掌故氏作『藝苑傳』則必莫尙於公家矣。不佞尤有所充然自得者。今行涉重溟三千餘里，觀波濤之壯、鯨龜之戲，又看大坂之繁華殷盛、富嶽之標峻傑特，今又見林公，以詞林宗匠，爲三朝耆髦，衣鉢之傳，卽其靑氈，而符彩遒俊，器宇宏厚，年過耳順，視聽不衰，韶顔鶴髮，休休然有古人風，一接可知爲老師碩德，其詩文典雅沉重，極有作者手段。翼齋、退省，亦趾美靑箱，蜚英紫闥，妙歲詞藻，追踵王、駱。金閨諸彦，盡出公之門下。日昨數十輩來, 與幕中詞客, 竟日戰藝, 皆浩汗雅麗, 令人聳觀, 胸次豁達, 偉乎盛哉! 此實東道壯遊, 他日返稅故國, 屈指奇翫, 則必將以公爲首。『詩』云: “君子萬年, 以介景福。” 倘夫借樽俎咫尺之地, 則切欲爲公而賦之也。遠値王事攪心, 未暇攀和, 今當竣歸脂車在, 卽不量叩缶之陋, 敢賡鳴玉之賜, 題畵一絶, 聊替縞帶, 噴飯覆瓿, 則所不辭。臨行悵悒, 徒有萬里橋意思耳。

○ 和韻

羅山名閥冠蜻洲, 燕、許奇才世莫儔。教義階庭皆吉士, 推誠門館盡清流。老人星耀天南極,『白雪』歌高濟上樓。最喜靈光巍然在, 海頭三見月槎周。

○ 奉和日本國大學士鳳岡林公惠贈之韻仍寄詞案　　從事李明彦

久仰聲華, 願切識荊, 日者賓館, 屢枉高軒, 驚喜之極, 宜卽倒屣, 賤疾適苦, 竟孤良晤, 病懷悵觖 , 耿耿不已。華篇忽墜, 恪當一面, 吟玩再三, 沈痾欲祛。玆步高韻, 仰塵清覽, 題盡一絶, 亦不獲辭, 忘陋唐突, 以博一粲。

一路迢迢接混茫, 星槎八月泛銀潢。豈惟海岳看圓嶠, 慣識吳賢有仲翔。映砌芝蘭傳世業, 滿門桃李向春陽。虛敎軒蓋頻煩枉, 伏枕長時事藥方。

○ 奉次林龍洞韻　　正使

富嶽凌霄海接虛, 惟君鐘得氣扶輿。謝家玉樹看新茁, 唐殿氷街荷特除。禮貌雍容眞可敬, 詞章敏速卽其餘。相逢輒有詩篇贈, 厚意深知識面初。

○ 奉和林講官快堂寄示韻　副使

蓬勃風埃眼欲迷，忽逢佳客盡難低。鳳生丹穴瞻珍彩，驥步青雲散玉蹄。講幄閑時勤視草，德星臨虛護扶黎。一經自是箕裘業，奕世家聲富嶽齊。

○ 和呈快堂林講官詞案　從事官

拭玉隣邦日月悠，聲名久挹李膺舟。家傳儒術多淳素，世掌詞頭斥□浮。講殿討論推學士，賓筵酬唱見詩流。涔涔恨負從容話，矯首徒然望雪樓。

○ 奉次林退省韻　正使

祭酒三朝老，講官一代才。家聲有如此，詞翰亦奇哉! 經幄隨君側，賓筵候我來。喜逢商嶺皓，兼對彩衣萊。禮爲湏儒別，懷憑象譯開。瓊琚當木李，把筆屢低徊。

○ 奉和林講官退省寄示韻　副使

妙年如玉質，奕世掌綸官。耽古詩書富，承家節操端。青雲隨步闊，白雪滿樓寥。兩國憐交篤，孤槎海路漫。逢場同擧白，穩話幾披丹。不日征車動，無綠更一歡。

○ 和呈退省林講官詞案　從事官

地有三山勝，人爲一代雄。才高辭令妙，識博古今通。托契君臣密，承恩父子同。世家傳舊業，經幄效新功。頃荷高軒過，終教客座空。尙纏漳水疾，徒此挹淸風。

○ 步韻寄謝鳳岡詞案 副使

清標認是富山精，蘭佩翛然掇菊英。德重士林爲領袖，望高騷壘儼旗旌。青箱百世傳家業，黃髮三朝報國情。自笑天涯長作客，水鄕秋盡負蓴羹。

○ 奉次林快堂荐示之作 副使

王事驅馳曷月旋？夢回暘谷曉霞鮮。旅窓木落愁如海，故國天長路似年。已喜淸標來席上，更驚華什墮樽前。兩邦交意元無間，萍水相逢亦有緣。

臨行忙擾，未得報和別語，幸饒恕。

○ 奉次鳳岡贐行韻 正使

滄溟萬里視溝渠，王事驅馳不暫居。漢渚寒梅牽別夢，士峯晴雪映歸旟。水萍相遇情仍厚，鴻燕分飛恨有餘。袖裡瓊章當縞帶，爲君將去播芳譽。

○ 奉和整宇林公贈別韻 副使

文獻須從海外徵，鳳岡家世摠騫騰。奇標矯矯疑仙鶴，逸翰翩翩似決鷹。客榻欣同金斚醉，離愁正値玉輪升。歸來故國眞堪詑，萬里瑰觀我獨能。

○ 奉謝大學士鳳岡林公案下 從事官

涔涔伏枕，萬念都灰，而唯是含德之懷，時常往來于中。再昨忽報德星來臨，淸篇狎至，三顆驪珠，璀璨座右，蹶然而起一讀，不覺頭風痊矣。旣失迎接之儀，欲申替謝之意，使人候之，駕已旋矣。自訟不敏，迄今歉悵, 雨後暖氣如春。伏惟辰下動止珍毖, 僕間關水陸, 撼頓成疾, 二旬于玆, 一味無健, 私悶則深, 而唯以使事已竣, 旋軫在卽爲幸也。僕處朝鮮, 公處日域, 山海間之 道途邈然, 地之相去, 不啻數千里, 而猶嘗聞其名觀其詩, 想見其爲人久矣。今玆之來, 不以浮瀛海、窮扶桑爲快, 秖欲一瞻芝宇, 穩承淸話, 爲海外之一偉觀。不幸今病, 三見枉而一未接, 眞所謂天下事不如意者也。猥蒙不鄙, 屢辱瓊章, 有唱卽酬, 於禮則然, 而顧此不閑於聲律, 且念奉使之體 ,不必役志於閑文字, 故虛負盛意, 未卽謝矣。今則公事已了, 不敢終孤, 謹和近體三篇, 仰塵淸覽, 兼寄兩賢胤, 是笑大方, 固其宜也。繼來別語, 病苦意忙, 竟未和呈, 或可諒恕耶? 今方啓行, 未由奉晤, 悵觖之懷, 與海俱深。不備。伏惟崇炤。

二學士一向平安否? 旣無和章, 且闕謝字, 雖緣病忙, 心甚不安, 幸望俯布此意也。

○ 奉次龍洞贈行韻 正使

得子佳篇勝百朋, 芳年筆勢正憑陵。奇才生穴看雛鳳, 高翮培風認大鵬。旅館偏欣淸眄枉, 暮雲還覺別愁增。參、商自此東西濶, 明日王程叱馭登。

○ 奉次退省贈別韻 正使

鷄唱扶桑曙色新, 三韓客子動歸輪。江城木葉鳴疎雨, 驛路梅花報小春。從古西隣通使節, 卽今南國盛詞臣。可堪別後山河隔, 回首長亭但霧塵。

○ 奉復朝鮮國副使鷺汀黃公閣下 整宇

瓊章瑤和, 歸旆之日, 同知僉知, 傳命達于茆屋之下, 喜而披之, 盥而讀之。公之東遊, 與予相好爲最深。其氣饒才富昌, 而爲文如駿馬健車, 馳于九軌之塗, 其捷不可及, 如奔湍、怒濤之在江、河, 浩乎莫之能禦也。其自見者旣如此, 而尤樂於友, 雖以予之無似, 亦辱與之, 修海外之交, 預兩回之宴, 不亦幸哉? 三代而下, 詞章之士, 非才與氣, 不足以爲文, 公其倂兼之者乎! 唯恨相見之晩, 而相遇之少也。若同域、同志, 則有以質於公乎! 予齡老氣乏, 才亦拙劣, 幸繼箕裘之業, 管絲綸之美, 旦夕有愧, 然爲二子, 竊願多賢友而已。公之言及予祖及父叔, 而祝二子, 揄揚浮實, 感謝曷已? 且所約和章畵幅, 三大公枉橂巨筆, 而題贊詞, 享之千金, 九鼎爲輕, 世世相傳, 爲永好之珍也。請以此旨, 達之兩公。書不聲言, 伏希崇昭。不備。

○ 奉復朝鮮國從事官雲山李公閣下 整宇

獲賜華翰, 三復弗措, 憑聞捧呈國書之後, 臥病擁衾, 是以不能接芝眉, 惘然有失。然辱瑤輸, 得賜和章贊詞, 幸之巨者也。語句之妙, 洗拭耳目。自古以文章爲小技, 然而豈易能哉? 能之不易, 而或視以爲易焉, 昌黎 韓子之所不取也, 且其爲不易何耶? 未可以一言盡也。學識不足, 則不以厚其本也, 學識不兼, 則文其能備乎? 或失則易, 或失則艱, 或失則淺, 或失則晦, 或失則狂, 或失則萎, 或失則靡, 故曰不易能。今見公之詩語文句, 則不易、不艱、不淺、不晦、不狂、不萎、不靡, 登昌黎 韓子之堂者乎! 唯恨面會不通一言也。時維霜露凄肅, 若序保養, 勿懈官事, 埤遺不竭心緖, 東西千里, 引頸天末耳。二子亦同諭。不能多毫, 統希照鑑。不備。

○ 絕句一首奉寄青泉學士　　　　祭酒林信篤

佳名追問古人芳，萬里使臣天一方。詞賦才高國僑後，行看海日出扶桑。

○ 奉和鳳岡先生見贈　　　　製述官申維翰

三山仙侶擿秋芳，袖裏金丹卻老方。共道河淸千載會，太平華髮臥柴桑。

新知一樂采蘭芳，秋色青山對四方。不必高歌吟白雪，皇華琴瑟奏空桑。

○ 絕句一首寄姜進士　　　　整宇

奇遇無期如有期，此心恰似舊相知。長風投筆丈夫志，機在賓筵不語時。

○ 敬次鳳岡先生韻　　　　書記姜栢

翠虛當日有鐘期，祭酒高名異國知。鶴髮童顔驚俗眼，橘中眞似對棊時。

【先生年高而筆力遒健，可賀可賀。莊之行篋，當詑之於辛卯東槎諸公矣。】

○ 疊次鳳岡先生韻　　　　耕牧子

儒術文章少自期，耆年宿德國人知。圜橋袍笏橫經日，認是先生進講時。

○ 寄成進士　　　　整宇

世世神交欲忘形，白頭殘叟恥尨齡。風流時譽一門美，玉樹陰高指謝庭。

○ 謹和整宇先生投示韻　　書記成夢良

感意難將筆舌形，竹林遺跡幾回齡？歸然魯殿猶無恙，更喜琳琅照一庭。【琳琅一作珪璋。】

○ 疊次呈上整宇先生　　嘯軒

玉立清標鶴瘦形，不須湌氣自延齡。三朝宿德推黃髮，南極星光照戶庭。

○ 絕句一首寄張進士　　整宇

豪氣拔群才亦均，胸襟灑落出風塵。道通天地水雲外，魚躍龍騰筆有神。

○ 敬次鳳岡先生投示韻　　書記張應斗

逢場頓喜兩情均，况接鵷鸞逈出塵？言語不須憑譯舌，有詩如畵筆如神。

○ 一律謝學士及三進士　　整宇

文物風流美，恍疑仙境人。鷄林曉關月，鯨海暮雲隣。故苑不知處，信潮難問津。我無君子酒，何以樂嘉賓？

○ 謹和呈　　嘯軒

地入蓬萊島，欣瞻鶴上人。卅年過往事，兩國善交隣。月古扶桑樹，天連折木津。鷄峯悲宿草，玉季悅元賓。

○ 謹和呈

東武論名士, 南星應老人。傳經韋氏學 ,賜醴楚王鄰。賦就珠生浦, 歌長月滿津。白雲堪一和, 玄圃正留賓。

煙霞海外席, 衣帶日邊人。禪草宜鳴國, 詞華更照鄰。三朝通玉署, 八甲上瑤津。謝庭蘭樹裡, 雙鳳儼來賓。

高揖仍芳話, 厖眉卽俊人。見來仙有窟, 交以德爲隣。藥采三山草, 槎通八月津。不愁樽醑竭, 公瑾已酣賓。

○ 再疊前韻奉鳳岡先生詞案下 菊溪

身膺榮選掌成均, 要路青雲擁後塵。業繼箕裘綿慶遠, 筆摸詞範妙傳神。

○ 奉次大學士整宇林公惠贈韻 菊溪

奕世簪纓族, 高標卓犖人。 書樓元勝境, 仙窟卽芳鄰。自幸乘槎客, 遙尋駕石津。多公珍重意, 禮貌好迎賓。

武城佳麗境, 魁梧老成人。地望蘇司業, 家聲賈幼隣。詞場能踐域, 仙海自知津。一榻欣傾盖, 殷勤主與賓。

○ 奉寄朝鮮國製述官著作青泉申公 經筵講官林信充

壯志遙尋要路津, 文章詩句共清新。英材豪氣一時發, 都下如君有幾人?

○ 奉寄朝鮮國製述官著作青泉申公 快堂

對君修得好因緣, 我亦並生辛酉年。恰似洛中同甲會, 別來須使盡圖傳。

【貴庚今歲三十九，僕亦同甲子，實是奇遇，故借用文潞公洛中丙午同甲會事。】

【青泉】“同庚之示，欣幸欣幸。敢問月日。”

【快堂】“辛酉之歲七月三日誕。”

【青泉】“僕以四月十五日降。”

○ 奉詶翼齋見贈　　青泉

有客乘槎涉絳津，仙臺珠樹月中新。遙聞白雪千年響，自道黃庭侍讀人。

【同庚惠語，候閑更呈，自餘肝膽之輸寫，請以異日。】

○ 奉寄朝鮮國進士姜公　　快堂

硯滴無乾筆豈窮？戱鵞游鵠勢相同。不知字法能多少，一體兼存三品中。

○ 奉和快堂韻　　耕牧子

文如河、漢自無窮，大手眉山有阿同。兩世專經昭代渥，金華春日講筵中。

○ 奉寄朝鮮國進士成公　　快堂

顏筋柳骨出凡群，得見丰姿協素聞。喚做風騷壇上將，一毫奮起拂天軍。

○ 奉和快堂見贈韻　　嘯軒

青年才格逈超群，奕世家聲海外聞。子敬、蘭亭兄及弟，淸塵況拜右將軍?

○ 奉寄朝鮮國進士張公　　快堂

何論客館譯言傳? 一絶通情一幅箋。醉裡乾坤逢草聖, 人間不獨有張顚。

○ 奉次快堂惠增韻　　菊溪

翩翩詞翰遞相傳, 璀璨驪珠滿彩箋。聯榻不妨終夕話, 任他斜日檮松顚。

○ 奉寄潮鮮國學士青泉申君　　經筵講官林信智

玉節西來騎似雲, 聞君白雪散紛紛。當年已識瀛洲路, 萬里奇遊思不群。

○ 奉詶退省見贈　　青泉

看君衣帶滿青雲, 自是高姿謝俗紛。報道蓬山明月夜, 紫鸞爲駕鶴爲群。

○ 奉寄朝鮮國進士秋水姜君　　退省

錦帆東指海雲長, 欲把輕竿釣玉璜。那問河山秋後色? 君家文字挾風霜。

○ 奉和退省見贈韻　　耕牧子

丹山瑞鳳羽毛長, 文彩瓊琚間瑤璜。始覺蓬壺身幸近, 藐姑仙子貌氷霜。

○ 奉寄朝鮮國進士嘯軒成君 退省

金門射策不龍鐘，況復星軺萬里從？虎觀才名堪可問，席間先喜遇成對。

○ 奉次退省見惠韻 嘯軒

卓犖英材淑氣鐘，大丘行處兩難從。羅山奕世家聲在，千首能輕萬戶封。

○ 奉寄朝鮮國進士菊溪張君 退省

千騎東方星影高，翩翩書記見才豪。却思博望當年事，槎上秋寒萬里濤。

○ 奉和退省惠贈 菊溪

鳳飛千仞羽儀高，繼世聲名絶代豪。浩浩詞源何所似？長江萬里瀉層濤。

○ 一面之後，渴望有餘，忽蒙三和之賜，何其恩義孔厚也？疊和二首，謹修寸楮，以達微衷，又贅一律，兼寄三進士 整宇

君夫璉器質，我是斗筲人。風信傳金簡，世交知寶隣。高才挺犀角，大度跨龍津。拙技愧身老，況逢外國賓？

鵬搏心膽大，又遇謫仙人。風水互殊域，煙雲遠接隣。蓬山元有路，桑海更無津。一代文章美，龍驤墨妙賓。

仙源何遠有？問訊武陵津。翰墨唐賢妙，衣冠晋代人。感君塵表操，示我本來眞。蘭桂移風化，陶、韋前後身。

○ 恭裁正律一篇奉寄朝鮮國學士靑泉申秘書公　　快堂

寶隣修聘儀, 異客範驅馳。豈問張槎泛? 唯追蘇節持。重推任尤大, 論選地相宜。華省獨居職, 史才人所期。傳陳今尙在, 盧蔡世皆知。應奉系無絶, 崔駰業有遺。西淸書可集, 東觀籍堪支。陪講團茶賜, 賦言雙檯詞。執交猶未熟, 通語早將離。藝苑暫方駕, 雅筵屢遞詩。雄師壇上虎, 逸氣水中騏。筆跡傳千歲, 文章照萬斯。錦衣何貴蜀? 珠玉本生隋。良會惜其日, 好緣莫失時。故鄕如見月, 爲我撚吟髭。

○ 贈朝鮮國學士靑泉申君　　退省

邈矣神嵩岳, 風雲竟宛然。物華惟萬古, 人傑自千年。麟窟祥煙起, 鳳山瑞月懸。東方通道里, 南斗夾星躔。濟濟申家子, 堂堂韓國賢。王朝稽彼史, 宗廟執其籩。名重文郎省, 才宏學士員。絲綸嘗屬務, 翰墨已專權。待制秘丘上, 賜恩淸禁前。張、蘇 唐代顯, 班、蔡 漢官傳。忽喜聘交事, 斯登禮會筵。壯遊何索落? 逸興更聯翩。紫氣出關客, 滄波浮海仙。玉珂晨秣馬, 錦纜夜留船。祇役歲云暮, 望鄕月幾圓。九秋羈夢寂, 一水旅情綿。驛接紅塵地, 館開白雪天。折梅寧可寄? 籍草且相牽。劒舃論奇節, 盃盤說勝緣。還如聞大雅, 三嘆在朱絃。

○ 相會之後風采可想聊將鄙詞此伸衷情卽席示菊塘軍謝揮筆之贈　　整宇

紙上分明字字敷, 楷行精巧草書俱。風雲龍虎辨奇正, 一筆橫成『八陣圖』。

○ 謹次鳳岡惠示韻　　副司勇菊塘鄭俊僑

滿座春風和氣敷, 携來玉貌二郎俱。吾今願得龍眠手, 描出荀家父子圖。

○ 卒寄菊塘鄭軍官　快堂

處處江山處處新，天開圖畵妙傳神。詩思高入風雲上，身世飄然物外人。

○ 奉次翼齋惠韻　菊塘

楓菊堂前秋色新，相逢詩語見精神。東遊已喜蓬山近，况復天涯得此人?

○ 寄菊塘　退省

白雲回首水如天，萬里長風竟悵然。詞賦偏憐王粲興，樓頭落本夢魂懸。

○ 奉次退省惠韻　菊塘

寒菊悲鴻海外天，一場言笑共怡然。應知未久還成別，千里相思片月懸。

○ 奉和林祭酒鳳岡韻　耕牧子

講幄深深地，談經白髮人。聲名齊海嶽，寵遇冠臣隣。養靜惟耽籍，延齡且嗽津。新詩代鐘鼓，鄭重更留賓。

文章占地步，學海啓迷津。獨立靈光殿，三朝經術人。桓榮稽古力，王掾掇皮眞。若問平生事，詩書報主身。

○ 謹次大學士鳳岡林公疊示韻　　嘯軒

日域無雙士, 騷檀第一人。絲綸掌幾世? 聲價動殊隣。德重陽城館, 年高呂望津。蓍龜元國瑞, 三迓月槎賓。

伯父東來日, 交歡得幾人? 常言整宇德, 合作順庵隣。靈樹猶春色, 仙槎又漢津。登龍亦何幸? 跡似鴈來賓。

識荊眞宿願, 蠡酌海無津。德宇能容物, 醇醪解醉人。承家推地望, 好容露天眞。庭玉皆殊價, 青雲已致身。

○ 謹次國子祭酒鳳岡林公疊示韻　　菊溪

千里逢迎地, 唯公磊落人。杯樽追北海, 沙竹賦西隣。白雪揚淸響, 青雲滿要津。自慙槎上客, 叨作座中賓。

悤悤三秋盡, 行行萬里人。遠超鯨浪險, 幸接鳳岡隣。似入桃源路, 如登織女津。扶桑還咫尺, 出日可寅賓。

見公眉宇上, 喜氣自津津。蘭玉多新茁, 文章埒古人。超然離俗累, 恍爾接仙眞。世世承殊寵, 銀黃綰在身。

○ 再裁一律奉寄朝鮮國姜成張三進士　　快堂

域異人雖異, 不忘前世因。秦雲鴈書絶, 淮海蜃樓新。公輔棟梁器, 良臣廊廟珍。豈無翰場會? 得遇此嘉賓。

○ 奉和林快堂學士韻　　耕牧子

箕裘元世業, 經術豈無因。槐市青雲動, 書筵粉黼新。丹山生瑞羽, 滄海產奇珍。敢頌門闌盛, 踈才愧上賓。

○ 奉和快堂見示韻　嘯軒

南北路千里，相逢知有因。交情兩世舊，時序小春新。鸑鷟瞻邦瑞，珊瑚認海珍。微才慚倚馬，濫作幕中賓。

○ 奉次翼齋高韻　菊溪

一榻成良晤，多生有宿因。翯齋心獨古，和靖語偏新。矯矯人中鳳，溫溫席上珍。風情殊鄭重，數問泛槎賓。

○ 壬戌歲，朝鮮製述官成翠虛，與通信使東遊時，余觪莒數回，唱酬累篇，兩情莫逆，爲妄形交，辛卯冬，官使來聘，而遇東郭李學士，問彼安否曰："今歲歸泉。" 聞其言驚嘆，擗而惘然，今玆己亥，其姪成進士隨來，屢談往事，雙淚沾袂，因和被示原韻三首。　整宇

憶昔翠虛子，成均館裡人。龍門登甲第，鼇島使芳隣。萍會挹詩袂，藻章飛玉津。相思涕如雨，今作九泉賓。

兄弟子猶子，同家同祖人。籍咸遊世外，湛濟起門隣。奉使膺專對，抱誠指遠津。宿緣君與我，豈忘舊時賓。

國比中原國，人如上古人。鴈山雖隔地，台嶽好成隣。壯節四方志，使槎千里津。丹心入仙境，再遇紫陽賓。

○ 姜成張三進士早惠和章歡喜之餘疊和其韻以奉寄　快堂

情深交已淡，别後復誰因？離境相思久，登樓逸興新。筆花檐下玉，文草袖中珍。莫厭羈愁切，同知觀國賓。

○ 和耕牧進士疊示韻　整宇

客身何必說歸期？妙質雄才知者知。前度來賓若相問 ,老衰不似昔

年時。

○ 和菊溪進士再疊韻 整宇

煙水雲巒處處均, 知君健筆掃風塵。奇才不是人間用, 咳唾明珠驚鬼神。

○ 寄申學士兼示三進士 快堂

璨璨筆花衆所推, 驚鸞聯翮勢雄哉! 相逢匪啻學才美, 不識身登二妙臺。

○ 頓奉青泉申君兼贈三書記 退省

千里江關畔, 各生庾信哀。衣裳憐宦寄, 賦筆見仙才。白鴈故園遠, 黃花異域開。無由風月夜, 携手幾登臺?

○ 謹依快堂韻奉呈鳳岡先生 青泉

高標遙挹玉山推, 野鶴昂昂亦異哉! 今夜天文應瑞色, 海關將起聚星臺。

○ 和韻奉退省 青泉

蕭條客窓外, 木落鴈聲哀。地自神仙窟, 人今鮑、謝才。坐從詩草密, 襟以臭蘭開。明日携殘興, 期君好上臺。

○ 奉和快堂惠示韻 耕牧子

十年詩學貴敲推, 七步成章亦妙哉! 父子三朝同掌誥, 承恩出入柏梁臺。

○ 奉和退省惠韻 耕牧子

邂逅青雲客, 長歌擊劒哀。德星荀令宅, 詞賦子虛才。興逸詩壇築, 名高筆陣開。書筵進講日, 冠佩上蘭臺。

○ 謹次退省韻 嘯軒

四十年前事, 扶桑夜月哀。切隨博望節, 愧乏仲容才。德宇披雲覩, 悲懷對酒開。依然躡仙跡, 共上白銀臺。

○ 奉次快堂韻 嘯軒

翰墨場中轂濫推, 華筵今日勝遊哉! 德星遠與奎星聚, 奇瑞應煩太史臺。

○ 奉和快堂惠示韻 菊溪

回牛筆力勁難推, 倚馬詩才亦美哉! 視草演綸家世事, 三朝榮遇入蘭臺。

○ 奉和退省惠贈韻 菊溪

天涯濡滯客, 秋盡意堪哀。繼土愁多病, 論文媿不才。德星今夕會, 羈抱暫時開。一座無塵事, 渾如上玉臺。

○ 小律勞謝運筆之妙寄青泉申學士兼示三書記 整宇

健筆太神速, 再如遇五之。高才玄圃玉, 清節赤城旗。君嘆鱸蓴美, 我吟『魚藻』詩。豈唯松柏獨? 人有歲寒姿。

○ 謹次惠贈二韻又以一律奉呈大學士鳳岡林公梧下　菊溪

箕疇九五福，夫子得兼之。玉署常簪筆，詞壇早建旗。無人堪此德，有子亦能詩。小藝蒙殊奬，吾書愧俗姿。【夫子作此老。】

『桑鳲』周雅詠平均，門巷清無一點塵。時向儐筵看氣色，雪梅標格鶴精神。

慣識羅山學業尊，善家今日見聞孫。三朝舊老偏承寵，東武諸生盡在門。富嶽千尋輸筆勢，箱湖百頃起詞源。雙麟又有徐卿子，爭道餘麻裕後昆。

○ 快堂梧下　青泉

日者辱惠臺字韻，因僕迂踈繆戾，錯呈和章，遂成棄紙，僕殊惶愧，不敢文。謹用一絶，改上梧右，前篇則易其題目，並奉高堂執事，乞獲恕留。

海上驪珠筆下推，瓊華千斛儘佳哉！坡翁只禱登州市，不見扶桑蜃作臺。【誤書一本，速畀祝融氏，毋令人調笑。】

○ 奉和鳳岡公命韻　青泉

藜床伴玉劒，鸞鵠共扶之。仙佩通丹禁，文場堅赤旗。海雲濃作墨，城月艶爲詩。笑指蓬萊岫，蒼蒼太古姿。

自笑龍鐘甚，煩蒙禮遇之。墨池容我筆，騷壘望君旗，古貌醇如酒，新情淡在詩，况看雙玉樹皆有棟?

○ 奉快堂　青泉

退食尋東館，羔羊五緎之。興酣覆把袂，談勝各張旗。古劒交輸意，秋花與作詩。文星耀南斗，別後仰容姿。

○ 奉退省 青泉

埸駒食苗藿, 歌以縶維之。感子瑤池席, 留儂翠羽旗。海山千里國, 雲樹一尊詩。去去將何贈? 秋蘭有好姿。

○ 謹次整宇大學士林公韻 嘯軒

靈境近蓬島, 眞仙今見之。溪藤鋪玉雪, 山茗煮槍旗。愧乏銀鉤筆, 濫蒙華袞詩。厖褫眞可誦, 寶樹榣奇姿。

聞年仍見貌, 精悍勝乎人。詩禮傳諸子, 圖書作四隣。枕高仙島月, 帆穩暮江津。門館皆桃李, 梁公本好賓。

鳩杖行時二子偕, 翛然仙鶴瘦形骸。留賓可掬歡欣色, 撫迹偏深感悼懷。雨過晴雲生遠岫, 風鳴落葉轉空階。白頭受寧忝非忝, 自顧微才愧八叉。【再昨電拜, 迨切伏悵, 和章構得, 有日待奉袂面呈爲料矣。其時忽迫, 未克奉進, 今殆付送郵筒耳。行期漸近, 可勝德宇之懸? 餘不備。】

○ 疊前韻奉呈快堂几下 嘯軒

膺門高幾許? 兩世幸相因。隔海聞聲久, 聯床發笑新。一經元舊業, 雙璧總奇珍。禮貌叨虛左, 微才愧上賓。

吾足蹈天際, 勝遊王事因。胸臨桑海濶, 眼到士峯新。玉鱠鯨魚雋, 金苞橘柚珍。偏欣鄭重意, 數問遠來賓。

○ 奉和退省席上惠示韻 嘯軒

佳句有淸韻, 鏘鏘鳴玉哀。世家燕、許誥, 詞苑謝、陶才。霧豹文章炳, 霜蹄道路開。龍鐘堪自愧, 搔首望鄕臺。

膝上王文度, 中書杜牧之。講筵陳訓誥, 騷疊儼旌旗。山色靑如眼, 松風韻入詩。乘槎身已老, 依玉愧允姿。【右用尊府下示韻。】

○ 和申學士辱示韻 整宇

詩篇何必費敲推? 繡句錦章郁郁哉! 萬卷秘書胸次大, 良才有術坐麟臺。

○ 奉次青泉學士見示韻 快堂

別後思君切, 淸顏夢見之。日晴飛羽盖, 風靜建龍旗。擡起一尖筆, 和成五字詩。鼇頭蓬島近, 異容悉仙姿。

○ 和成進士被示韻 追感同家翠虛公會遇觴詠之事 整宇

異方同志與時偕, 君是壯齡吾老骸。今昔詩遍照顏色, 屋梁殘月滿胸懷。風雲改變幾多歲? 賓主升降尺級階。二世修交談往事, 詞毫含淚和尖必。

慚愧二疏金石偕, 官途猶未乞身骸。建安才子詩中傑, 元和主盟壯士懷。籬菊折殘存晚節, 井梧飄落滿庭階。老衰多是忘前事, 羔袖淩寒手獨必。

○ 次嘯軒成進士和我卽罷之詩見示惠韻 快堂

嘉肴兼美酒, 賓館可毛之。才氣廟中器, 風騷壇上旗。車連壯騑轡, 宴秩『鹿鳴』詩。識得鵶群裡, 操高雄鶻姿。

毛字平去二韻, 互用作平聲。

○ 又次余前韻惠疊和二章以同 快堂

脂車途欲發, 雙袂挹無因。雲水故園遠, 江山望裡新。榮旋輝晝錦, 佳句當牢珍。梨別棗○事, 交情戱答賓。

其二

他鄉萍水會，相遇識良因。既說通情舊，何論見面新? 離筵無妙句，絶代有佳珍。永約隣交久，歸來不顧賓。

○ 和菊溪張進士視韻二首 整宇

夙夜無忘使命尊，公程豈恨別兒孫。玆時經險青牛峽，他日期榮金馬門。酈縣村閭分菊水，武陸江上問桃源。追尋嵇阮一相遇，千里心交約弟昆。隣交有德道知尊，世世無渝子又孫。仙駕踏雲乘鶴背，壯遊追跡鑿龍門。朝儀憶着漢、唐古，學海行窮伊、洛源。文飮何唯樂今日？唱酬待卷附來昆。

○ 奉送申學士歸本國二首 整宇

神交如故翰林場，班、尹欣逢形已忘。分手明朝隔山岳，短章難寫別懷長。

海國縹茫天盡頭，風雲深處棹歸舟。送君腸斷寒江上，一去東西空自流。

○ 送別姜進士 整宇

冥冥雲路送飛鴻，君向西方我在東。欲訴衷情言不得，別來音信若爲通。

○ 送別成進士 整宇

鵬搏雄氣現神奇，豹陰含情嘆別離。寄恨雲間天上月，君邊處處不相隨。

雲浪茫茫江水深，淺於祖道送君心。唱酬詩卷留盈席，魂夢長追行處尋。

○ 送別張進士　整宇

別後信音難再聞，牽衣駐馬語旣勤。客中莫道無知已，草木山河悉識君。

○ 送別朝鮮國學士著作申公【幷序】　整宇

幸會識荊州之機，而下待徐孺之榻，丰采馳譽，渴塵絶跡，自非德隣不孤，何得希世奇遇? 騷壇逸興，文囿淸遊，裁章哦句，卷祿呑渠，頓起一唱三嘆之聲，不屑八斗、七步之才，言泉流於唇齒，入詞則琅琅乎鳴金石; 筆鋒驚彼鬼神，連字則瓅瓅然飛珠玉，忽憶今日勝於昨日，爰覺新知勝于舊知，其來也淩川江海氣象，其去也認月露風雲形狀。官命難默，使槎將發，君亦隨行，我獨憂鬱，難留旣脂之車，臨別路而瞻望，欲縋日歸之袂，抽心緖而紛擾。速裝已迫，不能詳說，唯期丹情之至，願不離於夢想。聊贈蕪詩，以述鄙懷。

多情不盡語云云，夢寐分明屢見君。彩筆無塵永爲好，淸樽有酒細論文。龍章曉發三山路，虎節風高八道雲。臨別悵然憂喜半，定知歸國立功勳。

○ 別情無止又呈一律以要和共來

偶爲遠遊客，文飮詠觴俱。健筆倒三峽，宏才呑五湖。禮儀唐制度，敎化漢規模。知是一時選，聘交味道腴。

○ 絶句一章送別姜進士　快堂

詩壇筆戰勢難收，見說文章照白州。千里異鄉相別後，勸君勿忘此清遊。

○絕句一章送別成進士　　快堂

別早爭修耐久交，墨痕奮起地中蛟。歸囊若載吾詩句，千里心情作解嘲。

○絕句一章送別張進士　　快堂

江西通信入江東，文物典章萬古同。兩地長修善隣睦，相逢何說馬牛風?

○青泉申君惠示一律遂和其韻　　退省

萍水忽相遇，何年復問之? 山川停旅服，原濕動歸旗。長別一樽酒，多情幾首詩? 擧頭明月夕，恍見美人姿。

○別奉一詩　　退省

一自驅馳出上京，征軺萬里動英名。金鼇雲起水中色，玉鳳風迴天外聲。應識申公徵魯邸，不妨嚴助厭承明。飄然湖海神仙侶，此會相看意且傾。

【留館之間，事坐荒忽，闕陪語笑，更請諒之。】

○嘯軒成君惠示一律乃和　　退省

萬里遠遊客，有才無不之。中流寧擊楫，上路此隨旗。明月生新曲，淸風滿舊詩。通家交契在，偏喜見英姿。

○ 滯淹數日不能頻會是以爲憾席上見大坂九日和杜詩韻因有和

退省

嗟汝重陽斯作客，凄然秋興坐高臺。到時菊蕊村籬滿，歸日梅花驛路開。千里夢魂思駕在，百年懷抱對樽來。他鄉却似故人會，流水爭堪別恨催?

【大坂別称浪華津，我邦賞梅之地。】

○ 大坂城九日次杜韻　　嘯軒

大坂城邊逢九日，望鄉孤客强登臺。迎霜橘子淺深熟，得雨菊花多少開。異域誰將青眼對，佳辰不見白衣來。悄然徒倚闌干曲，宿鳥歸林暝色催。

○ 送申學士　　退省

大同江水千古色，瀰淪靡迤萬里浮。倬彼銀河長天掛，西風一夜東海頭。方今手控虹霓去，飄如八極作神遊。旌旗飈悠何處所? 望中煙氣遶丹丘。朝聘由來最盛事，衣冠玉帛仰嘉謀。君復濛、汜堪裁賦，彩筆縱横更不休。白露忽拂琅玕樹，蒼靄欲滿珊瑚鉤。回首關山無限路，客心久登王粲樓。布帆從此歸應疾，鵬翼風中日月流。寶管吹徹萬波息，漢陽城上五雲留。聖代功名終赫奕，兩邦聲譽誰是儔? 慚我傾蓋得妙契，縞紵難奈意綢繆。離歌一曲人不見，鴻雁遙遙百年秋。君不聞? 桑弧蓬矢男兒事，四方素志竟何收? 又不聞? 專對高才使者業，夙夜努力愼前修。

○ 送姜書記　　退省

君今千里去，意氣在雲霄。山向京城遠，海當漢水遙。客車遵大路，仙潟入群寮。送別江城外，柳條一寂寥。

○ 送成書記　　退省

望鄉心不已，回軫路何迷？雲日千帆過，霜風萬馬齊。寶刀寧自許？瓊翰且相攜。擧目黃山色，蕭條雨雪凄。

○ 送張書記　　退省

西路三千里，霜天夜攬衣。征帆瞻弗及，落木送將歸。玉浦搖雲影，金山收夕霏。却思明月夢，早向故園飛。

○ 奉和鳳岡林祭酒惠韻　　耕牧子

耆年與宿德，一見我知之。立脚尋安宅，存誠立勿旗。夙聞東郭語，多見翠虛詩。萬里還鄉日，依然最鶴姿。

人生跡似踏泥鴻，一別雲天渺海東。故國若逢經術士，爲言江戶有王通。

○ 奉和翼齋林講官惠韻　　耕牧子

床頭詩草曉來收，千里歸程向漢州。會待春風鴻鴈北，須將一札問同遊。

○ 和退省林講官惠韻　　耕牧子

征馬蕭蕭發，勞歌響碧霄。暮山隨鴈沒，殘郭背人遙。客路連千里，離亭集衆僚。相思詩草在，旅館慰寥寥。

○ 謹呈大學士整宇林公靜凡以謝惠紙盛意兼申惜別之忱　　菊溪

多荷明公看意弘，頓教行槖彩輝增。二篇瓊律齊雙璧，卄束雲牋當百朋。開篋定勞思玉樹，把毫寧患乏溪藤。明朝一別參、商隔，可恨龍門不再登。

○ 奉呈快堂詩榻略申鄙悰　　菊溪

知我行囊乏楮君，濃州美品許相分。持歸故國披緘日，輒想夫公用意勤。

○ 奉呈退省齋詞案以申鄙懷　　菊溪

濃州有紙品殊佳，相贈殷勤自省齋。且喜瓊篇成一軸，西歸好與客裝偕。

○ 奉復林祭酒鳳岡梧下　　青泉

不佞遂萬里告別矣。悠悠此生，決不可復承顏色，只恨今會之太悤悤矣。日執事者，繾綣維翰，至再三繼，而有華牋畵箑，損餉贐儀，申以寵和與餞章，百朋共錫，稽首鉛謝，雖竭滄浪而供墨，斲富山而爲筆，何足伸此意? 適以采薪故，數日不離枕，意謂當待更奉，而涔涔至今。薄此行日，悵望山斗，實無一言半辭，以謝場駒之思，待病良已，可於路中草成，託魚鳥而達之也。萬個耿想，言之不盡，只惟黃髮訏謨，爲時保愛，胤侍足下情旣結矣。亦復忙忙負負，若在兩忘之域，今雖恨奈何? 俄奉二長律，仰訓宿債，其未盡者，請以郵便，强疾力書。不備。

○ 謹呈大學士鳳岡林公告別【五排十二韻】 嘯軒

壬戌幾經歲，桑溟又客帆。舊蹤迷碧蘇，感淚濕青衫。尙喜仁人壽，能齊富士巖。還推縞帶誼，更及竹林省。旅館頻回盻，淸詩幾送函？居然驚聚敢，已是隔仙凡。戀意波同浩，離愁草不芟。濕雲低島嶼，踈雨韻松杉。月箋慇勤贈，溪藤鄭重緘。賮行元厚眷，銘感但微諴。福必川流至，神應碩德監。天邊他夜夢，長到鳳岡巉。

○ 謹次鳳岡韻 嘯軒

兩世登龍事已奇，可堪涯角遠相離。應知去後虛堂夢，夜夜東來杖屨隨。

一曲驪駒夜色深，天涯去住各傷心。孤舟解纜滄溟濶，萬里無緣舊會尋。

昨奉下惠瓊章，滿紙縷縷，莫非懇嫪之意，銘感曷已？況寶箋雲孫，出於賮行之誼尤切？僕將啓行，無緣更瞻芝宇，懇德之忱，非尖奴所可形容。只祈道體，對時增祉。不備。

○ 呈龍洞林公奉別 嘯軒

猥向高門識白眉，寸心相照對床時。天涯遽作參、商別，萍水重逢未有期。

○ 奉次龍洞韻謝溪藤賮行

年來久絶楮生交，硯閣蟾蜍筆退蛟。忽有白雲盈返槖，海山風月任評嘲。

○ 和韻奉呈林退省敍別 嘯軒

乘暉照執袂, 別思浦雲迷。山海路何極? 燕鴻飛不齊。曷堪瓊樹戀? 猶喜楮生携。欲折芳華報, 汀洲白露凄。

○ 賡載成進士詩 整宇

惟昔壬戌之歲, 製述官成翠虛東遊, 與我蓋簪于鴻臚館, 交情親睦。今玆其家姪成進士, 從三官使而勤書記, 晤語贈酬, 皆及往事, 天倫哀情, 可以感嘆。臨別又裁古律, 言其志。因和淸韻, 以致意耳, 詩云乎哉?

世世隣交厚, 海東掛錦帆。流光荏苒過, 不覺換裘衫。寶曆紀壬戌, 使星照險巖。同行多少輩, 道德一齊咸。中有成製述, 唱酬通竹函。金聲語句妙, 格律出塵凡。藝苑學苗秀, 載鋤而載芟。斯人今已沒, 遺愛種筠杉。點檢舊詩卷, 悵然與淚緘。姪賢追軌轍, 記昔表精諴。旣飽醺醺醉, 賓筵立史監。夙緣天所借, 勿恨歷崖巉。

○ 快堂林公贈我十五韻因述別懷增至三十韻 靑泉

皇華古賓儀, 四牡閑且馳。詩草歡相見, 仙茶喜共持。自天鳴佩逈, 隨地鼓琴宜。邂逅星還聚, 提携日每期。隰桑傳舊曲, 山桂贈新知。宿債欣堪償, 高風荷不遺。五雲隨絳節, 雙燭映金支。解道昇平像, 恭傳聖德詞。御筵花點掇, 絓幄錦披離。湛露分爲酒, 明河與作詩。掌綸毛似鳳, 登路骨稱騏。國辭煌如彼, 家聲赫在斯。筆峯搖泰、華, 詞格陋陳、隋。願我生殊域, 逢君得並時。問年齊壯髩, 吟月共掀髭。北斗神光合, 西山爽氣隨。艶分盃底菊, 香挹室中芝。自幸神仙會, 偏蒙繾綣私。好緣那可忘? 佳景忽云移。把袂重回顧, 揮鞭且告辭。浮雲在遠樹, 落日映高旗。渺渺烟霞色, 依依璧璐姿。病因羈旅得, 愁以去留滋。野鹿停酣燕, 觴駒莫縶維。萍浮憐未契, 瓜報寄相思。世外無烽火，樽前有墨池。海山琴燥濕，風雨劍雄雌。穩放青冥棹，歸登白玉墀。詩書天祿富，歌頌主思慈。秖有懷君夢，東尋浴日湄。

○ 退省林公惠贈我二十韻病未卽和又薄辭歸因益以十韻兼敍別懷　青泉

海上金銀闕，仙都氣鬱然。鶴天浮瑞日，龍雨挹新年。壽唱南山並，歡歌北斗懸。有人當玉署，爲客在奎躔。韋、杜家傳學，班、袁世著賢。寵光宸陛笏，康色泮宮籩。蓮炬宵歸直，藜燈早備員。連枝花有棣，視草筆爲權。鴻雁雲霄外，羔羊雨露前。榮名千卷得，華閥五更傳。鰈域勞王使，鼇山敞客筵。落霞光粲粲，垂帶影翩翩。彩服隨黃耇，丰姿似畫仙。支機談漢石，采藥問秦船。歌就青尊溢，詩成白璧圓。牧荑誠可寓，巴曲興逾緜。自喜相逢地，能通別有天。風塵雙袖拂，雲海一帆牽。皓桂酬新雅，偸桃感宿緣。秋星動劍匣，寒月繞琴鉉。此路應留舃，將歸懶擧鞭。中流越人操，西圃穆王篇。去去皆仙跡，茫茫卽妙詮。千年圓嶠雪，十月浪華烟。別恨君知否? 羈愁我得偏。不才同跛鼈，微響等哀蟬。謬獻『長楊賦』，枉慙小草愆。官仍膠柱在，名亦濫竽專。明日浮溟海，今冬戾漢川。但誇隣好永，雲路各騰騫。

○ 答青泉申學士書　整宇

今玆秋冬之交，朝鮮國三官使，來聘於我國。公務之餘，携二子而遭逢製述官青泉 申學士，觴詠重席，殆修忘形耐久之好。未幾臥病，兩情未盡，頗失素懷。臨別惓惓，寄惠手書，吐露中情，凡別離人所重也。默然鎖魂者，丈夫之致也；潸然出涕者，兒女之仁也。在昔文節與子高別也，抗手而行；范丹與王奐別也，拂衣而去，不以分散而繫情者也。然此絶域遼遠，再會無期，則異日之談也。古律二和，兩胤解頤，不勝感佩, 謝詞無措, 情長筆短, 姑此不備。

○朝鮮國學士青泉申公和我十五韻詩倍之以爲三十韻寄之乃疊步其韻　　快堂

追慕漢官儀, 節旄夾路馳。朝廷各推薦, 驛堠互扶持。千里莫言遠, 兩邦堪措宜。風光從處異, 景象與君期。聲價江山重, 譽名草木知。打吟猶未了, 回首更無遺。夙夜歷川陸, 居諸計干支。琵湖擡健筆, 富雪入新詞。樓覽信雖美, 鄉望眼豈離? 昂低繡帆色, 多少錦囊詩。高操人中鶴, 豪英天上騏。騷盟忘不得, 交會盛於斯。濂脈本通洛, 唐賢何問隋? 巫峯猿叫後, 湘岸雁來時。和箇五言句, 摘吾數品髭。同庚心術合, 殊域夢魂隨。等第祝黃榜, 結眉接紫芝。孔懷友兄弟, 交義辨公私。羈旅燠涼過, 談餘漏刻移。金鞍爰以發, 卮酒詎應辭。魯野駰駰馬, 郇郊孑孑旗。手麾紅日暮, 目擊碧雲姿。祖道別情苦,『陽關』墮淚滋, 疊歌送元二。拙技恥王維, 館柳行還去。折梅傳所思, 嶺南瞻鴨水。華北指龍池, 獨秀先超類。雄才或守雌, 告歸陪玉駕。奉命步丹墀, 擇邑逢榮選。擧家感惠玆, 壯遊窮大觀。顧視海東湄。

○青泉申君惠和二十韻, 益以十韻。 嗚呼! 一別以來, 悵而千秋, 瞻望佇立, 風馬牛不及也。 再次其韻, 奉旅亭下。　　退省

羲和千萬里, 逢遇豈徒然。使節問良月, 聘儀識瑞年。軒車侵霧轉, 旌旆向風懸。文獻稍堪見, 英雄實所躔。周旋斯預事, 嘆息各稱賢。邦內觀齊樂, 館中加晋籩。聲華尤藉甚, 才業不常員。卽是學窮術, 況其詞壇權? 執交蘭簿上, 論志桂樽前。鴻雁幾秋過, 鯉魚何處傳? 白雲瞻別地, 碧水送離筵。握劒情猶在, 彈冠氣且翩。儼如隨帝子, 恍似逐神仙。初喜到來袂, 終悲歸去船。歌操淸響最, 燭燼彩光圓。遠道魂還

杳, 異鄕恨正綿。徘徊斟北海, 惆悵指西天。蘇、李言相贈, 張、高夢欲牽。悠悠今世會, 渺渺後時緣。趙府能完璧, 武城空奏弦。自慚饒氏策, 爭比祖生鞭。唯對新圖畵, 更看大筆篇。懷人爲永好, 托友得眞詮。栢樹島邊色, 楊花渡口烟。客斯于役久, 官跡受恩偏。玉局應飛鳳, 金門却耀蟬。桑域吹憂息, 瀛洲屬興專。嗟君遊宇宙, 顧我滯山川。博望太平日, 靈槎憶彼騫。

臨紙草草, 字無高低, 請宥恕之。因告臨行之日, 惠一畵幅, 多謝多謝。

○ 和成進士留別韻 快堂

曾識祖翁芝紫眉, 父兄酬唱遞筒時。兩家休說地相去, 好會與君如約期。

○ 和張進士留別韻 快堂

君思我處我思君, 今日離筵袂叵分。相遇旣稀相別早, 空期久契盡殷勤。

○ 嘯軒和予送別詩兼謝贈紙次韻答之 退省

君去風雲遠, 依然望欲迷。眞遊斯日在, 別恨幾年齊。紙不婺州贐, 橐非越國携。應思樓上夜, 萬里日凄凄。【郵發怱怱, 不能多言, 時卽天寒, 唯期客程健在耳。】

○ 菊溪有留別詩因謝預贈贐乃和其韻 退省

挹袂逢迎興未佳, 雲箋萬里送高齋。淸風明月悠悠意, 盃酒終難與子偕。【 行人急發, 姑此云爾。】

# 韓客筆語

問【祭酒大學頭、快堂 七三郎、退省 百助。】

答【正使、副使、學士。】

【正使】“貴大君恩命鄭重，水陸平安，各處厚款，不勝感佩。抑且行文書，命對州太守，不許趲舟臨險，只許趁順風走，故一路無恙，深荷洪德耳。”

【祭酒】“特命各國，使舟車安穩耳。多依舊規，或其有小異乎?”

【正使】“吾國旣聞，公之學才，無不人人知之。自父祖以來世業，所以感嘆，今始見二息，詩律秀逸，不勝驚嘆，實一家之學才，可羨可羨。”

【祭酒】“獲承赧愧。”

【正使】“公一家文章，吾邦稱誦之，以納官庫，不混他作。”

【祭酒】“幸甚，不知所謝。”

【正使】“未上國書，故有所忌憚，不敢造次奉和高韻，謁上之後，必當屢會耳。”

【祭酒】“拙什只述下情而已。若有閑暇賜瓊和，何幸加之?”

【正使】“今番辱蒙差執政爲使，雀躍不已。”

【祭酒】“珍重。”

【學士】“僕在朝鮮時，已聞公等三員大名，正欲求見，豈料反蒙尋訪? 感激無涯。且我三書記中，有成進士者，乃壬戌歲學士成翠虛之姪也。因常話及于公，而彼亦欲相見必容，異日令彼識荊公等也。”

【祭酒】“所示楡揚浮實，追感往事而已。”

【成進士】“曾見壬戌唱和草，有鷄峯十一歲時所作詩，鷄峯今安在?”

【祭酒】“登時鷄峯十三歲，余携之于客館，與成、李、洪三學士酬唱，滿座皆以十三王勃稱之，成學士加驚嘆。不幾鷄峯歸泉，今思往事，筆與淚俱落，不能爲答。”

【祭酒】“昨國書進呈，禮典無闕，各各威儀周旋，悉中規矩。觀者僉曰：‘使乎!’彌知兩國信義之厚，交際無渝。珍重至祝。”

【副使】“俺等水陸六十有餘里，無事跋涉，實由貴大君光庇之德，居常銘佩矣。昨日又荷大君接待之隆異，益可見善隣敦好之至，意使臣擧有榮耀，不勝感幸，而可以歸詑弊邦。此後所祈，只在於無弊奉得回答國書，以竣使事。今蒙枉顧，過加稱道，還切感愧。

【祭酒】“癸未歲，通信使來聘，僕祖袖畫幅，乞讚詞。今追舊例，近頃携來畫幅，若賜讚語，永爲家珍而已。”

【副使】“自顧不才，何敢踵武於前輩之盛作，而第玆勤托，有難虛孤。竣事後，謹當不計蕪拙，奉副盛意焉。”

【快堂】“昨日和我同庚詩之佳作傳達，多幸多幸。今日所寄之長律，相達否?”

【學士】“足下於長律，工緻精華，似得唐人天寶以前，而皇明數君子，若邊、何、高、徐輩，朗藻之習，又闌入二三，何音之爽而色之粲也? 如僕不過咀嚼塵腐，以塡飢肚，草草開口，臭汚滿鼻，豈敢倚『白雪』而和之? 仰累郢人之聽，所以不欲强顔，而若曰：‘牧萸江花，皆有不可度者。’則請以閑日，少效捧心。”

【學士】“俄者奉惠律，鉅麗精工，琳琅溢目，感拜千萬。胸中所欲陳者，言不能通，奈何奈何?”

【學士】“偶以雕篆，辱長者眄睞，中以寵和，恩眷備至。今日海東之遊，眞所謂左挹洪厓，右拍浮丘，作平生第一奇遇耳。惠韻已令三書記奉讀，方且倚和，不佞方有公幹，俟少閑，當有若干言表忱。”

【學士】“筆花青蒼，賜誨深至，奉讀神揚，不勝雀躍，承審甲算，已洎于玆，而文字酬復，尙有青雲色，南極老人，必與文星會矣。一當神交，可謂千載奇緣，艷歎何已？壬戌之事旣遠矣。辛卯來人如東郭，亦已作九泉人。今日不僕獲忝斯會，而文墨從遊，百不能一如人，徒以區區科甲，謬被狂聲在世間，黽俛至此，何敢與前來數君子，並抗騷壇之好耶？慚赧赧。

【學士示退省。】“前惠長律，日夜吟誦，豈敢少稽瓜赧？而近來公私遑擾，日以叢積，實無染翰之隙。容俟暫閑，仰呈爲計。幸無獲罪，於侍者大願。”

【張應斗、姜栢示快堂。】“昨拜和章，詞意俱到，旣極感佩。今又枉顧，欣聳之忱，如何如何？欲和惠篇，而連値客擾，未果遂意。當俟間隙，酬呈伏計耳。”

【學士問。】“朝奉一律，以塵下風，想未及電覽耳。素無詩文可觀者，謬以文字之任到此，致有貴邦諸君子不鄙，而求詩文甚多，慙愧何言？至於筆法，尤爲萬不近似，以此成字，豈敢承寫進之命乎？乞留盛念。”

【退省答。】“足下以製述之事爲任，芳聲甚矣，何以臨池之技而待之乎？且聞今朝被惠詩律，予有事夙出，歸則領之。”

【退省問。】“足下行旅之間，有幾多詩乎否？”

【學士答。】“在。”

【退省問。】“有中秋詩乎？”

【學士答。】“中秋月在海中地島，以風雨不見月爲恨。其夜舟驚客蟄，無意吟咏，只有成嘯軒諸君 與可竹和尙，共和不見月之詩。”

【退省問。】“有重陽詩乎？”

【學士答。】“有與人酬唱之作，而茫茫不記。”

【退省問。】“予見足下詩律，有似得唐人之風，而見三進士之詩，則多似有宋人之風。曰唐曰宋，風韻大異哉！貴國以詩科擧，風之所向，何其不一如何？”

【學士答。】“蒙訪詩音不同一段，我國家以詩設科，而無條式定限，任其唐、宋，而但取工拙，是以風調不同，各有所師。若不佞，實未敢曰唐曰宋，只以吹竽之濫，謬膺公選，至於隨使者遠來，其强顔冒慙，與貴邦諸君子，相唱酬者，百無一當，意求爲下里之陋，而亦不可得，何敢與聞於唐人之風乎？此則恐爲盛鑑之累，而僕之不堪承者，慚赧奉答。”

【快堂】“足下及第，燦然于華刺中，掌試人者，何等姓名？詩者何題乎？賦者何題乎？貴國及第之儀，辛卯之歲，李東郭詳告之，今勿勞告諭。”

【學士答。】“乙酉榜進士二等十八人，詩題‘明日訪荷篠’，癸巳榜及第一等第一人，賦題‘作誥釋湯慙’，掌試趙泰耉，今爲判書。”

【快堂問。】“足下及第，賦題者可長而難記，詩題者若記，則書以示之。”

【學士答。】“詩以七言數十句，賦則近四十句。倉卒之間，似難記得以寫，若可從容思念，則或得仰副盛敎，而此亦未可必，容俟閑隙。”

【快堂】“吾聞貴國有文武科，而文者易中，武者難中，今果然乎？”

【學士答。】“文以才得中，武以力得中，此兩者難易則可言，而若論得科之難易，則爲文之士，白首矻矻，其能及第者，千百中一人，操弓而至於高藝，不能登科者，百中一人，所以文臣常少，而武官則多，有不得祿者。”

【快堂問。】“貴國人參，出于何山？願聞其山名。”

【學士答。】“此非一山之出，而但西北多産，東南則鮮少，山名不可論。”

【快堂問。】“俗云，虎者牡，豹者牝，眞果然乎？蓋虎者大猛，而不可近也。貴國施何計拿之乎？”

【學士答。】“虎有牡牝，豹有牡牝，其文旣有虎豹之異。自是兩種，捕得之方，或以網罟，或以檻穽，亦有持弓矢劍槍，而直前搏之者，西北人悍勇，故有此事。”

【快堂問。】“貴國必有二仲之尊耶？國王亦拜禮之乎？”

【學士答。】“二月八日上丁日，行釋奠祭於文宣王廟上，行四拜禮，不親祭，則遣重臣致代禮。禮儀之盛，皆遵古昔，不可盡記。”

【快堂問。】“嘗聞貴國，鷹鳥大銳，而諸國之鷹，皆不如之也，果如此乎？貴國官人，皆愛使鷹乎？”

【學士答。】“諸國之鷹未得見，優劣則不可論，而大抵我國鷹，有名於中州云。官人士大夫，亦有愛鷹而使之者。”

【快堂問。】“貴國良冶多乎？今回見武官輩所佩之刀，其粧法與吾國刀較同，必都銛耶？”

【學士答。】“良冶則吾未之見，亦未之論，而但聞鐵劍之工，不及他國，只取完厚云。”

【快堂問。】“貴國亦以鶴鴈，款待賓客乎？”

【學士答。】“鶴雁之禮，無有所用，婚娶者奠雁之外，別無見聞。”

【快堂問。】“貴國衣冠，依中國何代之式乎？”

【學士答。】“幅巾深衣大帶，及諸般所用，或三代、或漢·唐·宋，不可的言某世，而大抵朝野通行，則近倣於皇明制度。”

【快堂問。】“貴國醫生，亦有高手者耶？願聞本代良醫姓名。”

【學士答。】“此則不可盡記，而近世有名陽平君 許浚爲最，其人纂集諸書，以爲『東醫寶鑑』行于世。”

【快堂問。】“貴國民屋，大抵率蓋瓦乎？鄕村人家，都是蓋第乎？”

【學士答。】“都邑之人，大抵盖瓦，鄕村亦多瓦屋，而隨其財力而爲之，非有定式。海西一路，則民多瓦屋，其地第蓋甚難，故居民隨力辨瓦故也。”

【快堂問。】“貴國禽獸形狀，與吾邦相同乎？或有異者乎？

【學士答。】“我國山林，多險塞深邃，故禽獸最繁。西北二路，則熊、羆、虎、豹亦甚多，其形狀則今不可指點，而貴國禽獸，旣未盡見，則何可論其同異？

【快堂問。】“貴國馬釘蹄者何哉？”

【學士答。】“馬蹄易傷，傷蹄則不可行，結草爲屨，何以支堪？亦何完久？唯以鐵釘，著之爲良。”

【快堂問。】“貴國寺院多，而國人歸依佛法乎？”

【學士答。】“高麗崇佛，我朝斥佛，寺院之多，猶有舊習，而其僧皆有官役，爲士者絶不齒論僧輩。或有讀經者，只能做佛，不可作士夫。”

【快堂問。】“貴國山川之秀麗，必非凡也。願聞詳細。”

【學士答。】“長白山，一名白頭山，是爲祖龍。論爽塏仙境，則必曰金剛山，一名開骨山，在江原道，奇不可盡言。平安道之妙香山、忠淸道之俗離山、全羅道之智異山，皆以高深秀麗見稱。”

【快堂問。】“貴國花卉必多矣。其中以何爲佳種乎？”

【學士答。】“花卉則別無可稱，又無奇怪之産，唯以蓮菊等物爲好。”

【快堂問。】“貴國除人參之外，別有何藥出耶？”

【學士答。】“藥材亦不多，人參之外，所出藥種，不如唐材之美。”

【快堂問。】“貴國馬上才，果然善騎，公營武士，皆能如是乎？若騎吾邦馬，恐不能如志耶？”

【學士答。】“營武士善藝者，皆能若是，而貴邦馬，吾未知之何？然以我國人騎射者，調習之，則何爲不如意？”

【영인자료】

# 朝鮮人對詩集 一

朝鮮人對詩集 一 / 380

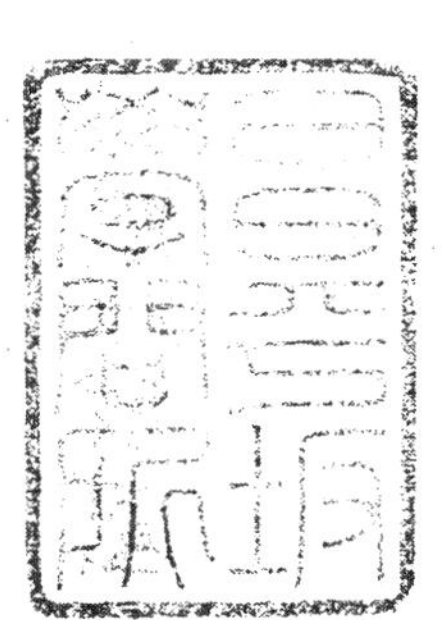

騎吾邦馬恐不能如志耶

營武士善藝者皆能若是而貴邦馬吾未知如

何然以我國人騎射者調習之則何爲不如意

安道之妙香山忠清道之俗離山全羅道之智異山皆以高深秀麗見稱。

快堂問 貴國花卉必多矣其中以何為佳種乎。

答 花卉則別無可稱又無奇怪之産唯以蓮菊等物為好。

快堂問 貴國除人參之外別有何藥出耶。

答 藥材亦不多人參之外所出藥種不如唐材之效

快堂問 貴國馬上才果然善騎公營武士皆能如是乎若

亦何完久唯以鐵釘著之為良

貴國寺院多而國人歸依佛法乎

高麗崇佛我朝斥佛寺院之多猶有舊習而其僧
皆有官役為士者絶不齒論僧輩或有讀經者
只能做佛不可作士夫

貴國山川之秀麗必非凡世願聞詳細

長白山一名白頭山是為祖龍論爽塏仙境則必
曰金剛山一名開骨山在江原道奇不可盡言乎

而為之非有定式海西一路則民多瓦屋其地第蓋甚難故居民隨力辨瓦故也

快堂問

貴國禽獸形狀與吾邦相同乎或有異者乎

学士答

我國山林多險塞深邃故禽獸最繁西北二路則熊羆虎豹亦甚多其形狀則今不可指點而貴國禽獸既未盡見則何可論其同異

快堂問

貴國馬釘蹄者何哉

学士答

馬蹄易傷傷蹄則不可行結草為屨何以支堪

否可的言某甚而大抵朝野通行則近倣於皇明
制度
悅堂 貴國醫生亦有高手者耶願聞本代良醫姓名
学士答 此則不可盡記而近世有名陽平君許俊爲最其
人纂集諸書以爲東醫寶鑑行于世
悅堂 貴國民屋大抵率蓋瓦乎鄉村人家都是蓋茅
乎
学士 都邑之人大抵盖瓦鄉村亦多瓦屋而隨其財力

快堂問 貴國良治多乎今回見武官輩所佩之刀其粧法與吾國刀較同必都銘耶

学士答 良治則吾末之見亦未之論而但聞鐵劍之工不及他國只取完厚云

快堂問 貴國亦以鶴鴈歟待賓客乎

学士答 鶴雁之禮無有所用婚娶者奠雁之外別無見聞

快堂問 貴國衣冠依中國何代之式乎

学士答 幅巾深衣大帶及諸般所用或三代或漢唐宋

根豊曰 貴國必有二仲之尊耶國王亦拜禮之乎

学士云 二月八月上下日行釋奠祭於文宣王廟上行四拜禮不親祭則遣重臣致代禮禮儀之盛皆遵古昔不可盡記

根豊問 嘗聞貴國鷹鳥大鋭而諸國之鷹皆不如之也果如此乎貴國官人皆愛使鷹乎

学士云 諸國之鷹未得見優劣則不可論而大抵我國鷹有名於中州云官人士大夫亦有愛鷹而使之者

快堂問 貴國人參出于何山願聞其山名。

學士答 此非一山之出而但西北多產東南則鮮少山名不可論。

快堂問 俗云虎者牡豹者牝真果然乎。蓋虎者大猛而不可近也。貴國施何討拿之乎。

學士答 虎有牡牝豹有牡牝其文既有虎豹之異自是兩種捕得之方或以網罟或以檻穽亦有持弓矢劍搶而直前搏之者西北人悍勇故有此事。

亦未可以容俟閑際。

悵三 吾聞貴國有文武科而文者易中武者難中今果然乎

学士 文以才得中武以力得中此兩者難易則可言而若論得科之難易則為文之士白首矻矻其能及第者千百中一人操弓而至於高藝不能登科者百中一人所以文臣常少而武官則多有不得祿者。

学士答

李東郭詳告之今勿勞告諭

乙酉榜進士二等十八人、 詩題明日訪荷篠

癸巳 榜及第一等第一人、 賦題作誥釋湯慙

掌試趙泰耉今爲判書

快堂問

足下及第賦題者可長而難記詩題者若記則書

以示之

学士答

詩以七言數十句賦則近四十句倉卒之間似難記

得以寫若可從容思念則或得仰副 盛教而此

工拙是以風調不同各有所師若 不佞 賓未敢曰
唐曰宋只以吹竽之濫謬膺公選至於隨使者遠
來其強顏冒慙與
貴邦諸君子相唱詶者百無一當意求為下里之
陋而亦不可得何敢與聞於唐人之風乎此則恐
為盛鑑之累而 僕 之不堪羨者慚赧奉答
足下及第燦然于華剌中掌試人者何等姓名詩
者何題乎賦者何題乎貴國及第之儀辛卯之歲

共和不見月之詩。

退省曰 有重陽詩乎。

学士答 有與人酬唱之作而茫々不記。

退省曰 予見足下詩律有似得唐人之風而見三進士之詩則多似有宋人之風。曰唐曰宋風韵大異哉。貴國以詩科擧民之所向何其不一如何。

学士答 蒙訪詩音不同一段我國家以詩設科而無條式定限任其唐宋而但取

足下以製述之事為伝芳聲甚矣何以臨池之技
而待之乎且聞今朝被恵詩律予有事夙出帰
則領之。

退石問
足下行旅之間有幾多詩乎否、

学士答
在。

退石問
有中秋詩乎。

学士答
中秋之月在海中地島以風雨不見月為恨其夜舟
驚客蟄無意吟咏只有戌嘯軒諸君與可竹和尚

和章詞意俱到既極感佩今又枉顧欣聳之忱

如何〻〻欲和

惠篇而連值客擾未果遂意 當俟間隙酬呈

伏計耳。

朝奉一律以塵下風想未及電覽耳素無詩文可

觀者謬以文字之任到此致有貴邦諸君子不鄙

而求詩文甚多慚愧何言至於筆法尤為萬不近

從以此成字豈敢兼寫進之 命乎乞留盛念

何已壬戌之事既遠矣辛卯来人如東郭亦已作
九泉人今日不僕獲忝斯會而文墨從遊百不能
一如人徒以區々科甲謬被狂聲在世間罷俛至
此何敢與前来數君子並抗騷壇之好耶慚赧々
前惠長律日夜吟誦豈敢少替瓜赧而近来公
私遑擾日以叢積實無染翰之隙容俟暫閑仰
呈為計幸無獲罪於　侍者太願
昨拜

学士
所欲陳者言不能通奈何

僞以雕篆辱　長者聘睞申以寵和恩眷備至今

日海東之遊真所謂左挹洪厓右拍浮丘作平生

第一奇遇耳　憲韻已令三書記奉讀方且倚和

不佞方有公幹俟少閑當有若干言表忱

学士
筆花青蒼　賜誨深至奉讀神揚不勝雀躍兼審

甲筭已洎千茲而文字酬復尚有青雲色南極老

人必與文星會矣一當神交可謂千載奇緣艷歎

寄之長律稍達否

学士 足下於長律之緻精華似得唐人天寶以前而星明數君子若邊何高徐韋朗藻之習文闌入二三何音之爽而色之槩也如僕不過咀嚼塵腐以塡飢肚草草開口臭汚滿㬵豈敢倚白雪而和之仰累郢人之聽所以不欲强顔而若曰牧萬江花皆有不可度者則請以閑月少效捧心

学士 俄者奉惠律鉅麗精工琳琅溢目感幷千萬胷中

回答國書以竣使事今蒙

枉顧過加稱道還切感愧

癸亥
癸未歲通信使來聘僕祖袖畫幅〻讚詞今追舊

例近頃携來畫幅若賜讚語永為家珍而已

副使
自顧不才何敢踵武於前輩之盛作而第茲

勤托有難虛孤竣事後謹當不計蕪拙奉副

盛意焉

快堂
昨日和我同庚詩之佳作傳達多幸〻〻今日所

至祝
副使
俺等水陸六十有餘里無事跋
涉宗由
貴大君光庇之德居常銘佩矣昨日
又荷
大君接待之隆異益可見善隣敦好之 至意使臣
輩有栄耀不勝感幸而可以帰詑弊邦此後所祈
只在於無斃奉得

成進士

曾見壬戌唱和草有鷄峯十一歲時所作詩 鷄
峯今安在

祭酒

登時鷄峯十三歲余携之于客舘與成李洪三學
士〻酬唱滿座皆以十三王勃稱之〻成學士加驚嘆
不幾〻鷄峯帰泉今思往事〻筆與淚俱落不能為答

祭酒

昨
國書進呈禮典無闕名〻威儀周旋悉中規矩觀
者僉曰使乎〻爾知両國信義之厚交際無渝珍重

拙什只述不情而已若有閑暇賜瓊和何幸加之
今番辱蒙差執政為使雀躍不已
僕在朝鮮時已聞 公等三員大名正欲求見豈
料反蒙尋訪感激無涯且我三書記中有成進士
者乃壬戌歲學士成翠虛之姪也因常話及千
公而彼亦欲相見必客異日令彼識荊 公等也
所示揄揚浮實追感往事而已

正使 吾國旣聞　公之學才無不人〻知之自父祖以來
世業所以感嘆今始見二息詩律秀逸不勝驚嘆
實一家之學才可羨

祭酒 獲兼赧愧

正使 公一家文章吾邦稱誦之以納官庫不混他作

祭酒 幸甚不知所謝

正使 未上國書故有所忌憚不敢造次奉和高韻謁
上之後必當屢會耳

韓客筆語

正使
貴大君恩命鄭重水陸平安各處厚欵不勝感佩柳且行

文書令對州太守不許趲舟臨險只許趁順風走故一路無恙深荷

洪德耳

(答)
特

命各國使舟車安穩耳多依舊規或其有小異乎

問

祭酒 大学頭

快堂 七三郎

退省 百助

答

正使

副使

學士

菊溪有留別詩因謝予贈牘乃和其韻

退省

把袂逢迎興未佳雲箋万里送高齋清風明月悠々意盃酒無難與子偕

行人急發姑此云爾

和張進士留別韻　快堂

君思我處我思君，今日離筵袂巨分，相遇既稀相別早，空期久契盡殷勤。

嘯軒和予送別詩兼謝贈帋次韻荅之　退省

君去風雲遠，依然望欲迷，莫遊斯日在，別恨幾年齊。紙不發州贐，橐非越國携，應思樓上夜，万里月淒々。

鄙発忽々不能多言，時昂天寒々，唯期客程健在耳。

受恩偏玉局應飛鳳金門却躍蟬萊域吹憂息
瀛洲屬輿專嗟君遊宇宙顧我滯山川博望太
平日靈槎憶彼騫

臨紙草々字無高低請宥恕之曰告臨行之日
憲一畫幅多謝々々。

和成進士留別韻　　快堂

曾識祖翁芝紫眉父兄酬唱逅筒時兩家休說
地相公好會與君如約期

過鯉魚何処傳白雲瞻別地碧水送離筵攄斂情
猶在弾冠氣且翩儼如隨帝子恍似逐神仙初喜
到来袂終悲帰去舡歌操清響散燭燼彩光圍遶
道魂還杳異鄉恨正綿徘徊斟北海惆悵指西天蕪
李言相贈張高夢欲牽悠〻今世會晤〻後時緣
趙府能完璧武城空奏弦自慚饒氏筆爭比祖生
鞭唯對新圖畫更看大筆篇懷人為永好托友淂
真詮栢樹島邉色楊花渡口烔容斯于役久官跡

青泉申君惠和二十韻益以十韻嗚呼一別以來悵而千秋瞻望佇立風馬牛不及也再次其韻奉旅亭下　退省

羲和千萬里逢遇豈徒然使節問良月聘儀識瑞年軒車侵霧轉旌旆向風懸文獻稍堪見英雄實所躔周旋斯預事嘆息各稱賢邦內觀齊樂館中加晉籩声萃亡藉甚才業不常負昂是學窮術況其詞檀權執交蘭簿上論志桂樽前鴻雁幾秋

庚心術合殊域夢魂隨登祝黄榜皓首接紫芝孔
懷友兄第交義辨公私覊旅燠涼過談餘漏刻移
金鞍爰以發卮酒洰麀碎魯野駟〻馬郇郊子〻
旗手麾紅日暮目擊碧雲姿祖道別情苦陽關
墮淚滋疊歌送元二拙技耻王維館柳行還去折
梅傳所思嶺南膽鴨水華北指龍池獨秀先超
類雄才或守雌告歸陪玉駕奉命步丹墀擇邑逢
栄選舉家感惠茲壯遊窮大觀顧視海東湄

追慕漢官儀節旄夾路馳朝廷各推薦驛堠互
扶持千里莫言遠兩邦堪措宜風光從處異景象
與君則邑價江山重譽名草木知折吟猶未了回
首更無遺夙夜歷川陸居諸計干支琶湖撻健筆
冨雪入新詞樓覽信雖美鄉望眼豈離昂低繡帆
邑多少錦囊詩高操人中鶴豪英天上騏騷盟忘
不得文會盛於斯濂脉本通洛唐賢何間隋巫峯
猿叫後湘岸雁來時和箇五言句摘吾數品髭同

素懷臨別惓々寄惠手書吐露中情凡別離人所
重也黯然銷魂者丈夫之致也潸然出涕者児女
之仁也在昔文節與子高別也抗手而行范冉與
王奐別也拂衣而去不以分散而繫情者也然比絶
域遼遠再會無期則異日之談也古律二和兩闋
鮮顯不勝感佩謝詞無措情長筆短姑此不備
朝鮮国学士青泉申公和我十五韻詩倍之以
為三十韻寄之乃疊步其韻　快堂

妙詠千年圓嶠雪十月浪華烟别恨君知否覊愁
我得偏不才同跛鼈微響等哀蟬謬獻長楊賦枉
慙小草銜官仍膠桂在名亦濫竽專明日浮溟海
今冬戾澲川但誇隣好永雲路各騰騫

答青泉申學士書　　整宇

今玆秋冬之交朝鮮國三官使來聘於我國公務
之餘携二子而遺逢製述官青泉申學士觴詠連
席殆修忘形耐久之好未幾臥病而情未尽頗失

草筆為權、鴻雁雲霄外羔羊雨露前栄名千卷渇
華閥五更傳鱗域带王使鼇山澂客筵落霞光燦
燦〻垂带影翩〻彩服隨蓂奇羊姿似畫仙文機淡
漢石、采藥問秦船歌就青尊溢詩成白璧圓牧蒉
誠可寓巴曲興逾縣自喜相逢地能通别有天風
塵雙袖拂雲海一帆牽浩桂酬新雅倫挑感宿緣
秋星動劍匣寒月繞琴絃此路應留鳥得歸懶举
鞭中流越人操西圃穆王篇去〻皆仙跡蒞〻即

雌穩放青冥掉。歸登白玉墀。詩書天祿冨。歌頌主
恩慈。秪有懷君夢。東尋浴日湄

退省林公惠贈我二十韻。病未即和。又薄辞歸。因

益以十韻。兼叙別懷　　青泉

海上金銀闕。仙都氣欝然。鶴天浮瑞日。龍雨挹新
年。壽唱南山並。歡歌北斗懸。有人當王署。爲客在
奎躔。常杜家傳学。班袁世著賢。寵光宸陛笏。康色
泮宮籩。蓮炬霄歸直。藜燈早備員。連枝花有棣。視

家聲赫在斯筆峯搖泰華洞格陋陳階顧我生殊域逢君得並時問年齊壯鬢吟月共掀髭北斗神光合西山爽氣隨觴分盃底菊香挹室中芝自幸神仙會偏蒙繾綣私好緣那可忘佳景忽云移把袂重回顧揮鞭且告辭浮雲在遠樹落日映高旗渺々烟霞色依〻璧瑠姿病因羈旅得愁去畱滋野鹿停酣燕觴駒莫繫維萍浮憐未契瓜報寄相思世外無烽火樽前有墨池海山琴燥濕風雨劍雄

快堂林公贈我十五韵因述别懷增至三十韻
青泉

皇華古賓儀，四牡閑且馳。詩草歡相見，仙茶喜共持。自天鳴佩迥，隨地鼓琴宜。邂逅星還聚，提携日每朝。隰桑傳舊曲，山桂贈新知。宿債攸堪償，高風荷不遺。五雲隨絳節，雙燭映金支。解道昇平像，恭傳聖德凋。御筵花點綴，綺幄錦披離。湛露分爲酒，明河與作詩。掌綸毛似鳳，登踣骨稱騏。國器煌如彼，

致意耳詩云乎哉

世々隣交厚、海東掛錦帆、流光荏苒過、不覺換裘衫、寳曆紀壬戌、使星照陵巖、同行多少輩、道德一齊咸中有成製述、唱酬通竹函、金聲語句妙、格律出塵凡、藝苑学苗秀、載鋤而載芟、斯人今已没、遺愛種芻杉、點検舊詩巻、悵然與涙緘、姪賢追軌轍、記昔表精誠、既飽醺々醉、賔筵立史監、夙緣天所借、勿恨歴崖巉

条暉照執袂別思浦雲迷山海路何極燕鴻飛不
齊曷堪攣樹戀猶喜楮生攜欲折芳華報汀洲白
露凄。

賡載成進士詩　　鼇宇

惟昔壬戌之歲製述官成翠虛東遊與我盡簪
于鴻臚館交情親睦今茲其家姪成進士從三
官使而勤書記晤語贈酬皆及往事天倫哀情
可以感嘆臨別又載古律言其志因和清韻以

所可形容只祈道體對時增祉不備

呈龍洞林公奉別　嘯軒

猥向高门識白眉寸心相照對床時天涯遽作参
商別萍水重逢未有期

奉次龍洞韻謝溪藤贐行

年来久絶楮生交硯閣蟾蜍筆退蛟忽有白雲盈
返褱海山風月任評嘲

和韵奉呈林退省叙別　嘯軒

謹次鳳岡韻　嘯軒

两世登龍事已奇可堪涯角遠相離應知去後虛
堂夢夜〻東来杖屨隨

一曲驪駒夜色深天涯去住各傷心孤舟鮮纜滄
溟濶萬里無緣舊會尋

昨奉下惠瓊章滿紙縷〻莫非懇嫪之意
銘感曷已况寶箑雲孫出於贐行之誼尤切
僕將啟行無緣更瞻芝宇懇德之忱非尖奴

謹呈大學士鳳岡林公告別 五排十二韻 嘯軒

壬戌幾經歳桑溟又客帆舊蹤迷碧蘚感淚湿青
衫尚喜仁人壽能齊富士巖還推縞帶誼更及竹
林咸旅館頻回聘清詩幾送函居然驚聚散已是
隔仙凡戀意波同浩離愁草不芟湿雲低島嶼踈
雨韻松杉月簾慇勤贈溪藤鄭重緘贐行元厚
眷銘感但微諴福必川流至神應碩德監天邊他
夜夢長到鳳岡巉

百朋共錫暬首鉛謝雖竭滄浪而供墨劉富山而
爲筆何足伸此意適以采薪故數日不離枕意謂
當待更奉而涔〻至今薄此行日悵望山斗實無
一言半辭以謝塲駒之思待病良已可於路中草
成訖魚鳥而達之也萬個耿想言之不盡只惟茂
髮許謨爲時保愛僦侍足下情旣結矣亦復怏〻
負〻若在而忘之域今雖恨奈何俄奉二長律仰
訓宿債其未盡者請以鄙便强疾力書不備

緘日輙想夫公用意勤勤

奉呈退省齋詞案以申鄙懷　菊溪

濃州有紙只殊佳相贈殷勤自省齋且喜瓊篇成一軸西帰好與客装偕

奉復林祭酒鳳岡梧下　青泉

不佞遂萬里告别矣悠々此生决不可復承顔色只恨今會之太忩々矣日執事者繾綣維縶至再三繼而有華牋盡箑損餉賸儀申以寵和與餞章

慰寥々

謹呈大學士整宇林公靜几以謝惠紙盛意惠

申惜別之忱。 菊溪

多荷明公眷意弘。頒教行橐彩輝增。二篇瓊律齊

雙璧。廿東雲牋當百朋。開篋定勞思玉樹。把毫寧

患乏溪藤。明朝一別參商隔。可恨龍門不再登。

奉呈快堂詩榻略申鄙悰 菊溪

知我行囊乏楮君。濃州美品許相分。持歸故國披

人生跡似踏泥鴻一別雲天渺海東故國若逢経
術士為言江戸有王通

奉和翼齊林講官惠韵　耕牧子

床頭詩草曉来収千里帰程向漢州會待春風鴻
雁北須将一札問同遊

和退省林講官惠韵　耕牧子

征馬蕭〻發勞歌郷音碧霞暮山隨雁没残郭背
人遥客路連千里離亭集衆僚相思詩草在旅館

奉和鳳岡林祭酒惠韻　耕牧子

耆年與宿德、一見我知之、立脚尋安宅、存誠立
仞旗、鳳聞東郭語、多見翠虚詩、萬里還鄉日依
然最鶴姿、

歸王浦搖雲影金山收夕霏却思明月夢早向故
園飛

奉和鳳岡林祭酒惠韻　耕牧子

眷年與宿德、一見我知之。立脚尋安宅。存誠立
仞巔、風聞東郭語、多見翠虛詩、萬里還鄉日、依
然最鶴姿、

帰玉浦搖雲影金山収夕霏却思明月夢早向故
園飛

奉和鳳岡林祭酒恵韻　耕牧子

昔年與宿徳、一見我知之、立脚尋安宅、存誠立仞顛、夙聞東郭語、多見翠虚詩、萬里還郷日、依然最鶴姿、

帰玉浦揺雲影金山收夕霏却思明月夢早向故園飛

送客車遵大路仙舄入群寮送別江城外柳條一
寂寥

送成書記　退省

望鄉心不已回軫路何迷雲日千帆過霜風萬馬
齊寶刀寧自許瓊翰且相携举目黃山色蕭條雨
雪凄

送張書記　退省

西路三千里霜天夜攬衣征帆瞻弗及落木送將

此歸應疾鵬翼風中日月流寶管吹徹萬波息
漢陽城上五雲留聖代功名終赫奕兩邦聲譽誰
是儔慚我傾蓋得妙契縞紵難奈意綢繆離歌一
曲人不見鴻雁遥遥百年秋君不聞桑孤蓬矢男
兒事四方素志竟何收又不聞專對高才使者業
夙夜努力慎前修

送善書記　　退省

君今千里志意氣在雲霄山向京城遠海當漢水

見白衣來悄然徙倚闌干曲宿鳥歸林暝色催

送申學士　　退省

大同江水千古色翕淪靡迤萬里流倬彼銀河長
天掛西風一夜東海頭方今手控虹霓去飄如八
極作神遊旌旗颭悠何處所望中煙氣遠丹丘朝
聘由來最盛事衣冠玉帛仰嘉謀君復撐汜堪戡
賦彩筆縱橫更不休白露忽拂琅玕樹蒼靄歘滿
珊瑚鉤回首關山無限路客心久登王粲樓布帆從

此歸應疾鵬翼風中日月流寶管吹徹萬波息
濮陽城上五雲留聖代功名終赫奕兩邦聲譽誰
是儔慚我傾蓋得妙契縞紵難奈意綢繆離歌一
曲人不見鴻雁遥遥百年秋君不聞桑孤蓬矢男
兒事四方素志竟何收又不聞專對高才使者業
夙夜努力慎前修

送姜書記　　退省

君今千里志意氣在雲霄山向京城遠海當漢水

留館之間、事坐蕪忽
閒陪語笑、更請諒之。

嘯軒成君惠示一律、乃和　退省

萬里遠遊客、有才無不之。中流寧聲楫、上路此
隨旗。明月生新曲、清風滿舊詩。通家交契在、偏
喜見英姿。

滯淹數日、不能頻會。是以為憾

席上見大坂九日和杜詩韻、因有和

青泉申君惠示一律遂和其韵　退省
萍水忽相遇何年復同之山川停旅服原濕動帰
旗長別一樽酒多情幾首詩举頭明月夕恍見美
人姿

別奉一詩　退省
一自驅馳出上京征軺万里動英名金鼇雲起水
中色玉鳳風廻天外聲應識申公徵曽郎不妨嚴
助厭兼明飄然湖海神仙侶此會相看意且傾

詩壇筆戰勞難收見說文章照白州千里異鄉相
別後勸君勿忘此清遊

絶句一章送別成進士　快堂

別早爭修耐久交墨痕奮起地中蛟歸囊若載吾
詩句千里心情作解嘲

絶句一章送別張進士　快堂

江西通信入江東文物典章萬古同兩地長修善
隣睦相逢何說馬牛風

多情不盡語云々夢寐分明屢見君彩筆無塵永爲
好々清樽有酒細論文龍章曉發三山路鳳節風高
八道雲臨別悵然憂喜半定知歸國立功勳

別情無歩文呈一律以要和共来

偶爲遠遊客々文飲詠觴俱健筆倒三峽宏才呑五
湖禮儀唐制度教化漢規模知是一時選聘交味
道腴

絕句一章々送別姜進士　　快堂

聲不啻八斗七步之才言泉流於唇齒入詞則琅
々乎鳴金石筆鋒驚彼鬼神連字則璨々然飛珠
玉忽憶今日勝於昨日爰覺新知勝于舊知其来
世凌川江海氣象其去也認月露風雲形狀
官命難默 使槎將發君亦隨行我獨憂鬱難
留旣脂之車臨別路而瞻望欲綰曰歸之袂抽心緒
而紛擾速裝已迫不能詳說唯期丹情之至願
不離於夢想聊贈蕪詩以述鄙懷

盈席篤愛長追行處尋

送別張進士　　　　　　　　　鼇宇

別後信音難再聞韋衣駐馬語旣勤客中莫道無知己草木山河悉識君

送別朝鮮國学士著作申公 并序　　鼇宇

幸會識荆剡之幾而下待徐孺之榻手采馳譽渇塵絶跡自非德隣不孤何得希世奇遇騷壇逸興文囿清遊裁章哦句卷椽呑渠頓起一唱三嘆之

江上一去東西空自流

送別姜進士　　　　　　　　　鰲宇

冥々雲路送飛鴻君向西方我在東欲許衷情言
不得別来音信若為通

送別成進士　　　　　　　　　鰲宇

鵬摶雄氣現神奇豹隱含情嘆別離寄恨雲間天
上月君邊處々不相隨

雲浪茫々江水深淺於祖道送君心唱酬詩巻留

上問桃源追尋嵆阮一相遇千里心交約苐昆
隣交有德道知尊世々無渝子又孫仙駕踏雲氣
鶴背壯遊追跡鑾龍門朝儀憶着漢唐右学海行
窮伊洛源文飲何唯樂今日唱酬待卷附末昆

奉送申学士帰本國二首　整宇

神交如故翰林場班尹俠逢形已忘分手明朝陽
山岳短章難寫別懷長
海國縹茫天盡頭風雲深處棹歸舟送君腸斷寒

荅賓

其二

他鄉萍水會相遇識良因旣說通情舊何論見面新離筵無妙句絶代有佳珍永約隣交久歸来不顧賓

和菊溪張進士昕韻二首　　　　鼇宇

夙夜無忘使命尊公程豈恨别兒孫茲時經險青牛峽他月期榮金馬門鄰縣村閭分菊水武陵江

次嘯軒成進士和我郎罷之詩見示惠韻 快堂

嘉肴兼美酒賓館可笔之才氣廟中器風騷壇上旗車連牡騑害宴秩鹿鳴詩識滑稽輩裡操高雄鶻姿

笔字 平去二韻互用作平声

又次余前韻惠疊和二章以同 快堂

脂車途欲發双袂挹無因雲水故園遠江山望裡新栄旋輝畫錦佳句當牢珍梨別棗東交情戲

和成進士被示韻追感同家翠虛公會遇觧
詠之事
整宇

異方同志與時偕君是壯齡吾老骸今昔詩篇照
顏色屋梁殘月滿胸懷風雲改變幾多歲賓主升
降尺級階二世修交談往事詞毫含淚和尖叉
慚愧二疏金石偕官途猶未乞身骸建安才子詩
中傑元和主盟壯士懷籬菊折殘存晚節井梧飄
落滿庭階老衰多是忘前事羔袖凌寒手獨叉

奉次青泉學士見示韻　快堂

別後思君切淸顔夢見之日晴飛羽蓋風靜建龍旗檯起一尖筆和成五字詩鼇頭蓬嶋近異容悉仙姿

才霧豹文章炳霜蹄道路開龍鍾堪自愧搔首望
鄉臺
膝上王文度中書杜牧之講筵陳訓誥騷壘儼旌
旗山色青如眼松風韻入詩乘槎身已老依玉愧
亢姿 右用尊府
下示韻
和申學士辱示韻 整宇
詩篇何必費敲推編句錦章郁郁哉萬卷秘書胸
次大良才有術坐麟臺

簷門高幾許兩世幸相因隔海聞聲久聯床發笑新一經元舊業雙璧總奇珍禮貌叨虛左微才愧上賓

吾足蹈天際勝遊王事因胸臨桑海濶眼到士峯新玉鱠鯨魚隽金苞橘柚珍偏欣鄭重意數問遠来賓

奉和退省席上惠示韻　嘯軒

佳句有清韻鏘鏘鳴玉哀世家兼許詰詞苑謝陶

好賓
鴆杖行時二子偕翛然仙鶴瘦形骸留賓可掬歡
欣色撫迹偏深感悼懷而過晴雲生遠岫風鳴落
葉轉空階白頭受寧忝非忝自顧微才愧八乂再昨
雹幷迫切伏悵和章搆渴有日待奉袂面呈為料
矣其時忽迫未克奉進令殆付送郵筒耳行期漸
近可勝德宇
之懸餘不備

疊前韻奉呈快堂几下

嘯軒

鰈海山千里國雲樹一尊詩去々將何贈秋蘭有好姿

謹次整宇大学士林公韻　嘯軒

靈境近蓬嶋眞仙今見之溪藤鋪玉雪山茗煮槍旗愧乏銀鉤筆濫裳華袞詩彫襛眞可誦寶樹奇姿　楒

聞年仍見貌精悍勝乎人詩禮傳諸子圖書作四隣枕高仙嶋月帆穩暮江津門館皆桃李梁公本

自笑龍鍾甚煩蒙禮遇之墨池容我筆鋒疊堂
君旗古貌醇如酒新情淡在詩況看雙玉樹皆有棟

奉快堂　　　　青泉

退食尋東館羔羊五緎之興酬霞把袂談勝各張
旗古劍交輸意秋花與作詩文星耀南斗別後仰
容姿

奉退省　　　　青泉

場駒食苗藿歌以縶維之感于瑤池席留儂翠羽

梧右前篇則易其題目並奉高堂執事乞獲
恕留

海上驪珠筆下摧瓊萃千斛儘佳哉坡翁只禱登州市不見扶桑蜃作臺 誤書一本逮畀祝融氏毋令人調笑

奉和鳳岡公命韻
青泉

藜床伴玉劔鸞鵠共扶之仙佩通丹禁文場堅赤旗海雲濃作墨城月艷爲詩笑指蓬萊岫蒼々太古姿

柔爲周雅詠平均門巷淸無一點塵時向儐筵看
氣色雪梅標格鶴精神
慣識羅山學業尊善家今日見聞孫三朝舊老偏
兼寵東武諸生盡在門冨嶽千尋輸筆勢箱湖
百頃起詞源雙麟又有徐卿子争道餘麻裕後昆

快堂梧下　　　　　　　　青泉

日者辱惠臺字韻因　僕迂踈繆戾錯呈和章
遂成棄紙僕殊惶愧不敢文謹用一絶改上

傑筆太神速再如遇五之高才玄圃玉清節赤城
旗君嘆鱸蓴羨我吟奥藻詩豈唯松栢獨人有歲
寒姿

謹次憲贈二韻又以一律奉呈大學士鳳岡林公
梧下　菊溪

箕疇九五福夫子得兼之玉署常簪筆詞壇早建
旗無人堪比德有子亦能詩小藝蒙殊奬吾書愧
俗姿　夫子作此花

四牛筆力勁難推倚馬詩才亦美哉視草演綸家
世事三朝榮遇入蘭臺

奉和退省惠贈韻　菊溪

天涯濡滯客秋盡意堪哀戀土愁多病論文娓
不才德星今夕會覊抱暫時開一座無塵事渾
如上玉臺

小律帶謝運筆之妙寄青泉申学士兼示三書
記　整宇

謹次退省韻　　嘯軒

四十年前事，扶桑夜月哀，叨隨博望節，愧乏仲容才，德宇披雲覩，悲懷對酒開，依然瞻仙跡，共上白銀臺

嘯軒

奉次快堂韻

翰墨場中敲濫推，華筵今日勝遊哉，德星遠與奎星聚，奇瑞應煩太史臺

奉和快堂惠示韻　　菊溪

上臺

奉和快堂惠示韻　耕牧子

十年詩學費敲推七步成章亦妙哉父子三朝同
掌誥兼恩出入栢梁臺

奉和退省惠韻　耕牧子

邂逅青雲客長歌擊劍哀德星尚令宅詞賦子虛
才興逸詩壇築名高筆陣開書筵進講日冠佩上
蘭臺

札白鴈故園遠黃花異域閑無由風月夜携手
幾登臺

謹依快堂韻奉呈鳳岡先生　　青泉

高標遥挹玉山推野鶴昂昂亦異哉今夜天文應
瑞色海關將起聚星臺

和韻奉退省　　青泉

蕭條客窓外木落鴈声哀地自神仙窟人今鮑謝
才坐從詩草審襟以臭蘭開明月携殘興翔君好

和菊溪進士再疊韻　整宇

煙水雲巒處處均知君健筆掃風塵奇才不是人
間用咳唾明珠驚鬼神

寄申學士兼示三進士　快堂

璨璨筆花衆所推驚鸞聯翩勢雄哉相逢匪啻学
才美不識身登二妙臺

須奉青泉申君兼贈三書記　退省

千里江關畔畔各生庾信哀衣裳憐官寄賦筆見仙

善成張三進士早惠和章歡喜之餘畳和其韻
以奉寄　　快堂
情深交已淡別後復誰因離境相思久登樓逆興
新筆花檐下玉文草袖中珍莫厭覊愁切同知觀
國賓

和耕牧進士畳示韻　　甃宇
客身何必説歸期妙質雄才知者知前度来賓若
相問老衰不似昔年時

隣萍會揖詩袂藻章飛玉津相思涕如雨今作九
泉賓

兄弟子猶子同家同祖人籍咸遊世外湛濟起門
隣奉使膺專對抱誠指遠津宿緣君與我豈忘舊
時賓

國比中原國人如上古人鳫山雖隔地台嶽好成
隣壯節四方志使槎千里津丹心入仙境再遇紫
陽賓

擯賓

壬戌歳朝鮮製述官成翠虛與通信使東遊時
余藉若數回唱酬累篇兩情莫逆爲忘形交辛
卯冬官使来聘而遇東郭李学士問彼安否曰
今歳歸泉聞其言驚嘆擗而惘然今茲己亥其
姪成進士隨来屢談往事雙涙沾袂因和被示

原韻三首　　　　　　　　鼇宇

憶昔翠虛子成均館裡人龍門登甲第鼇嶋使节

上實

奉和快堂見示韻　嘯軒

南北路千里相逢知有因交情兩世舊時序小春

新嶽鳶鷲騰邦瑞珊瑚認海珍徽才倚馬濫作幕

中賓

奉次翼齋高韻　菊溪

一揖成良晤多生有宿因廣齋心獨古和靖語偏

新矯々人中鳳溫々席上珍風情殊鄙重數問沒

在身

再裁一律奉寄朝鮮國姜成張三進士　快堂

域異人雖異不忘前世因秦雲鳫書絶淮海蜃樓新公輔棟梁器良臣廊廟珍豈無翰墉會得遇此嘉賓

奉和林快堂學士韻　耕牧子

箕裘元世業經術豈無因梶市青雲動書筵粉黼新丹山生瑞羽滄海產奇珍敢頌門闌盛踈才愧

千里逢迎地唯公磊落人杯樽追北海沙竹賦西
隣白雪揚清響青雲满要津自慚槎上客叨作座
中賓

忽々三秋盡行々萬里人遠超鯨浪險幸接鳳岡
隣似入桃源路如登織女津扶桑還咫尺出日可
寅賓

見公眉宇上喜氣自津々蘭玉多新茁文章埒古
人超然離俗累恍爾接仙真世々兼殊寵銀黃綰

椐賓
伯父東来日交歡得幾人常言整宇德合作傾庵
隣靈樹猶春色仙槎又漢津登龍亦何幸跡似鴈
來賓
識荆真宿願蠡酌海無津德宇能容物醇醪鮮醉
人羡家推地望好客露天真庭玉皆殊價青雲已
致身

謹次國子祭酒鳳岡林公疊示韻　菊溪

隣養靜惟耽籍延齡且嘸津新詩代鐘鼓鄭重
更留賞
文章占地步學海啓迷津獨立霊光殿三朝經術
人桓榮稽古力王掾擬皮眞若問平生事詩書報
主身

謹次大學士鳳岡林公疊示韻　　嘯軒

月域無雙士騷壇第一人衆綸掌幾世聲價動殊
隣德重陽城館年高呂望津蓍亀元國瑞三迓月

寄菊塘　　退省

白雲回首水如天萬里長風竟悵然詞賦偏憐王
粲興樓頭落木夢魂懸

奉次退省惠韻　　菊塘

寒菊悲鴻海外天一場言咲共怡然應知未久還
成別千里相思片月懸

奉和林祭酒鳳岡韻　　耕牧子

論懽深々地談經白髮人聲名齊海嶽寵遇冠臣

满座春風和氣數，携來玉帛二昂俱，吾今願得龍眠手，描出荀家父子圖。

卒寄菊塘鄭軍官　快堂

處々江山處々新，天開圖畫妙傳神，詩思高入風雲上，身世飄然物外人。

奉次翼齋惠韻　菊塘

楓菊堂前秋色新，相逢詩語見精神，東遊已喜蓬山近，况復天涯得此人。

羈夢寂寥一水旅情綿驛接紅塵地館開白雪天折梅寧可寄篇籍草且相牽劒舄論奇篇盃盤說勝緣還如聞大雅三嘆在朱絃

相會之後風采可想聊將鄙詞此伸衷情

昂席示菊塘軍謝揮筆之贈　整宇

紙上分明字字數楷行精巧草書俱風雲龍虎辯奇正一筆橫成八陣圖

謹次鳳岡惠示韻

副司勇菊塘鄭後僑

邈矣神嵩岳風雲竟宛然物華惟萬古人傑自千
年麟窟祥煙起鳳山瑞月懸東方通道里南斗夾
星躔濟々申家子堂々韓國賢王朝替彼史宗廟
執其籩名重文郎省才宏学士員絲綸嘗屬務翰
墨已專權待制秘丘上賜恩清禁前張蘇唐代顯
班蔡漢官傳忽喜聘交事斯登禮會筵壯遊何索
落逸興更聯翩紫氣出關客蒼波浮海仙玉珂晨
秣馬錦纜夜留船祇役歲云暮望鄉月幾圓九秋

特重推任尤大論選地相宜華省獨居職史才人
所難傳陳今尚在盧蔡世皆知應奉系無絕崔駰
業有遺西清書可集東觀籍堪文陪講團茶賜賦
言雙欉詞執交猶未熟通語早將離藝苑暫方駕
雅筵屢逅詩雄師壇上虎逆氣水中騏筆跡傳千
歲文章照萬斯錦衣何貴蜀珠玉本生隋良會惜
其日好緣莫失時故鄉如見月為我撚吟髭

贈朝鮮國學士青泉申君　退省

隣蓬山元有路桑海更無津一代文章義龍驤墨妙賓
仙源何遠有問訊武陵津翰墨唐賢妙衣冠晋代人感君塵表操示我本來真蘭桂移風化陶鎔前後身

恭哉正律一篇奉寄朝鮮國學士青泉申秘書公

快堂

寶隣修聘儀異客範驅馳豈問張槎泛唯追蘇節

所似長江萬里瀉層濤
一面之後渴望有餘忽蒙三和之賜何其恩義
孔厚也墨和二首謹修寸楮以達微衷又贅一
律兼寄三進士　　　　　　整宇
君夫璉器質我是斗筲人風信傳金簡世交知寶
隣高才挺犀角大度跨龍津拙技愧身老況逢外
國賓
鵰搏心膽大又遇謫仙人風水互殊域煙雲遠接

奉次退省見惠韻　　　　　嘯軒

卓犖英才淑氣鍾大丘行處兩難從羅山奕世家
聲在千首能輕萬户封

奉寄朝鮮國進士菊溪張君　退省

千騎東方星影高翩々書記見才豪却思博望當
年事槎上秋寒萬里濤

奉和退省惠贈　　　　　　菊溪

鳳飛千仞羽儀高繼世聲名絶代豪浩々詞源何

錦帆東指海雲長欲把輕竿釣玉璜那問河山秋
後色君家文字挾風霜

奉和退省見贈韻　耕牧子

丹山瑞鳳羽毛長文彩瓊琚間瑀璜始覺蓬壺身
幸近藐姑仙子貌氷霜

奉寄朝鮮國進士嘯軒成君　退省

金門射策不龍鍾況復星軺萬里從虎觀才名堪
可問席間先喜遇成封

夕話任他斜月檮松顛。

奉寄朝鮮國学士青泉申君　經筵講官林信智

玉節西来騎似雲。聞君白雪散紛々。當年已識瀛洲路萬里奇遊思不群。

奉詶退省見贈　青泉

看君衣帯滿青雲。自是高姿謝俗紛。報道蓬山明月夜。紫鸞為駕鶴為群。

奉寄朝鮮國進士秋水姜君　退省

奉和快堂見贈韻　　嘯軒

青年才格逈超群，奕世家聲海外聞。子敬蘭亭兄及弟，清塵况幷右將軍。

奉寄朝鮮國進士張公　　快堂

何論客館譯言傳，一絶通情一幅箋。醉裡乾坤逢草聖，人間不獨有張顛。

奉次快堂惠贈韻　　菊溪

翩々詞翰遞相傳，璀璨驪珠滿彩箋。聯擱不妨終

硯滴無乾筆豈窮戲鶩游鴇勢相同不知字法能多少一體兼存三品中

奉和快堂韻 耕牧子

文如河漢自無窮大手眉山有何同兩世專經[illegible]代遲金華春日講筵中

奉寄朝鮮國進士成公 快堂

顔筋柳骨出凡群得見手姿協素聞喚做風騷壇上將一毫奮起拂千軍

對君修得好因緣。我亦並生辛酉年。恰似治中同申會
別来須使畫圖傳。貴庚今歲三十九，僕亦同甲子，實是奇遇，故借用文潞公治中丙午同甲會事。

同庚之示，欣幸〻〻。敢問月日。　辛酉之歲七月
三日誕。　僕以四月十五日降。

奉訓翼齋見贈　青泉

有客乘槎涉絳津。仙臺珠樹月中新。遥聞白雪
千年響自道黃庭侍讀人　同庚惠話，候閑更呈。自餘肝膽之輸，寫請以異日。

奉寄朝鮮國進士姜公　快堂

自幸乘槎客遥尋駕石津多公珍重意禮貌好迎賓
武城佳麗境碧梧老成人地望蘇司業家聲賈幼
隣詞場能践域仙海自知津一榻欣頃蓋殷勤主與賓
奉寄朝鮮國製述官著作青泉申公

経筵講官林信充

壯志遥尋要路津文章詩句共清新英才豪気
一時發都下如君有幾人
奉寄朝鮮國製述官著作青泉申公　快堂

高揖仍芳話厖眉郎俊人見來仙有窟交以德爲
憐藥采三山草槎通八月津不愁樽醑竭公瑾已
酣賓

再疊前韻奉鳳岡先生詞案下　菊溪
身膺崇選掌成均要路靑雲擁後塵業繼箕裘
綿慶遠筆摸詞範妙傳神

奉次大学士整宇林公惠贈韻　菊溪
奕世簪纓族高標阜塋人書樓元勝境覓仙窟郎芳鄰

季悦元賓

謹和呈

東武論名古南星應老人傳經常氏学賜醴楚王

鄰賦就珠生浦歌長月滿津白雲堪一和玄圃正

留賓

煙霞海外席。衣帯日邉人禪草宜鳴國詞華更照

鄰三朝通玉署八甲上瑶津謝庭蘭樹裡雙鳳儀

來賓

譯古有詩如畫筆如神
一律謝学士及三進士　整宇
文物風流羨恍疑仙境人鷄林曉闢几鯨海暮
雲隣故苑不知處信瀰難問津我無君子酒何
以樂嘉賓
謹和呈　嘯軒
地入蓬萊嶋欣瞻鶴上人卅年過往事兩國善
交隣日古扶桑樹天連折木津鷄峯悲宿草玉

疊次呈上甃宇先生　嘯軒

玉立清標鶴瘦形不須滄氣自延齡三朝宿德推
黃髮南極星光照户庭

絶句一首寄張進士　甃宇

豪氣拔群才亦均胸襟灑落出風塵道通天地水
雲外魚躍龍騰筆有神

敬次鳳岡先生投示韻　書記張應斗

逢場頓喜兩情均況接鵷鶵逈出塵言語不須憑

儒術文章少自朞耆年宿德國人知圜橋袍笏橫
經日認是先生進講時

寄成進士　　　　　　　　　　　　　　　　　　　　　　　　　　𥫱宇

世々神交欲忘形白頭殘叟恥尨齡風流時譽一
門義王樹隱高指謝庭

謹和𥫱宇先生投示韻　　　　　　　　　　書記成夢良

感意難將筆舌形竹林遺跡幾回齡巋然魯殿猶
無恙更喜琳琅照一庭

琳琅一作珪璋

絶句一首寄姜進士　整宇

奇遇無期如有期此心恰似舊相知長風拔筆丈
夫志機在賓筵不諱時

敬次鳳岡先生韻　書記姜栢

翠虛當日有鐘期祭酒高名異國知鶴髮童顔
驚眼橘中眞似對碁時

先生年高而筆力遒健可賀々々莊
之行筵當記之於辛卯東槎諸公矣

疊次鳳岡先生韻　耕牧子

絶句一首奉寄青泉學士　　祭酒林信篤

佳名追問古人蒸，万里使臣天一方，詞賦才高國僑後，行看海日出扶桑。

奉和鳳岡先生見贈　　製述官申維翰

三山仙侶摘秋芳，袖裏金丹部老方，共道河清千載會，太平華髮臥柴桑。

新知一樂采蘭芳，秋色青山對四方，不必高歌吟白雪，皇華琴瑟奏空桑。

亦同諭不能多毫毿希照鑒不備

為易焉昌黎韓子之所不取也且其為不易何耶未可以一言盡也學識不足則不以厚其本也學識不兼則文其能備乎或失則易或失則艱或失則淺或失則晦或失則狂或失則萎或失則靡故曰不易能令見公之詩語文句則不易不艱不淺不晦不狂不萎不靡登昌黎韓子之堂者乎唯恨面會不通一言也時維霜露淒肅若序保養勿懈官事埤遺不竭心緒東西千里引頸天末耳二子

大公枉槿巨筆而題賛詞章之千金九鼎爲輕世
相傳爲永好之珍也請以此旨達之兩公書不
罄言伏希崇照不備

奉復朝鮮國從事官雲山李公閤下　整宇

獲賜華翰三復弗措憑聞捧呈國書之後臥病擁
衾是以不能接芝眉惆然有失歉然辱瑶翰得賜和
章賛詞華之巨者也語句之妙洗拭耳目自古以
文章爲小技然而豈易能哉之不易而或視以

之能禦也其自見者既如此而尤樂於友雖以予
之無似亦辱與之修海外之交預兩回之宴亦不
幸哉三代而下詞章之士非才與氣不足以爲文
公其併兼之者乎唯恨相見之晩而相遇之少也
若同域同志則有以質於公乎予齡老氣乏才亦
拙劣幸繼箕裘之業管絲綸之義且夕有愧然爲
二子竊願多賢友而已公之言及予祖及父叔而
祝二子揄揚浮實感謝曷已且所約和章畫幅三

鷄唱扶桑曙色新三韓客子動歸輪江城木葉鳴
踈雨驛路梅花報小春從古西隣通使節即今南
國盛詞臣可堪別後山河隔回首長亭但霧塵

奉復朝鮮國副使鷺汀黃公閤下　　整宇

瓊章瑤和歸旆之日同知僉知傳命達于節屋之
下喜而披之盥而讀之公之東遊與予相好為最
深其氣皃才富昌而為文如駿馬健車馳于九軌
之塗其捷不可及如奔湍怒濤之在江河浩乎莫

啓行未由奉晤悵觖之懷與海俱深不備伏惟崇炤
二學士一向平安否既無和章且闕謝字雖緣病
忙心甚不寧幸望俯亮此意也

奉次龍洞贈行韻　　正使

得子隹篇勝百朋芳年筆勢正憑陵奇才生究看
雛鳳高翮培風認大鵬旅館偏欣淸聘枉暮雲還
覺別愁增參高自此東西濶明日王程叱馭登

奉次退省贈別韻　　正使

令茲之来不以浮瀛海窮扶桑為快秖欲一瞻芝宇穩承清誨為海外之一偉觀不幸今病三見枉而一未接真所謂天下事不如意者也猥蒙不鄙屢辱瓊章有唱而酬於禮則然而顧此不閑於邑律且念奉使之體不必役志於閑文字故虛負盛意未即謝矣今則公事已了不敢終孤謹和近體三篇仰塵清覽兼寄兩賢胤是笑大方固其宜也継来別詩病苦意忙竟未和呈或可諒恕耶今方

于中再昨忽報德星來臨清篇狎至三顆驪珠璀璨座右蹶然而起讀讀不覺頭風痊矣旣失迎接之儀欲申晉謝之意使人候之駕已旋矣自訟不敏迄今歉悵雨後暖氣如春伏惟貶下動止珍毖僕聞關水陸穢頓成痾二旬千茲一味無健私悶則深而唯以使事已發旋軫在邇爲幸也僕處朝鮮公處日域山海間之道途邈然地之相去不啻數千里而猶嘗聞其名觀其詩想見其爲人久矣

別夢士峯晴雪映歸艠水萍相遇情仍厚鴻燕分
飛恨有餘袖裡瓊章當縞帶爲君將去播芳譽

奉和整宇林公贈別韻　　副使

文獻須從海外徵鳳岡家世摠騫騰奇標矯々疑
仙鶴逸翰翩々似決鷹客榻飲同金筆師離愁正
値玉輪外歸來故國眞堪詫萬里瑰觀我獨能

奉謝大學士鳳岡林公案下　　從事官

涔々伏枕萬念都灰而唯是合德之懷時常往來

朝報國情自笑天涯長作客水鄕秋盡負蓴羹

奉次林快堂荐示之作　副使

王事驅馳易月旋夢回暘谷曉霞鮮旅窓木落愁
如海故國天長路似年已喜清標来席上更驚華
什墮樽前两邦交意元無間萍水相逢亦有緣
臨行怳擾未得報和別語幸饒恕

奉次鳳岡瞌竹韻　正使

滄溟萬里視溝渠王事驅馳不暫居濩渚寒梅牽

和呈退省林講官詞案　　從事官

地有三山勝人為一代雄才高辞令妙識博古今通於契君臣密兼恩父子同世家傳舊業經幄效新功頃荷高軒過終教客座空尚纏漳水疾徒此挹清風

步韻寄謝鳳岡詞案　　副使

清標認是富山精蘭佩翛然擷菊英德重士林為領袖望高騷壘儼旗旌青緗百世傳家業黃髮三

哉經幄隨君側賓筵候我来喜逢商山嶺皓兼對彩
衣萊禮爲須儒別懷憑象譯開瓊琚當木李把筆
屢低徊

奉和林講官退省寄示韻　副使

妙年如玉質奕世掌綸官耽古詩書富承家節操
端青雲隨步濶白雪滿樓寒兩國憐交篤孤槎海
路漫逢場同举白穩話幾披丹不日征車動無緣
更一歡

珍彩驥步青雲散玉蹄講幄閑時勤視草德星臨處
護扶藜一經自是箕裘業奕世家声冨嶽齊

和呈快堂林講官詞案　從事官

拭玉隣邦日月悠声名久挹李膺舟家傳儒術多
淳素世掌詞頭亦深講殿討論推学士賓筵酬
唱見詩流滂々恨負從容話縉首徒然望雪樓

奉次林退省韻　正使

祭酒三朝老講官一代才家声有如此詞翰亦奇

歆耿々不已華篇忽墜恰當一亶吟玩再三沈痾欲
袪茲步高韻仰塵清覽題畫一絕亦不獲辭
忘陋唐突以博一粲

一路迢々接混茫星槎八月泛銀潢豈惟海岳看
圓嶠慣識吳賢有仲翔映砌芝蘭傳世業滿門桃
李向春陽屋敞軒蓋頻々枉伏枕長時事藥方

奉和林譯官快堂寄示韻　副使
蓬勃風埃眼欲迷忽逢隹容盡難低鳳生丹穴瞻

和韻

羅山名闕冠蜻洲。燕許奇才世莫儔。教義階庭皆吉士。推誠門館盡清流。老人星耀天南極。白雪歌高濟上樓。最喜靈光巋然在。海頭三見月槎周。

奉和日本國大学士鳳岡林公惠贈之韻仍寄詞案。

從事李[illegible][illegible]

久仰壱華願切識荊。日者賓館屢枉高軒驚喜之極。宜即倒屣。賤疾適苦覓孤良晤病懷悵

幕中詞客竟日戰藝皆浩汗雜羅令人聳觀胸
次豁然偉乎盛哉此實東道壯遊他日返稅故
國亟指奇歎則必將以公為首詩云君子萬年
以介景福倘夫借樽俎咫尺之地則切欲為公
而賦之也遠值王事攪心未暇攀和今當旋歸
脂車在即不量叩缶之陋敢賡鳴玉之賜題畫
一絶聊替縞帶嗔飯覆瓿則所不辭臨行悵悒
徒有萬里橋意思耳

行涉重溟三千餘里觀波濤之壯鯨鼂之戲又
看大坂之繁華殷盛富嶽之標峻傑特今又見
林公以詞林宗匠爲三朝耆髦衣鉢之傳而其
青氊而符彩遒俊器宇宏厚年過耳須視聽不
衰韶顏鶴髮休休然有古人風一接可知爲老
師碩德其詩文典雅沉重極有作者手段巽齋
退省亦趾美青箱斐英紫蘭妙歲詞藻追踵王
駱金閨諸彦盡出公之門下日昨數十輩來與

吾東聘价之來唱酬詩什其二胤春齊函三並
與焉至今剩馥流傳鰈域每誦日光步韻之篇
万里風雲之句不覺擊節歎賞是時公年七十
五矣今整宇公即羅山之孫春齋之胤箕得宝
牒遁羅山一歲庭下雙蘭恰似昔日隅坐何其
前後之巧相符也公且言自壬戌數紀之間凡三
接聘使文會圍欒云若使掌故氏作藝苑傳則
必莫尚於公家矣不侫尤有所羌然自得者今

奉寄國子祭酒整宇林公 并小序 副使黃璿

不佞在東國習聞日本文獻唯林氏為大家數奕葉簪紱世掌絲綸圭璋之聞播於遐外引領馳神昕夕願言猥叨副价之命抵玉海邦留館之日大學祭酒整宇林公暨其兩嗣翼齊退省鎮日来訪輒寄詩以道殷懃意命掌揮麈疊疊不厭始信曩日之所耳剽者蓋不誣也仍念昔在乙未年間羅山林公寔主騷壇牛耳而適值

奉送雲山李公歸朝鮮國

退省

輶軒西去漢陽關天末長風不可攀瑤管侍臣青瑣上銀章使者白雲間高城星動劍初失大海月明珠早還百里才名無辱命蟾頭重見列朝班

謹次大學頭鳳岡韻

正使洪致中

宿淑三朝福祿臻況兼詩學老愈新河汾教授壱名重帷幄論思接遇頻焉氏一經知有托徐卿二子亦超倫閒關不恨南来遠喜識休々長者人

奉送北谷洪公歸朝鮮國　　退省

使節霜寒行色新江關十月送朱輪華簪去侍東曹曉玉佩歸逢上苑春此際善隣稱聖主當年覲國識賢臣一麾未盡大瀛外猶自風雲望後塵

奉送鷺汀黃公歸朝鮮國　　退省

縹渺蓬壺萬里深旌旄来往歲陰々乾坤直指還朝色日月猶懷報國心遥夜冥鴻辭碧海長時瑞鳳在瓊林盛名顯柱千秋業駟馬清風屬所欽

奉送別副使鷺汀黃公　快堂

異客相逢盍便傾文才術藝擇而精銀魚離海錦袍賜金馬騣門黃榜名目送雲烟難寄信思量江水豈斟情謫仙非謫降人世筆下飛花紙上生

奉送別從事官雲山李公　快堂

來時山重去時輕傳命壯遊登海瀛玉樹階前現清影金蘭簿上記佳名雲含瑞氣須臾變日照丹心方寸誠台蕩擭隣天尺五非非今是計行程

奉送從事雲山李公歸本國　　整宇

銜命公程心事寬他鄉何厭客氊寒三千世界水
天遠百二山河棧道難祕府有書收白虎詩才無
敵侍金鑾江南十月梅花早風信先傳消息安

奉送別正使北谷洪公　　快堂

故園無奈別新㘯奉命茲辰入武陵愧我微才遲
類鶩喜君豪氣疾如鵬正冠應對德儀盛駐節留
連邑價增平壤曾聞多勝景何當遊賞共同登

奉送正使北谷洪公歸本國　整宇

公才似廈屋渠〻我是蓬衡四壁居泰岳天河申
礪帶秦雲巃樹建于旗鷺鵷班位為宦好龍虎
榜名誓古餘錦袂風軽帰國日祝朝夙夜永終譽

奉送別副使鷺汀黄公帰本國　整宇

使命先知玉帛微英壵茂實共飛騰名稱久記青
驄馬意氣遠揚金爪鷹劉敬翱河千里近韓公擢
甲五雲升東遊必有観瀾術休道扶桑恨未能

瓊玖之報旰宵待之且所約呈新畫三幅三公各
下一語則匪啻文房嘉珍之具遺隣好永久之義
耳風物寥落生江淹故國之思耳炳照不備

霞額用 耳庭玉兩賢亦有惠章眷意可感而始未
修謝此意下布幸甚顒希崇照不備

僕副使黃公閣下
整宇

昨辱 瑤簡達於館中薰沐披讀弗知所措授衣則
過擁爐會面清勝至祝先會之後不接手容鄙吝
欲生欲聞青錢萬中語耳頃見學士進士揮筆之
速遂良不擇筆而右軍亦當北面矣 通信正使從
事西公有无妄之疾待勿藥之吉也嚮所上燕詩

涯千頃陂何遠此吾立稱 嗟座上金樽酒湩〻白
日斜玲瓏玉樹色愧見倚蒹葭
奉書國子祭酒林公閣下 通信副使黃璿
即惟霜朝起居珍相日昨兩遭貢臨穩接酙範賓
是東來後一儒觀感幸交深鄭重瓊章文落塵榻
再三諷誦蒼渊古色大有無許家口氣恨無薔薇
露盥手而讀也即當和韻仰謝厚意而王事未及
竣了詞藻吟咏有所未安當從後搆 拙以備侍者

河清幸遂於千年世化無涯山呼願同於萬歲
聊裁一律奉寄左右伏乞電矚

快堂

珊珊雜佩自周旋漢節持来毛羽鮮千萬里程重
九譯兩三會後勝十年雁傳素帛翻雲外鳳寄新
箋白日邊詎識異鄉逢異客天公爲我假良緣
謹寄鷺汀黃公告兩會之謝　退省
儼彼大邦客朱袨映雲霞氣彩煌不已清風天一

洪李二君子則鉅卒

太微仙客紫微精 儒器宏才海內英 天上斗牛衫
佩劍人間風日送 文旌東西鷗主晉齊會 南北馬
通楚越情清飲豈忘同樂几 九醻美酒一盃羨

朝鮮國副使鷺汀黃公以出境之雄才當軺軒
之使者可謂延譽養而不辱 命者也今般
來臨我 國留滯之際應對深切昨亦延接 芝
眉治具丁寧不知所謝感佩有餘 隣交不渝

經筵開聖學史局取文雄冠劍無遑處舟車有會
通客程天地異宦蹟古今同出境此從事濟川更
就功華山秋樹遠欝嶋夕陽空宴樂聊應奏來觀
東海風

謹寄朝鮮副使黃公　　整宇

先會之後疇昔再觀　鳳儀不勝雀躍酒食之
需老饕鮮顧令我壓襟頓滌寵渥之深感謝曷
已因賦蕪律以表芹誠而以此意達

曲四壯自徐佪

鄙詩一章奉朝鮮國 使 公館下

経筵講官林信智

漢殿諸儒會周家太史官賢喜聯海外寵命並朝

端析木晴煙合扶桑冥色寒來槎天漢〻攬轡路

漫〻萬里頭應白百年心已丹嘗聞歌湛露嘉事

盡交歡

鄙詩一章奉朝鮮國從事李公館下 経筵講官林信智

故園西望路悠々陸則車轎水則舟玉節含風旌
氣動紫微侵座劔星浮隣交有信百年約海角無
為萬里流五色雲箋說何事鳳山分瑞太平樓
鄙詩一章奉朝鮮國正使洪公館下
経筵講官林信智
名字中臺職文章上國才執衡凡卓爾擁節道
悠哉龍氣畫旗出雁行羽蓋来青雲凌渤澥白
日問蓬莱城邑使星度閑仙月開太平人有

威降福餘四壯皇華歌罷後盛筵擧盞唱賓初
奉寄朝鮮國副使通訓大夫鷺汀黃左右伏乞
電覧
經筵講官林信充
長堤短亭路不迷曉風吹面月高低橐中薏苡軒
珍味天上麒麟飛駿蹄内翰恙
恩送金雎乙精
分影把青藜樓頭會蓄
百祥氣知得方卿家室齊
奉寄朝鮮國從事官通訓大夫雲山李公左
右伏乞電覧
經筵講官林信充

奉寄朝鮮從事官雲山李公　祭酒林信篤

萬頃烟雲水渺茫風牽錦纜度天潢渥洼奇種神
駒躍丹穴希邑彩鳳翔宦路趍衡雙宋玉文園累
義百歐陽男兒壯節應如此專對眞堪使四方

奉寄朝鮮國正使通政大夫北谷洪公左右伏乞
電覽　　經筵講官林信充

先知都下士無虛英俊雄才同一輿玉仗飄旄遊
海外錦衣曳佩步階除玄王桓撥開基久白馬遙

奉寄朝鮮正使北谷洪公　祭酒林信篤

禰飲脂車自衛臻残生三見聘儀新知君頹節執

主弁愧我白頭拋鏡頻才子叙班元凱次風流馳

譽阮何倫豈圖文献如斯大世々賢良不乏人

奉寄朝鮮副使鷺汀黄公　祭酒林信篤

蘭舟桂楫入仙州麟角驥蹄鸞鳳儔海氣蒸雲鰲

嶺聳潮声帯雨鴨江流良才膺選春秋館帰思馳

望風月樓前世遺謀傳大統君歌商頌我歌周

敝人癸巳春以詩中進士年今五十以從事官
記室来獲接
雅儀兼觀
鳳毛
執事所教今日奇遇天假良緣者真是實際語也
喜幸之忱曷維其極

伯父也伯父常言受知於
蓬宇公最享其時唱和篇什尚留在篋笥不侫耳飫
而服膺者久矣而今者幸而得躡龍門瞻望
光耀靈光巋然
道體平康欣幸如何々々但竹林遊跡皆已成陳不勝
愴悼之懷耳

僕
姓張名應斗字弼文自號菊溪居士又號丹丘

非儀濫叅葬制欣慰何言且謝家風毛宗非凡
鳥籃田生玉眞不虛也奇歎々 僕姓姜名栢字
子青自號耕牧子一號秋水二十五中進士試今
年三十以正使記室來而天啓甲子以副价奉使
於 貴邦號龍溪是 僕曾王父也
不佞姓成名夢良字汝弼自號長嘯軒癸丑生
壬午進士 壬戌 通信時製述官翠虛公卽不佞

先生杖屨並 賜不鄙而臨況之雖語言未通
情志交陳今人意爽神豁感誦在口即蓬島烟
雲中接安期羨門子遊遙何以喻此會當一
卜從容展濕桑之懷聊先東刺晉申鄙禮

僕
在弊邦同成翠虛東郭諸先生得聞
日東有 整宇先生而文章経術冠冕一邦而
恨未得獲 近杖屨仰請發藥矣今者何幸叨陪

巽齋
退省 棣華 案下
不侫 姓申名維翰字周伯號青泉官今祕
書館著作兼直太常寺叅叨公選得佐使
事海陸萬里舟車無恙入
都門而觀城郭室廬儀物殷富已幸茲遊
若在瑤池玄圃不意
僉君子奉

長者眷顧奉聘　風米

壽眉韶顏已萃山岳之精不佞　卿在東萊誦

休名而寤寤爲者十餘年而獲償願矣晤言

山仰不勝懽躍雖以蕪葭蕭艾不堪倚玉然

鹿鳴瑟琴幸在賓館之末從當穩接

杖屨展此頌慕不腆名姓先薦鄙悰

王乙酉秋以詩中進士二等癸巳以賦登及第狀
元授秘書館正字掌　邦家載籍校讎之事
令仕至本館著作兼直大常寺奉　宗社祭
禮乃茲天祚兩邦德音孚如使者含　綸涉
海不佞亦忝
恩例載筆而隨之入　貴疆而得山川草木雲
月烟景莫非神僊府令人心骨冷然有御
風遺世之想旣到　都下又兼

新主即位之時有事則召見諭對而更番講經矣辛卯年觀聘儀而唱酬於客館

投刺

林祭酒鳳岡先生　座下

不佞姓申名維翰字周伯號青泉行年三十九家世嶺南人少治詩書讀不能半袠豹及長而遊京師今

卯之年見聘儀唱酬于客館也

其姓林名信智字禹玉號退省國子祭酒
信篤次子也丁卯年生

常憲廟之朝以父祖之蔭出身班位頻蒙
恩眷

文昭廟之朝辱兼
命侍講于経筵及

余姓林名信忠字士壽號龍洞一號翼齋
又稱快堂乃國子祭酒信篤長子也
常憲廟治世之時以父祖之舊早賜學科
身列官班屢預講習討論之事也
文昭廟亦忝
恩顧侍講于経筵者數矣及
新主即
位有事之時召見諭對而更番講経矣辛

恩命不預外務唯有侍講之
召耳壬戌之秋
三官使来聘登時稱整字者我也辛卯之
冬對謁于
三官使尚保餘生奉事
新主侍講有年殊蒙恩遇今日奇遇天假良
緣者乎幸幸

常憲廟崇道好學在
位之日率由舊例拜為弘文院學士厥
後身遇榮選登庸超群叙朝散大夫任國
子祭酒管掌
聖廟祭祀之事且建寮塾以待来學日日
陪侍論辨経義者凡三十年也
文昭廟亦不棄菲才
眷遇不譾然以身老形疲恃蒙

享保四年己亥九月二十九日大學頭林
信篤經筵講官林信充經筵講官林信
智赴淺草本願寺與三官使晤語而申
學士姜進士成進士張進士酬唱

拔刺

我姓林名信篤字直民稱整宇又號
鳳岡羅山林道春之孫而弘文院學士
向陽軒春齊之子也

大學頭

信篤　直民

整宇　鳳岡

七三郎

信充　士僖

龍洞　翼齊　快堂

百助

信智　禹玉

退省

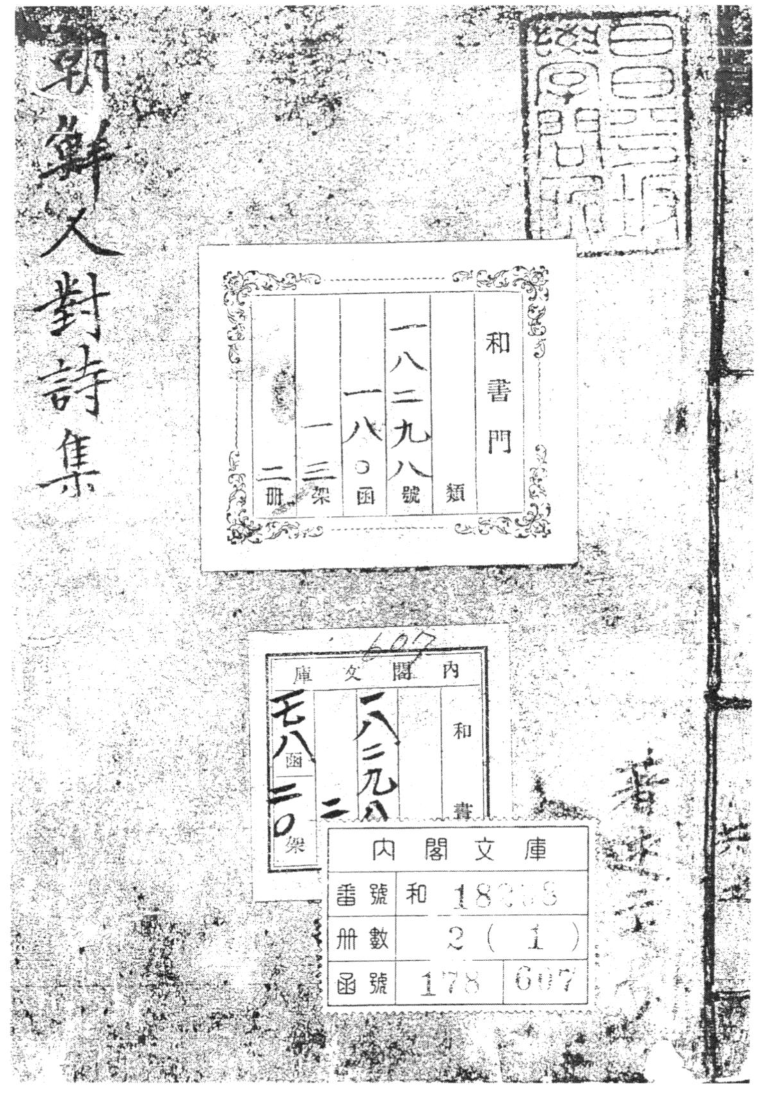
朝鮮人對詩集
和書門
類
一八二九八
號
一八〇
函
一三
架
二
冊
内閣文庫
和
一八二九八
函
二〇
架
二
内閣文庫
番號 和 18298
冊數 2（1）
函號 178 607

【영인자료】

# 朝鮮人對詩集 一

여기서부터 영인본을 인쇄한 부분입니다. 이 부분부터 보시기 바랍니다.

# 조선후기 통신사 필담창화집 번역총서를 간행하면서

20세기 초까지 한자(漢字)는 동아시아 사회의 공동문자였다. 국경의 벽이 높아서 사신 외에는 국제적인 교류가 불가능했지만, 문자를 통한 교류는 활발했다. 중국에서 간행된 한문 전적이 이천년 동안 계속 한국과 일본을 비롯한 주변 나라에 전파되었으며, 사신의 수행원들은 상대방 나라의 말을 못해도 상대방 문인들에게 한시(漢詩)를 창화(唱和)하여 감정을 전달하거나 필담(筆談)을 하며 의사를 소통했다.

동아시아 삼국이 얽혀 싸웠던 임진왜란이 7년 만에 끝난 뒤, 조선에 군대를 파견하였던 중국과 일본은 각기 왕조와 정권이 바뀌었다. 중국에는 이민족인 청나라가 건국되고 일본에는 도쿠가와 막부가 세워졌다. 조선과 일본은 강화회담이 결실을 맺어 포로도 쇄환하고 장군이 계승할 때마다 통신사를 파견하여 외교를 회복했지만, 청나라와에도 막부는 끝내 외교를 회복하지 못하고 단절상태가 계속되었다. 일본은 조선을 통해서 대륙문화를 받아들일 수밖에 없었고, 그 방법 중 하나가 바로 통신사를 초청할 때 시인, 화가, 의원 등의 각 분야 전문가를 초청하는 것이었다.

## 오백 명 규모의 문화사절단 통신사

연암 박지원은 천재시인 이언진(李彦瑱, 1740~1766)이 11차 통신사 수행원으로 일본에 다녀온 지 2년 만에 세상을 뜨자, 이를 애석히 여겨 「우상전」을 지었다. 그 첫머리에 일본이 조선에 다양한 전문가들로 구성된 문화사절단을 파견해 달라고 요청한 사연이 실려 있다.

> 일본의 관백(關白)이 새로 정권을 잡자, 그는 저축을 늘리고 건물을 수리했으며, 선박을 손질하고 속국의 각 섬들에서 기재(奇才)·검객(劍客)·궤기(詭技)·음교(淫巧)·서화(書畵)·여러 분야의 인물들을 샅샅이 긁어내어, 서울로 모아들여 훈련시키고 계획을 갖추었다. 그런 지 몇 달 뒤에야 우리나라에 사신을 파견해 달라고 요청하였는데, 마치 상국(上國)의 조명(詔命)을 기다리는 것처럼 공손하였다.
>
> 그러자 우리 조정에서는 문신 가운데 3품 이하를 골라 뽑아서 삼사(三使)를 갖추어 보냈다. 이들을 수행하는 사람들도 모두 말 잘하고 많이 아는 자들이었다. 천문·지리·산수·점술·의술·관상·무력으로부터 퉁소 잘 부는 사람, 술 잘 마시는 사람, 장기나 바둑 잘 두는 사람, 말을 잘 타거나 활을 잘 쏘는 사람에 이르기까지, 한 가지 기술로 나라 안에서 이름난 사람들은 모두 함께 따라가게 되었다. 그런데 이들 가운데서도 문장과 서화를 가장 중요하게 여기지 않을 수가 없었다. 왜냐하면 그들은 조선 사람의 작품 가운데 한 글자만 얻어도 양식을 싸지 않고 천리 길을 갈 수 있기 때문이었다.

도쿠가와 이에하루(德川家治)가 쇼군을 계승하자 일본 각 분야의 대표적인 인물들을 에도로 불러들여 조선 사절단 맞을 준비를 시킨 뒤, "마치 상국의 조서를 기다리는 것처럼 공손하게" 조선에 통신사를 요청하였다. 중국과 공식적인 외교가 단절되었으므로, 대륙문화를 받아들이기 위해 조선을 상국같이 모신 것이다. 사무라이 국가 일본에는 과거제도가 없기 때문에 한문학을 직업삼아 평생 파고든 지식인들이 적어서, 일본인들은 조선 문인의 문장과 서화를 보물같이 여겼다.

조선에서도 국위를 선양하기 위해 여러 분야의 문화 전문가들을 선발하여 파견했는데, 『계림창화집(鷄林唱和集)』이 출판된 8차 통신사(1711년) 때에는 500명을 파견했다. 당시 쓰시마에서 에도까지 왕복하는 동안 일본인들이 숙소마다 찾아와 필담을 나누거나 한시를 주고받았는데, 필담집이나 창화집은 곧바로 출판되어 널리 읽혔다. 필담 창화에 참여한 일본 지식인은 대륙의 새로운 지식을 얻었을 뿐만 아니라, 일본 사회에서 전문가로서의 위상도 획득하였다.

8차 통신사 때에 출판된 필담 창화집은 현재 9종이 확인되었으며, 필담 창화에 참여한 일본 문인은 250여 명이나 된다. 이는 7차까지 출판된 필담 창화집을 모두 합한 것보다 훨씬 많은 수인데, 통신사 파견이 100년 가까이 되자 일본에서도 한문학 지식인 계층이 두터워졌음을 알 수 있다. 8차 통신사에 참여한 일행 가운데 2명은 기행문을 남겼는데, 부사 임수간(任守幹)이 기록한 『동사록(東槎錄)』이나 역관 김현문(金顯門)이 기록한 또 하나의 『동사록』이 조선에 돌아와 남에게 보여주기 위해 일방적으로 쓴 글이라면, 필담 창화집은 일본에서 조선과 일본의 지식인들이 마주앉아 함께 기록한 글이다. 그러기에 타인의 눈을 통해 자신의 모습을 객관적으로 볼 수 있다.

## 16권 16책의 방대한 분량으로 다양한 주제를 정리한 『계림창화집』

에도막부 초기의 일본 지식인은 주로 승려였기에, 당연히 승려들이 통신사를 접대하고, 필담에 참여하였다. 그 다음으로 유자(儒者)들이 있었는데, 로널드 토비는 이들을 조선의 유학자와 비교해 "일본의 유학자는 국가에 이용가치를 인정받은 일종의 전문 지식인에 지나지 않았다"고 규정하였다. 그 가운데 상당수는 의원이었으므로 흔히 유의(儒醫)라고 하는데, 한문으로 된 의서를 읽다보니 유학에도 관심을 가지게 된 것이다. 이노 작스이(稻生若水)가 물고기 한 마리를 가지고 제술관 이현과 서기 홍순연 일행을 찾아가서 필담을 나눈 기록이 『계림창화집』 권5에 실려 있다.

이 현 : 이 물고기는 우리나라의 송어입니다. 조령의 동남 지방에 많이 있어, 아주 귀하지는 않습니다.

홍순연 : 이 물고기는 우리나라의 농어와 매우 닮았습니다. 귀국에도 농어가 있는지 모르겠지만, 이것과 같지 않습니까? 농어가 아니라면 내가 아는 물고기가 아닙니다.

남성중 : 이 물고기는 우리나라 송어입니다. 연어와 성질이 같으나 몸집이 작으며, 우리나라 동해에서 납니다. 7~8월 사이에 바다에서 떼를 지어 강으로 올라가는데, 몸이 바위에 갈려 비늘이 다 떨어져 나가 죽기까지 하니 그 성질을 모르겠습니다.

그는 일본산 물고기의 습성을 자세히 설명하고 조선에도 있는지 물었지만, 조선 문인들은 이 방면의 전문가들이 아니어서 이름 정도나

추정했을 뿐이다. 홍순연은 농어라고 엉뚱하게 대답하기까지 하였다. 조선 문인이라면 모든 것을 알 수 있을 것이라고 기대했기에 생긴 결과인데, 아직 의학필담으로 분화되기 이전의 형태다. 이 필담 말미에 이노 작스이는 이런 기록을 덧붙여 마무리했다.

> 『동의보감』을 살펴보니 "송어는 성질이 태평하고 맛이 달며 독이 없다. 맛이 진기하고 살지다. 색은 붉으면서 선명하다. 소나무 마디 같아서 이름이 송어이다. 동북쪽 바다에서 난다"고 하였다. 지금 남성중의 대답에 『동의보감』의 설명을 참고하니, '鮏'은 송어와 같은 것이다. 그러나 '송어'라는 이름은 조선의 방언이지, 중화에서 부르는 이름이 아니다. 『팔민통지(八閩通志)』(줄임) 『해징현지(海澄縣志)』 등의 책에 모두 송어가 실려 있으나, 모습이 이것과 매우 다르다. 다른 종류인데, 이름이 같을 뿐이다.

기록에서 보듯, 이노 작스이는 다수의 의견에 따라 이 물고기를 '송어'라고 추정한 후, 비교적 자세한 남성중의 대답과 『동의보감』의 기록을 비교하여 '송어'로 결론 내렸다. 그런 뒤에 조선의 '송어'가 중국의 송어와 같은 것인지 확인하기 위해 중국의 여러 지방지를 조사한 후, '송어'는 정확한 명칭이 아니라 그저 조선의 방언인 것으로 결론지었다. 양의(良醫) 기두문(奇斗文)에게는 약초를 가지고 가서 필담을 시도하였다.

> 稻生若水 : 이 나뭇잎은 세 개의 뾰족한 끝이 있고 겨울에 시들지 않으며, 봄에 가느다란 꽃이 핍니다. 열매의 크기는 대두만하고, 모여서 둥글게 공처럼 되며, 생길 때는 파랗고, 익으면 자흑색이 됩니다. 나무

에 진액이 있어 엉기면 향이 나고, 색이 붉습니다. 이름은 선인장 나무입니다. (줄임)

기두문 : 이것이 진짜 백부자(白附子)입니다.

제술관이나 서기들이 경험에 의존해 대답한 것과 달리, 기두문은 의원이었으므로 자신의 지식을 바탕으로 확실하게 대답하였다. 구지현박사의 연구에 의하면 이노 작스이는 『서물류찬(庶物類纂)』이라는 박물지를 편찬하기 위해 방대한 자료를 수집·고증하고 있었는데, 문화 선진국 조선의 문인에게 서문을 부탁하여, 제술관 이현이 써 주었다. 1,054권이나 되는 일본 최대의 백과사전에 조선 문인이 서문을 써주어 권위를 얻게 된 것이다.

## 출판사 주인이 상업적인 출판을 위해 직접 필담에 참여하다

초기의 필담 창화집은 일본의 시인, 유학자, 의원 등 전문 지식인이 번주(藩主)의 명령이나 자신의 정보욕, 명예욕에 따라 필담에 나선 결과물이지만, 『계림창화집』 16권 16책은 출판사 주인이 직접 전국 각 지역에서 발생한 필담 창화 원고들을 수집하여 출판한 것이다. 따라서 필담 창화 인원도 수십 명에 이르며, 많은 자본을 들여서 출판하였다. 막부(幕府)의 어용 서적을 공급하던 게이분칸(奎文館) 주인 세오겐베이(瀨尾源兵衛, 1691~1728)가 21세 청년의 몸으로 교토지역 필담에 참여해 『계림창화집』 권6을 편집하고, 다른 지역의 필담 창화 원고까지 모두 수집해 16권 16책을 출판했을 뿐 아니라, 여기에 빠진 원고들까지 수집해 『칠가창화집(七家唱和集)』 10권 10책을 출판하였다.

『칠가창화집』은 『계림창화속집』이라고도 불렸는데, 7차 사행 때의 최대 필담 창화집인 『화한창수집(和韓唱酬集)』 4권 7책의 갑절 규모에 해당한다. 규모가 이러하니 자본 또한 막대하게 소요되어, 고쇼모노도코로(御書物所)인 이즈모지 이즈미노조(出雲寺 和泉掾) 쇼하쿠도(松栢堂)와 공동 투자하여 출판하였다. 게이분칸(奎文館)에서는 9차 사행 때에도 『상한창화훈지집(桑韓唱和塤篪集)』 11권 11책을 출판하여, 세오겐베이(瀨尾源兵衛)는 29세에 이미 대표적인 출판업자로 자리매김하게 되었다. 그러나 안타깝게도 38세에 세상을 떠나, 더 이상의 거질 필담 창화집은 간행되지 못했다.

## 필담창화집 178책을 수집하여 원문을 입력하고 번역한 결과물

나는 조선시대 한문학 연구가 조선 국경 안의 한문학만이 아니라 국경 너머를 오가며 외국인들과 주고받은 한자 기록물까지 연구해야 한다는 생각으로, 첫 번째 박사논문을 지도하면서 '통신사 필담창화집'을 과제로 주었다. 구지현 선생은 1763년에 파견된 11차 통신사 구성원들이 기록한 사행록 9종과 필담창화집 30종을 수집하여 분석했는데, 박사학위를 받은 뒤에도 필담창화집을 계속 수집하여 2008년 한국학술진흥재단의 토대연구에 『조선후기 통신사 필담창수집의 수집, 번역 및 데이터베이스 구축』이라는 과제를 신청하였다. 이 과제를 진행하면서 우리 팀에서 수집한 필담창화집 178책의 목록과, 우리가 예상

한 작업진도 및 번역 분량은 다음과 같다.

1) 1차년도(2008. 7.~2009. 6.) : 1607년(1차 사행)에서 1711년(8차 사행)까지

| 연번 | 필담창화집 책 제목 | 면 수 | 1면 당 행수 | 1행 당 글자 수 | 예상되는 원문 글자 수 |
|---|---|---|---|---|---|
| 001 | 朝鮮筆談集 | 44 | 8 | 15 | 5,280 |
| 002 | 朝鮮三官使酬和 | 24 | 23 | 9 | 4,968 |
| 003 | 和韓唱酬集首 | 74 | 10 | 14 | 10,360 |
| 004 | 和韓唱酬集一 | 152 | 10 | 14 | 21,280 |
| 005 | 和韓唱酬集二 | 130 | 10 | 14 | 18,200 |
| 006 | 和韓唱酬集三 | 90 | 10 | 14 | 12,600 |
| 007 | 和韓唱酬集四 | 53 | 10 | 14 | 7,420 |
| 008 | 和韓唱酬集(결본) | | | | |
| 009 | 韓使手口錄 | 94 | 10 | 21 | 19,740 |
| 010 | 朝鮮人筆談并贈答詩(國圖本) | 24 | 10 | 19 | 4,560 |
| 011 | 朝鮮人筆談并贈答詩(東京都立本) | 78 | 10 | 18 | 14,040 |
| 012 | 任處士筆語 | 55 | 10 | 19 | 10,450 |
| 013 | 水戶公朝鮮人贈答集 | 65 | 9 | 20 | 11,700 |
| 014 | 西山遺事附朝鮮使書簡 | 48 | 9 | 16 | 6,912 |
| 015 | 木下順菴稿 | 59 | 7 | 10 | 4,130 |
| 016 | 鷄林唱和集1 | 96 | 9 | 18 | 15,552 |
| 017 | 鷄林唱和集2 | 102 | 9 | 18 | 16,524 |
| 018 | 鷄林唱和集3 | 128 | 9 | 18 | 20,736 |
| 019 | 鷄林唱和集4 | 122 | 9 | 18 | 19,764 |
| 020 | 鷄林唱和集5 | 110 | 9 | 18 | 17,820 |
| 021 | 鷄林唱和集6 | 115 | 9 | 18 | 18,630 |
| 022 | 鷄林唱和集7 | 104 | 9 | 18 | 16,848 |
| 023 | 鷄林唱和集8 | 129 | 9 | 18 | 20,898 |
| 024 | 觀樂筆談 | 49 | 9 | 16 | 7,056 |
| 025 | 廣陵問槎錄上 | 72 | 7 | 20 | 10,080 |
| 026 | 廣陵問槎錄下 | 64 | 7 | 19 | 8,512 |
| 027 | 問槎二種上 | 84 | 7 | 19 | 11,172 |

| 028 | 問槎二種中 | 50 | 7 | 19 | 6,650 |
|---|---|---|---|---|---|
| 029 | 問槎二種下 | 73 | 7 | 19 | 9,709 |
| 030 | 尾陽倡和錄 | 50 | 8 | 14 | 5,600 |
| 031 | 槎客通筒集 | 140 | 10 | 17 | 23,800 |
| 032 | 桑韓醫談 | 88 | 9 | 18 | 14,256 |
| 033 | 辛卯唱酬詩 | 26 | 7 | 11 | 2,002 |
| 034 | 辛卯韓客贈答 | 118 | 8 | 16 | 15,104 |
| 035 | 辛卯和韓唱酬 | 70 | 10 | 20 | 14,000 |
| 036 | 兩東唱和錄上 | 56 | 10 | 20 | 11,200 |
| 037 | 兩東唱和錄下 | 60 | 10 | 20 | 12,000 |
| 038 | 兩東唱和後錄 | 42 | 10 | 20 | 8,400 |
| 039 | 正德韓槎諭禮 | 16 | 10 | 18 | 2,880 |
| 040 | 朝鮮客館詩文稿(내용 중복) | 0 | 0 | 0 | 0 |
| 041 | 坐間筆語附江關筆談 | 44 | 10 | 20 | 8,800 |
| 042 | 七家唱和集－班荊集 | 74 | 9 | 18 | 11,988 |
| 043 | 七家唱和集－正德和韓集 | 89 | 9 | 18 | 14,418 |
| 044 | 七家唱和集－支機閒談 | 74 | 9 | 18 | 11,988 |
| 045 | 七家唱和集－朝鮮客館詩文稿 | 48 | 9 | 18 | 7,776 |
| 046 | 七家唱和集－桑韓唱酬集 | 20 | 9 | 18 | 3,240 |
| 047 | 七家唱和集－桑韓唱和集 | 54 | 9 | 18 | 8,748 |
| 048 | 七家唱和集－賓館縞紵集 | 83 | 9 | 18 | 13,446 |
| 049 | 韓客贈答別集 | 222 | 9 | 19 | 37,962 |
| 예상 총 글자수 | | | | | 589,839 |
| 1차년도 예상 번역 매수 (200자원고지) | | | | | 약 8,900매 |

### 2) 2차년도(2009. 7.~2010. 6.) : 1719년(9차 사행)에서 1748년(10차 사행)까지

| 연번 | 필담창화집 책 제목 | 면수 | 1면 당 행수 | 1행 당 글자 수 | 예상되는 원문 글자 수 |
|---|---|---|---|---|---|
| 050 | 客館璀璨集 | 50 | 9 | 18 | 8,100 |
| 051 | 蓬島遺珠 | 54 | 9 | 18 | 8,748 |
| 052 | 三林韓客唱和集 | 140 | 9 | 19 | 23,940 |
| 053 | 桑韓星槎餘響 | 47 | 9 | 18 | 7,614 |

| | | | | | |
|---|---|---|---|---|---|
| 054 | 桑韓星槎答響 | 106 | 9 | 18 | 17,172 |
| 055 | 桑韓唱酬集1권 | 43 | 9 | 20 | 7,740 |
| 056 | 桑韓唱酬集2권 | 38 | 9 | 20 | 6,840 |
| 057 | 桑韓唱酬集3권 | 46 | 9 | 20 | 8,280 |
| 058 | 桑韓唱和塤篪集1권 | 42 | 10 | 20 | 8,400 |
| 059 | 桑韓唱和塤篪集2권 | 62 | 10 | 20 | 12,400 |
| 060 | 桑韓唱和塤篪集3권 | 49 | 10 | 20 | 9,800 |
| 061 | 桑韓唱和塤篪集4권 | 42 | 10 | 20 | 8,400 |
| 062 | 桑韓唱和塤篪集5권 | 52 | 10 | 20 | 10,400 |
| 063 | 桑韓唱和塤篪集6권 | 83 | 10 | 20 | 16,600 |
| 064 | 桑韓唱和塤篪集7권 | 66 | 10 | 20 | 13,200 |
| 065 | 桑韓唱和塤篪集8권 | 52 | 10 | 20 | 10,400 |
| 066 | 桑韓唱和塤篪集9권 | 63 | 10 | 20 | 12,600 |
| 067 | 桑韓唱和塤篪集10권 | 56 | 10 | 20 | 11,200 |
| 068 | 桑韓唱和塤篪集11권 | 35 | 10 | 20 | 7,000 |
| 069 | 信陽山人韓館倡和稿 | 40 | 9 | 19 | 6,840 |
| 070 | 兩關唱和集1권 | 44 | 9 | 20 | 7,920 |
| 071 | 兩關唱和集2권 | 56 | 9 | 20 | 10,080 |
| 072 | 朝鮮人對詩集1권 | 160 | 8 | 19 | 24,320 |
| 073 | 朝鮮人對詩集2권 | 186 | 8 | 19 | 28,272 |
| 074 | 韓客唱和/浪華唱和合章 | 86 | 6 | 12 | 6,192 |
| 075 | 和韓唱和 | 100 | 9 | 20 | 18,000 |
| 076 | 來庭集 | 77 | 10 | 20 | 15,400 |
| 077 | 對麗筆語 | 34 | 10 | 20 | 6,800 |
| 078 | 鳴海驛唱和 | 96 | 7 | 18 | 12,096 |
| 079 | 蓬左賓館集 | 14 | 10 | 18 | 2,520 |
| 080 | 蓬左賓館唱和 | 10 | 10 | 18 | 1,800 |
| 081 | 桑韓醫問答 | 84 | 9 | 17 | 12,852 |
| 082 | 桑韓鏘鏗錄1권 | 40 | 10 | 20 | 8,000 |
| 083 | 桑韓鏘鏗錄2권 | 43 | 10 | 20 | 8,600 |
| 084 | 桑韓鏘鏗錄3권 | 36 | 10 | 20 | 7,200 |
| 085 | 桑韓萍梗錄 | 30 | 8 | 17 | 4,080 |
| 086 | 善隣風雅1권 | 80 | 10 | 20 | 16,000 |
| 087 | 善隣風雅2권 | 74 | 10 | 20 | 14,800 |
| 088 | 善隣風雅後篇1권 | 80 | 9 | 20 | 14,400 |

| | | | | | |
|---|---|---|---|---|---|
| 089 | 善隣風雅後篇2권 | 74 | 9 | 20 | 13,320 |
| 090 | 星軺餘轟 | 42 | 9 | 16 | 6,048 |
| 091 | 兩東筆語1권 | 70 | 9 | 20 | 12,600 |
| 092 | 兩東筆語2권 | 51 | 9 | 20 | 9,180 |
| 093 | 兩東筆語3권 | 49 | 9 | 20 | 8,820 |
| 094 | 延享五年韓人唱和集1권 | 10 | 10 | 18 | 1,800 |
| 095 | 延享五年韓人唱和集2권 | 10 | 10 | 18 | 1,800 |
| 096 | 延享五年韓人唱和集3권 | 22 | 10 | 18 | 3,960 |
| 097 | 延享韓使唱和 | 46 | 8 | 14 | 5,152 |
| 098 | 牛窓錄 | 22 | 10 | 21 | 4,620 |
| 099 | 林家韓館贈答1권 | 38 | 10 | 20 | 7,600 |
| 100 | 林家韓館贈答2권 | 32 | 10 | 20 | 6,400 |
| 101 | 長門戊辰問槎상권 | 50 | 10 | 20 | 10,000 |
| 102 | 長門戊辰問槎중권 | 51 | 10 | 20 | 10,200 |
| 103 | 長門戊辰問槎하권 | 20 | 10 | 20 | 4,000 |
| 104 | 丁卯酬和集 | 50 | 20 | 30 | 30,000 |
| 105 | 朝鮮筆談(元丈) | 127 | 10 | 18 | 22,860 |
| 106 | 朝鮮筆談1권(河村春恒) | 44 | 12 | 20 | 10,560 |
| 107 | 朝鮮筆談1권(河村春恒) | 49 | 12 | 20 | 11,760 |
| 108 | 韓客對話贈答 | 44 | 10 | 16 | 7,040 |
| 109 | 韓客筆譚 | 91 | 8 | 18 | 13,104 |
| 110 | 韓人唱和詩 | 16 | 14 | 21 | 4,704 |
| 111 | 韓人唱和詩集1권 | 14 | 7 | 18 | 1,764 |
| 112 | 韓人唱和詩集1권 | 12 | 7 | 18 | 1,512 |
| 113 | 和韓文會 | 86 | 9 | 20 | 15,480 |
| 114 | 和韓唱和錄1권 | 68 | 9 | 20 | 12,240 |
| 115 | 和韓唱和錄2권 | 52 | 9 | 20 | 9,360 |
| 116 | 和韓唱和附錄 | 80 | 9 | 20 | 14,400 |
| 117 | 和韓筆談薰風編1권 | 78 | 9 | 20 | 14,040 |
| 118 | 和韓筆談薰風編2권 | 52 | 9 | 20 | 9,360 |
| 119 | 鴻臚傾蓋集 | 28 | 9 | 20 | 5,040 |
| 예상 총 글자수 | | | | | 723,730 |
| 2차년도 예상 번역 매수 (200자원고지) | | | | | 약 10,850매 |

### 3) 3차년도(2010. 7.~ 2011. 6.) : 1763년(11차 사행)에서 1811년(12차 사행)까지

| 연번 | 필담창화집 책 제목 | 면수 | 1면당 행수 | 1행당 글자수 | 예상되는 원문 글자수 |
|---|---|---|---|---|---|
| 120 | 歌芝照乘 | 26 | 10 | 20 | 5,200 |
| 121 | 甲申槎客萍水集 | 210 | 9 | 18 | 34,020 |
| 122 | 甲申接槎錄 | 56 | 9 | 14 | 7,056 |
| 123 | 甲申韓人唱和歸國1권 | 72 | 8 | 20 | 11,520 |
| 124 | 甲申韓人唱和歸國2권 | 47 | 8 | 20 | 7,520 |
| 125 | 客館唱和 | 58 | 10 | 18 | 10,440 |
| 126 | 鷄壇嚶鳴 간본 부분 | 62 | 10 | 20 | 12,400 |
| 127 | 鷄壇嚶鳴 필사부분 | 82 | 8 | 16 | 10,496 |
| 128 | 奇事風聞 | 12 | 10 | 18 | 2,160 |
| 129 | 南宮先生講餘獨覽 | 50 | 9 | 20 | 9,000 |
| 130 | 東渡筆談 | 80 | 10 | 20 | 16,000 |
| 131 | 東槎餘談 | 104 | 10 | 21 | 21,840 |
| 132 | 東游篇 | 102 | 10 | 20 | 20,400 |
| 133 | 問槎餘響1권 | 60 | 9 | 20 | 10,800 |
| 134 | 問槎餘響2권 | 46 | 9 | 20 | 8,280 |
| 135 | 問佩集 | 54 | 9 | 20 | 9,720 |
| 136 | 賓館唱和集 | 42 | 7 | 13 | 3,822 |
| 137 | 三世唱和 | 23 | 15 | 17 | 5,865 |
| 138 | 桑韓筆語 | 78 | 11 | 22 | 18,876 |
| 139 | 松菴筆語 | 50 | 11 | 24 | 13,200 |
| 140 | 殊服同調集 | 62 | 10 | 20 | 12,400 |
| 141 | 怏怏餘響 | 136 | 8 | 22 | 23,936 |
| 142 | 兩東鬪語乾 | 59 | 10 | 20 | 11,800 |
| 143 | 兩東鬪語坤 | 121 | 10 | 20 | 24,200 |
| 144 | 兩好餘話상권 | 62 | 9 | 22 | 12,276 |
| 145 | 兩好餘話하권 | 50 | 9 | 22 | 9,900 |
| 146 | 倭韓醫談(刊本) | 96 | 9 | 16 | 13,824 |
| 147 | 倭韓醫談(寫本) | 63 | 12 | 20 | 15,120 |
| 148 | 栗齋探勝草1권 | 48 | 9 | 17 | 7,344 |
| 149 | 栗齋探勝草2권 | 50 | 9 | 17 | 7,650 |
| 150 | 長門癸甲問槎1권 | 66 | 11 | 22 | 15,972 |

| 151 | 長門癸甲問槎2권 | 62 | 11 | 22 | 15,004 |
|---|---|---|---|---|---|
| 152 | 長門癸甲問槎3권 | 80 | 11 | 22 | 19,360 |
| 153 | 長門癸甲問槎4권 | 54 | 11 | 22 | 13,068 |
| 154 | 萍遇錄 | 68 | 12 | 17 | 13,872 |
| 155 | 品川一燈 | 41 | 10 | 20 | 8,200 |
| 156 | 表海英華 | 54 | 10 | 20 | 10,800 |
| 157 | 河梁雅契 | 38 | 10 | 20 | 7,600 |
| 158 | 和韓醫談 | 60 | 10 | 20 | 12,000 |
| 159 | 韓客人相筆話 | 80 | 10 | 20 | 16,000 |
| 160 | 韓館應酬錄 | 45 | 10 | 20 | 9,000 |
| 161 | 韓館唱和1권 | 92 | 8 | 14 | 10,304 |
| 162 | 韓館唱和2권 | 78 | 8 | 14 | 8,736 |
| 163 | 韓館唱和3권 | 67 | 8 | 14 | 7,504 |
| 164 | 韓館唱和續集1권 | 180 | 8 | 14 | 20,160 |
| 165 | 韓館唱和續集2권 | 182 | 8 | 14 | 20,384 |
| 166 | 韓館唱和續集3권 | 110 | 8 | 14 | 12,320 |
| 167 | 韓館唱和別集 | 56 | 8 | 14 | 6,272 |
| 168 | 鴻臚摭華 | 112 | 10 | 12 | 13,440 |
| 169 | 鷄林情盟 | 63 | 10 | 20 | 12,600 |
| 170 | 對禮餘藻 | 90 | 10 | 20 | 18,000 |
| 171 | 對禮餘藻(明遠館叢書 57) | 123 | 10 | 20 | 24,600 |
| 172 | 對禮餘藻(明遠館叢書 58) | 132 | 10 | 20 | 26,400 |
| 173 | 三劉先生詩文 | 58 | 10 | 20 | 11,600 |
| 174 | 辛未和韓唱酬錄 | 80 | 13 | 19 | 19,760 |
| 175 | 接鮮瘖語(寫本)1 | 102 | 10 | 20 | 20,400 |
| 176 | 接鮮瘖語(寫本)2 | 110 | 11 | 21 | 25,410 |
| 177 | 精里筆談 | 17 | 10 | 20 | 3,400 |
| 178 | 中興五侯詠 | 42 | 9 | 20 | 7,560 |
| 예상 총 글자수 | | | | | 786,791 |
| 3차년도 예상 번역 매수 (200자원고지) | | | | | 약 11,800매 |

1차년도에는 하우봉(전북대) 교수와 유경미(일본 나가사키국립대학) 교수를 공동연구원으로 하여 고운기, 구지현, 김형태, 허은주, 김용흠 박

사가 전임연구원으로 번역에 참여하였다. 3년 동안 기태완, 이지양, 진영미, 김유경, 김정신, 강지희 박사가 연구원으로 교체되어, 결국 35,000매나 되는 번역원고를 마무리하였다.

일본식 한문이 중국식 한문과 달라서 특히 인명이나 지명 번역이 힘들었는데, 번역문에서는 독자들이 읽기 쉽도록 한국식 한자음으로 표기하고, 첫 번째 각주에서만 일본식 한자음을 표기하였다. 원문을 표점 입력하는 방법은 고전번역원에서 채택한 방법을 권장했지만, 번역자마다 한문을 교육받고 번역해온 과정이 다르기 때문에 재량을 인정하였다. 원본 상태를 확인하려는 연구자를 위해 영인본을 뒤에 편집하였는데, 모두 국내외 소장처의 사용 승인을 받았다.

원문과 번역문을 합하여 200자원고지 5만 매 분량의 『조선후기 통신사 필담창화집 번역총서』를 12,000면의 이미지와 함께 편집하고 4차에 나누어 10책씩 출판하는 과정이 복잡하고 힘들었기에, 연세대학교 정갑영 총장에게 편집비 지원을 신청하였다. 『조선후기 통신사 필담창수집 번역본 30권 편집』 정책연구비(2012-1-0332)를 지원해주신 정갑영 총장에게 감사드린다.

『조선후기 통신사 필담창화집 번역총서』를 편집하는 과정에 문화재청으로부터 『통신사기록 조사 및 번역, 데이터베이스 구축』 연구용역을 발주받게 되어, 필담창화집을 비롯한 통신사 관련 기록을 세계기록유산으로 등재하는 작업에 참여하게 된 것도 기쁜 일이다. 통신사 관련 기록들이 모두 데이터베이스로 구축되어 국내외 학자들이 한일문화교류, 나아가서는 동아시아문화교류 연구에 손쉽게 참여하게 된다면 『통신사 필담창화집 번역총서』의 사명을 다하는 것이라고 생각한다.

조선후기 통신사가 동아시아 문화교류 연구에 중요한 이유는 임진왜란 이후에 중국(청나라)과 일본의 단절된 외교를 통신사가 간접적으로 이어주었기 때문이다. 통신사 필담창화집 번역총서 60권 출판이 마무리되면 조선후기에 한국(조선)과 중국(청나라) 지식인들이 주고받은 척독집 40여 권도 데이터베이스로 구축하여, 일본에서 조선을 거쳐 청나라로 이어지는 '동아시아 문화교류의 길' 데이터베이스를 국내외 학자들에게 제공하고자 한다.

**구지현(具智賢)**

1970년 천안 눈돌 출생.
연세대학교 국어국문학과를 졸업한 후 동대학원에서 석박사를 취득하였고, 한국고전번역원에서 한문을 공부하였으며, 일본 게이오대학 방문연구원(일한문화교류기금 펠로우십)을 거쳐 연세대학교 국학연구원 학술연구교수를 역임하였다.
현재 선문대학교 인문과학연구소 조교수.
저서로는『1763년 계미통신사 사행문학연구』(보고사), 『통신사 필담창화집의 세계』 등이 있다.

조선후기 통신사 필담창화집 번역총서 22

**朝鮮人對詩集 一**

2014년 8월 28일 초판 1쇄 펴냄

**역 자** 구지현
**발행인** 김흥국
**발행처** 도서출판 보고사

**등록** 1990년 12월 13일 제6-0429호
**주소** 서울특별시 성북구 보문동7가 11번지 2층
**전화** 922-5120~1(편집), 922-2246(영업)
**팩스** 922-6990
**메일** kanapub3@naver.com
http://www.bogosabooks.co.kr

ISBN 979-11-5516-297-2 94810
979-11-5516-055-8 (세트)


정가 26,000원


이 도서의 국립중앙도서관 출판예정도서목록(CIP)은 서지정보유통지원시스템 홈페이지(http://seoji.nl.go.kr)와 국가자료공동목록시스템(http://www.nl.go.kr/kolisnet)에서 이용하실 수 있습니다. (CIP제어번호 : CIP2014024656)